I0583765

ରେଖା ନଥିବା ଗୋଟେ ହାତ
ଓ
ସମୟକୁ ନାୟକ କରି

BLACK EAGLE BOOKS
2021

ଶକ୍ତି ମହାନ୍ତି

ରେଖା ନଥିବା ଗୋଟେ ହାତ
ସମୟକୁ ନାୟକ କରି

BLACK EAGLE BOOKS

USA address:
7464 Wisdom Lane
Dublin, OH 43016

India address:
E/312, Trident Galaxy, Kalinga Nagar,
Bhubaneswar-751003, Odisha, India

E-mail: info@blackeaglebooks.org
Website: www.blackeaglebooks.org

First International Edition Published by
BLACK EAGLE BOOKS, 2021

REKHA NA'THIBA GOTE HAATA & SAMAYAKU NAYAK KARI
by **Saqti Mohanty**
Author's email: saqti.m@gmail.com
Author's picture @ Chittorgarh Fort

Copyright © **Soumya S. Mohanty**

All rights reserved. No part of this publication may be reproduced, stored in a retrieval system, or transmitted, in any form or by any means, electronic, mechanical, photocopying, recording or otherwise without the prior permission of the publisher.

Cover & Inner Art: **Prakash Mohapatra**
Interior Design: Ezy's Publication

ISBN- 978-1-64560-144-9 (Paperback)

Printed in United States of America

ସମୟର ରୁମାଲ ଦେହରେ ବୁଣା
ସମ୍ପର୍କର ଫୁଲମାନଙ୍କୁ ...

ଓଡ଼ିଆ ଗଳ୍ପର ନବଜାତକ ‘କଥା’ର ସ୍ୱନକ୍ଷତ୍ର ବିଶେଷାଙ୍କ ୨୦୧୭ ଏବଂ ୨୦୧୬ରେ ଏହି ଦୁଇଟି ଉପନ୍ୟାସିକାକୁ ସ୍ଥାନ ଦେଇଥିବାରୁ ଏହାର ସମ୍ପାଦକ ତଥା କଥାଶିଳ୍ପୀ ଡ. ଗୌରହରି ଦାସ ଓ ‘କଥା’ ପରିବାର ନିକଟରେ ମୁଁ କୃତଜ୍ଞ ।

ରେଖା ନଥିବା ଗୋଟେ ହାତ

Is death hereditary ?

୧

ଅରୁଣାଭ ପହଞ୍ଚୁ ପହଞ୍ଚୁ ହିଁ ଟ୍ରାଫିକ୍‌ରେ ଷ୍ଟପ୍ ଆସିଯାଏ। ଯେମିତି ଏହା ତାହାର ଅବଧାରିତ ଭାଗ୍ୟ!

ଆଉ କାହା ସାଙ୍ଗେ ଏମିତି ହୁଏ କି ନା, ସେ ଜାଣେନା।

ଠିକ୍ ଜେବ୍ରା କ୍ରସିଙ୍ଗ୍ ପାଖରେ ହିଁ ହଳଦିଆ ଆଲୁଅ ଲାଲ୍ ହୋଇଯାଏ, ସେ ବ୍ରେକ୍ କଷେ। ଆଉ ଗୋଟେ ଲମ୍ବା ସମୟର ଦୈର୍ଘ୍ୟ ଝୁଲିଯାଏ ତା' ଆଗରେ।

ପ୍ରାୟ ତିନି ଶହ ସେକେଣ୍ଡର ଲମ୍ବା ଏଇ ସମୟ, ଯାହା ଗୋଟେ କାନ୍ଥ ହୋଇ ତା' ଆଗେ ଛିଡ଼ା ହୋଇ ରହେ, ତା'ର ବାଟ ଓଗାଳି ବସେ। ଯେଉଁ କାନ୍ଥର ଆରପଟେ କଳା ମଚମଚ ଛନ୍ଦାଛନ୍ଦି ରାସ୍ତା, କ୍ରମଶଃ ଛୋଟ ହୋଇ ଆସୁଥିବା ଲ୍ୟାମ୍ପପୋଷ୍ଟ, ଯେଉଁଗୁଡ଼ାକ ପରସ୍ପରର ନିକଟବର୍ତ୍ତୀ ହୋଇ ଧୀରେ ଧୀରେ ଲେସିହୋଇ ଯାଆନ୍ତି ନିଜ ସହ। ରାସ୍ତାର ଦି'ପଟର ସମାନ୍ତରାଳ ଧଳା ଗାର, ଆଗରେ ମିଶିଯିବାର ସମ୍ଭାବନାଟିଏ ସୃଷ୍ଟି କରି ଲମ୍ବିଯାଆନ୍ତି।

ଆଉ କେବେ ସାମ୍ନା ଫ୍ଲାଏଓଭର୍ ତିଖ ପର୍ଯ୍ୟନ୍ତ ଅଧା ଆକାଶରେ ଝୁଲି ରୁହନ୍ତି ଏ ରାସ୍ତା ସବୁ।

ଆଉ ତା' ସେପାଖେ ଦିଶେ ବାଙ୍ଗାଲୋର ପରି ବ୍ୟସ୍ତ ସହରର ଧୂଆଁଳିଆ ଓ ରଙ୍ଗଛଡ଼ା ଆକାଶ ଓ ତାରାମାନଙ୍କୁ ନିଷ୍ପ୍ରଭ କରି ଏଲ୍.ଇ.ଡି. ଆଲୁଅର ଚିକ୍‌ଚିକ୍।

ଦଳ ଦଳ ଲୋକ ଲମ୍ବା ପାହୁଣ୍ଡ ପକେଇ, ବ୍ୟାଗ୍ ଅବା ଲାପ୍‌ଟପ୍ ଝୁଲେଇ, ଫୋନ୍‌ରେ ଗପି ଗପି ରାସ୍ତା ଅତିକ୍ରମ କରିଯାଆନ୍ତି ଅରୁଣାଭ ସାମ୍ନାରେ। କାର୍, ବସ୍, ଅଟୋ, ଟ୍ୟାକ୍ସି, ବାଇକ୍ ସବୁକିଛି ବ୍ୟସ୍ତତାର ସହ ଧାଉଁଥାଆନ୍ତି ଗୋଟିଏ ଦିଗରେ।

ହୁଏତ ଅପାଙ୍‌କ୍ତେୟ ଭବିଷ୍ୟତର ଦିଗରେ!

ଟ୍ରାଫିକ୍ ପୋଷ୍ଟ୍‌ରେ ପଛୁଆ ଧାଉଁଥାଏ ସମୟ। ଚାଲିଥାଏ ସମୟର କାଉଣ୍ଟ୍ ଡାଉନ୍।

୧୯୯, ୧୯୮ ... ୧୫୮, ..୧୫୦, ୧୪୯ ...

ଧୂଆଁ, ଧୂଳି, କୋଳାହଳ ଓ ଶବ୍ଦମାନଙ୍କ ଭିଡ଼ରେ ଅରୁଣାଭ ଭେଟେ ଗୋଟାଏ ସ୍ଥିରତାକୁ।

ସ୍ଥିର ରହି ଗତିଶୀଳତାକୁ ପରଖି ନିଏ ଖୁବ୍ ପାଖରୁ।

୫୫, ୫୪, ୫୩, ... ୩୨, ୩୧, ... ଓଫ୍ ....!

ଖୁବ୍ ମନ୍ଥର ଗତିରେ ବିତେ ଏଇ ଚାରି ପାଞ୍ଚ ମିନିଟ୍‌ର ସମୟ। ଅରୁଣାଭକୁ ଲାଗେ ଯେମିତି ସେ ନିରବ ପ୍ରାର୍ଥନା ହିଁ କରୁଛି।

ହେଲେ କାହାର ମୃତ୍ୟୁରେ ଏ ନିରବ ପ୍ରାର୍ଥନା!

ଧୀରେ ଧୀରେ ତା' କାର୍ ଦୁଇ ପଟରେ ଗାଡ଼ିମାନଙ୍କ ଭିଡ଼ ଜମିଯାଏ। ରିଅର୍ ଭିୟୁ ମିରର୍‌ରେ ଅରୁଣାଭ ଚାହେଁ, ତାକୁ ଲାଗେ ସେ ଗୋଟାଏ ଲଞ୍ଜାତାରା। ଏଇ ପୃଥିବୀ ଉପରେ ସେ ଗୋଟାଏ ଧୂମକେତୁ। ଆଉ ତା' ପଛରେ ଭିଡ଼ର ଗୋଟାଏ ଲମ୍ବା ଲାଞ୍ଜ। ଲୋକବାକ, କଳା ଧୂଆଁ, ଚିହ୍ନା ଅଚିହ୍ନା, ସ୍ଥିରତା ଓ ଗତିଶୀଳତାର ଗୋଟାଏ ବିରାଟ ଲାଞ୍ଜ; ବାଙ୍ଗାଲୋରର ଏଇ ଗହଳି ରାସ୍ତାରେ, ସେ ଅଫିସ୍ ଯିବା ବେଳର ହେଉ ଅବା ଫେରିଲା ବେଳର।

ଏଇ ଭିଡ଼ରେ ବି ଅରୁଣାଭକୁ ଖୁବ୍ ନିଛାଟିଆ ଲାଗେ। ଓଫ୍ ... ତଥାପି ସରେନା ସମୟ ଟ୍ରାଫିକ୍ ପୋଷ୍ଟ୍‌ରୁ। ଷ୍ଟିଅରିଂରୁ ବାହାର କରି ନିଜର ଝାଳୁଆ ପାପୁଲିକୁ ଦେଖେ ସେ। ତାକୁ ଲାଗେ, ସତେ କି ତା'ର ହାତରେଖା ନିଷ୍ପ୍ରଭ ହୋଇ ଆସୁଛି, ଦିନକୁ ଦିନ!

ବଉଦରେ ସିଆର କାଟି ଯାଇଥିବା ରକେଟ୍‌ର ଧୂଆଁ ପରି, ସମୟ ସାଙ୍ଗେ

ଫିକା ହୋଇ ଏ.ଟି.ଏମ୍. ସ୍ଲିପ୍‌ରୁ ଲିଭି ଆସୁଥିବା ଅକ୍ଷର ସବୁ ପରି ଦିନକୁ ଦିନ ଖୁବ୍ ନିଷ୍ପ୍ରଭ।

ସମୟ ସରିଯାଏ। ଟ୍ରାଫିକ୍ ପୋଷ୍ଟରୁ ସମୟ ଖସିପଡ଼େ। ଖସିପଡ଼େ ସବୁତକ ସଂଖ୍ୟା। ସିଗ୍‌ନାଲ୍ ପୁଣି ହଳଦିଆ ହୁଏ।

ଅରୁଣାଭ କାର୍ ଇଗ୍ନିସନ୍ ଅନ୍ କରେ ଆଉ ଏ.ସି. ଚିଲ୍ କରି ଛୁଟିଚାଲେ ଟ୍ରାଫିକ୍‌ର ସବୁଜ ଆଲୁଅରେ। ବାଟ ଦେଖାଉଥିବା ଗୋଟେ ତୀରର ଦିଗରେ ସେ ଛୁଟିଚାଲେ।

ତା' କାର୍‌ରେ ମ୍ୟୁଜିକ୍ ସିଷ୍ଟମ୍ ନାହିଁ। ହୁଏତ ଅବହେଳାରୁ ସେ ଲଗେଇ ପାରିନି। ହୁଏତ ତାକୁ ବାହାରର କୋଳାହଳ ଭଲ ଲାଗେ। ଚକର ଘଷ୍ ଘଷ୍ ଶବ୍ଦ, ପବନର ସିର୍ ସିର୍, ଆରପାଖେ ଯାଉଥିବା ଗାଡ଼ିମାନଙ୍କର ଶବ୍ଦ, ପଛରୁ ଗାଡ଼ିର ହର୍ଣ୍ଣ; ଏସବୁ ତା' ଯାତ୍ରାର ଅଂଶ ବୋଲି ଅରୁଣାଭ ଭାବି ନେଇଥିଲା।

ହେଲେ ଏବେ ତା' ଆଗରେ ସମ୍ପୂର୍ଣ୍ଣ ଗୋଟାଏ ଫର୍ଚ୍ଚା ରାସ୍ତା। ପଛରେ ଧୂମକେତୁର ଗୋଟେ ବିଶାଳ ଲାଞ୍ଜ ଧରି ସେ ଖୁବ୍ ଜୋର୍‌ରେ ଧାଏଁ।

ଓଫ୍ ... ମୁକ୍ତିପାଏ ଏଇ ନିରବ ପ୍ରାର୍ଥନାର କଷ୍ଟରୁ।

ସେ ଷ୍ଟିଅରିଂକୁ ଜାବୁଡ଼ି ଧରେ, ରୋଡ୍ ଡିଭାଇଡର୍‌ର ଡଟେଡ୍ ଲାଇନ୍‌କୁ ଗୋଟାଏ ପାଖରେ ରଖି, ଲ୍ୟାମ୍ପ୍‌ପୋଷ୍ଟମାନଙ୍କୁ ପଛକୁ ପେଲି ସେ ଛୁଟିଚାଲେ।

ମୁକ୍ତି ପାଏ ସମୟର ଏ କାଉଣ୍ଟଡାଉନ୍‌ରୁ।

କିନ୍ତୁ ପିଙ୍କିର ସାନ୍ନିଧ୍ୟରେ ସମୟ ଜମାରୁ ଜଣାପଡ଼େନା; ବିନା ସମୟରେ ହିଁ ବିତିଯାଏ।

ସମୟର ଗୋଟେ ଫୁଲ ବଗିଚାରେ ମୁହୂର୍ତ୍ତ ସବୁ ଭଅଁର ପରି ଉଡ଼ି ବୁଲନ୍ତି। ଏତକ ମୁହୂର୍ତ୍ତମାନଙ୍କୁ ପିଙ୍କି ତା' ଆଖିର ଗୋଲାପୀ ଫରୁଆରେ ଚାପିଧରେ।

ଅରୁଣାଭ ତା' ଗୋଟାଏ ବାହୁରେ ପିଙ୍କିର ଦେହକୁ ଢଳାଇ ରଖେ। ଆର ହାତ ଆଙ୍ଗୁଠିରେ ମେଲେଇବାକୁ ଚେଷ୍ଟା କରେ ପିଙ୍କିର ଆଖିପତା। ହେଲେ ପିଙ୍କି ଖୁବ୍ ଜୋର୍‌ରେ ବନ୍ଦ କରିଦିଏ ସେ ଫରୁଆ, ଆଉ ସେ ଫରୁଆ ଭିତରେ ଭଅଁର ପରି ତା' ଡୋଳାକୁ ନିବୁଜ କରି ରଖିଦିଏ।

ସେ ଭଅଁରର ଯଦି ଆତ୍ମା ବୋଲି କିଛି ଥାଏ, ସେ ହେଉଛି ଅରୁଣାଭ। ତାକୁ ଖୁବ୍ ଜୋର୍‌ରେ ବାହୁର ଫାଶରେ ବାନ୍ଧିରଖେ ପିଙ୍କି। ଯେବେ ତାଙ୍କ ନିଃଶ୍ୱାସ ପ୍ରଖର ହୁଏ, ଛାତି ତଳେ ହାତୁଡ଼ି ପାହାର ଧମ୍ ଧମ୍ ଶୁଭେ, ସେମାନେ ପରସ୍ପରକୁ ଆହୁରି

ଜୋର୍‌ରେ ଜାବୁଡ଼ି ଧରନ୍ତି। ଯେମିତି କେହି ବି କେବେ ପରସ୍ପରକୁ ଛାଡ଼ି ଯିବେନି।

ଅରୁଣାଭ ଧୀରେ ଧୀରେ ଆଖି ଖୋଲି ଦେଖେ ପିଙ୍କିର ନିବୁଜ ଆଖିପତା, ଡେଣା ହଳକୁ ନିବୁଜ କରି ନିଶ୍ଚଳ ହୋଇ ବସି ରହିଥିବା ଗୋଟେ ପ୍ରଜାପତି ଯେମିତି। ଆଉ ସମୟ ଲଲିପପ୍ ପରି ତରଳି ଯାଉଥାଏ ପିଙ୍କିର ଥର ଥର ଦି' ଓଠ ମଝିରେ।

ହେଲେ ଆଜିକାଲି ଅରୁଣାଭକୁ ଲାଗେ ପିଙ୍କି ଆଉ ତା' ଭିତରେ ଆଲୋକ ବର୍ଷର ଦୂରତା। ହୁଏତ ସେମାନଙ୍କର ଦୁଇଟି ଅଲଗା ଗ୍ରହର ଜୀବନ। ବାସ୍ ଗୋଟେ ମୋବାଇଲ୍ ନେଟ୍‌ୱର୍କ ବ୍ୟତୀତ ଆଉ କିଛି ବି ସମ୍ପର୍କ ନାହିଁ ସେମାନଙ୍କ ଭିତରେ।

ବାସ୍ ଗୋଟାଏ ଇ-ରିଲେସନ୍‌ସିପ୍।

ଦୁଇ ଜଣ ଦୁଇଟି ସଂଖ୍ୟା ହିଁ କେବଳ। ଦୁଇଟି ପ୍ରୋଫାଇଲ୍ ପିକ୍‌ଚର୍ସ, ଦୁଇଟି ଆକାଉଣ୍ଟ୍।

ହୁଏତ ନାମହୀନ ସମ୍ପର୍କ ପାଇଁ ଲୋଡ଼ା, ଦୁଇଟି ନାଁ!

ଅରୁଣାଭ ଏଠି ବାଙ୍ଗାଲୋରରେ ସଫ୍ଟୱେର୍ ଇଞ୍ଜିନିୟର, ଗୋଟିଏ ପ୍ରୋଜେକ୍ଟର ଟିମ୍ ଲିଡ୍।

ସକାଳ ନଅଟାରୁ ଘର ଛାଡ଼ି, ଭିଡ଼ ପେଲି ରାସ୍ତାରେ ସାମିଲ ହୁଅ ଓ ରାସ୍ତାର କଳାରେ ମିଶିଯାଅ।

ଚାଲିବା ଅବା ଧାଇଁବା ପାଇଁ ନୁହେଁ ଏ ରାସ୍ତା। ଅନ୍ୟକୁ ଅତିକ୍ରମ କରିବା ପାଇଁ କେବଳ।

ଏଠି ଯାତ୍ରା କରିବା ନିରର୍ଥକ, ବାସ୍ ଲକ୍ଷ୍ୟସ୍ଥଳରେ ପହଞ୍ଚିବା ହିଁ ଜରୁରୀ, ଠିକ୍ ସମୟରେ, ହସ ହସ ପ୍ଲାଷ୍ଟିକ୍‌ର ଓଠ ଧରି। ଆଉ ଫେରିବା, ଫେରିବାର କିଛି ସମୟ ନାହିଁ। ସପ୍ତାହାନ୍ତ କେବଳ ନାମକୁ ମାତ୍ର। ଶନିବାର ବି ପ୍ରାୟ ଅଫିସ୍ ଯିବାକୁ ପଡ଼େ।

ପ୍ରୋଜେକ୍ଟରେ ଅଛ ତ ଭାଗ୍ୟର କଥା। ନ ହେଲେ ବେଞ୍ଚିରେ ବସ ଓ ଛଟେଇକୁ ଅପେକ୍ଷା କର।

ଗ୍ଲୋବାଲାଇଜେସନ୍, ଇନ୍‌ଫ୍ଲାସନ୍, ଡିପ୍ରେସନ୍, ସେୟାର୍ ମାର୍କେଟ୍ ସବୁର ଦ୍ୱାହିରେ ଚାକିରି ଯିବାର ଭୟ। କହିବାକୁ ଗଲେ, ଇ.ଏମ୍.ଆଇ.ର ଜୀବନ।

ଆପାର୍ଟମେଣ୍ଟ୍ ପାଇଁ, କାର୍ ପାଇଁ ଇ.ଏମ୍.ଆଇ., ଜୀବନବୀମାର ପ୍ରିମିୟମ୍ ... ଏମ୍‌ତି, ଆଉ ମାସର ତୃତୀୟ ସପ୍ତାହରେ କ୍ରେଡିଟ୍ କାର୍ଡ୍ ଘଷ ଓ ଆସନ୍ତା ମାସରେ ଭରଣା କର। ଗୋଟାଏ ଅନିଶ୍ଚିତ ଆସନ୍ତାକାଲି ପାଇଁ ବର୍ତ୍ତମାନକୁ ଆଖିବୁଜା ଖର୍ଚ୍ଚ କରିଚାଲ।

ଆଉ ରିଅର୍ ଭିୟୁ ମିରର୍‌କୁ ଚାହଁ ତ, ଗୋଟାଏ ନିଶ୍ଚିହ୍ନ ହୋଇ ଆସୁଥିବା ଅତୀତ, ଶୂଳିରେ ବସିଥିବା ଗୋଟେ ଅତୀତ !

ପିଙ୍କିର ଭୁବନେଶ୍ୱରରେ ବି ସେଇ ଏକା ଚାକିରି ପେଇଙ୍ଗ୍ ଗେଷ୍ଟର ରହଣି। ସବୁବେଳେ ଖାଇବାକୁ ନେଇ ବିରକ୍ତି, ଜଲ୍‌ଦି ବିଦେଶ ଯିବାର ଯୋଜନା। ପାସ୍‌ପୋର୍ଟ ପାଇଁ ଧାଁଦଉଡ଼ ଆଉ ଗୋଟେ ତଳମୁହାଁ ଜୀବନ।

ଅରୁଣାଭକୁ ଲାଗେ ସେମାନେ ଦି' ଜଣ କେବଳ ଦୁଇଟା 'ପ୍ରୋଗ୍ରାମ୍।' ବାସ୍ ରନ୍ କର ଓ ଆଉଟ୍‌ପୁଟ୍ ଦେଖ।

ଅଫିସ୍ ତ ଖାଲି ଗୋଟେ ଠିକଣା, ଯେଉଁଠିକୁ କେହି ବି ଆସନ୍ତି ନାହିଁ, ନା ଆତ୍ମୀୟ ନା ବନ୍ଧୁ। ଆସେ ଅନ୍‌ଲାଇନ୍ ସପିଙ୍ଗ୍‌ର ଜିନିଷ, ଆସେ କୋରିଅର୍।

ଏଠି ଚାରି ବାଇ ଚାରିର ଗୋଟାଏ କ୍ୟୁବିକଲ୍ ନିଜେ ପୋତିହୋଇ ଯିବା ଉଚ୍ଚତା, ଗୋଟାଏ ସିଷ୍ଟମ୍, ଦ୍ରୁତ ଗତିର ଇଣ୍ଟରନେଟ୍, ଗୋଟେ ଘୂର୍ଣ୍ଣାୟମାନ ଚେୟାର୍, ସାମ୍ନାରେ ଗୋଟେ ଟୁ-ଡୁ ଲିଷ୍ଟ୍ ପ୍ରତି ଦିନର, ପ୍ରତି ସପ୍ତାହର। ଏସବୁ ମିଶି ଗୋଟେ ୱର୍କ୍ ଷ୍ଟେସନ୍। ଉଠି ଛିଡ଼ା ହୁଅ ତ ଗୋଟେ ଛାତ ତଳେ ଭର୍ତ୍ତି କ୍ୟୁବିକଲ୍ ସାପ ଶିଡ଼ିର ଖେଳ ପରି। ଶିଡ଼ିଟିଏ ତଳକୁ ଯିବା ପାଇଁ ସଂଘର୍ଷ। ଅନ୍ୟକୁ ଟପିଯିବା ଲାଗି, ଟିକେ ଉପରକୁ ଉଠିଯିବା ଲାଗି ସଂଘର୍ଷ। ନା ବାହାରର ଖରା, ବର୍ଷା, ଆଲୁଅ, ସଞ୍ଜ, ତାରା, କୋହଲା ପାଗ, ବ୍ୟାଣ୍ଡପାର୍ଟିର ରୋଶଣି, କାହା ସହ ସମ୍ପର୍କ ନାହିଁ। ସବୁ ସମ୍ପର୍କ ପଦାରେ ଠିଆ।

ଦିନ ସାରା ପ୍ରୋଗ୍ରାମ୍ ଲେଖ, ରନ୍ କର, ଡାଟା ଆନାଲିସିସ୍ କର, ବସ୍ ସାଙ୍ଗେ ମିଟିଂରେ ବସ, ତା'ର ଦରକାର ବୁଝ, ତା' ନାଲିଆଖି ଦେଖ, ଫୋପଡ଼ା ଫିଙ୍ଗା କଥା ଶୁଣି, ପ୍ରୋଜେକ୍ଟ ରିପୋର୍ଟ ଦିଅ, ପ୍ରେଜେଣ୍ଟେସନ୍ ବନାଅ ବାସ୍ ସେଇସବୁ ଏକା ପରି ହିଁ କାମ।

ଗୋଟାଏ ଭୟଙ୍କର ମନୋଟନି, ଗୋଟେ ବିଭିନ୍ନତାବିହୀନ ଜୀବନ। ଆଉ ପିଙ୍କି ସହ ତା'ର ସମ୍ପର୍କ, ସେ ବି ତ ଗୋଟାଏ ମନୋଟନି !

ଅରୁଣାଭକୁ ଲାଗେ, ପିଙ୍କି ପାଇଁ ସେ କେବଳ ଗୋଟାଏ ଉଲ୍‌କା, ନିଃସଙ୍ଗତାର ବଳୟ ଭିତରେ ଜଳିଜଳି ଖସୁଥିବା ଗୋଟାଏ ଉଲ୍‌କା।

ଗୋଟାଏ ସମୟରେ ପିଙ୍କି ଥିଲେ, ବାକି ଦୁନିଆ ସହ ତା'ର ସମ୍ପର୍କ ରହୁ ନ ଥିଲା। ସ୍ୱପ୍ନ ଆଉ ବାସ୍ତବତା ମଧ୍ୟରେ କିଛି ଫରକ୍ ରହୁ ନ ଥିଲା। ଅରୁଣାଭକୁ ଲାଗେ, ସେ ପିଙ୍କି ସହ ଥିଲେ, ସେ ଦିହିଁଙ୍କୁ କେନ୍ଦ୍ର କରି ପୃଥିବୀ ଘୂରେ, ସୂର୍ଯ୍ୟ, ଚନ୍ଦ୍ର, ତାରାଙ୍କ ଯା' ଆସ ସେ ଦିହିଁଙ୍କୁ ଦେଖି ଦେଖି। ସବୁତକ ଆଲୁଅ ଓ ଅନ୍ଧାରର ପ୍ରାଚୁର୍ଯ୍ୟ, କେବଳ

ସେ ଦୁଇଜଣଙ୍କ ପାଇଁ ଯେମିତି । ପ୍ରତ୍ୟେକ ଛକରୁ ନୂଆ ରାସ୍ତାଟେ ପାଇଯିବାର ସମସ୍ତ ସମ୍ଭାବନା ଯେମିତି କେବଳ ସେମାନଙ୍କ ପାଇଁ ।

ହେଲେ ଏବେ ଅରୁଣାଭକୁ ଲାଗୁଛି ସେ ଛିନ୍ନମୂଳ ହୋଇଯାଉଛି ଦିନକୁ ଦିନ । ଗୋଟାଏ ଗଛର ଚେର ମାଟିର ଏତେ ତଳକୁ ଯାଉନି ଯେ, ସେ ମାଟି କାମୁଡ଼ି ରହିଯାଇ ପାରିବ ଛୋଟମୋଟ ପବନରେ । ତା'ର ଡାଳପତ୍ର, ଶାଖାପ୍ରଶାଖା ବି ଏତେ ମେଲି ନାହିଁ ଯେ, ସେ ତା'ର ପତ୍ରମାନଙ୍କୁ ସମ୍ପୂର୍ଣ୍ଣ ଖୋଲି ଧରିପାରିବ ସୂର୍ଯ୍ୟକିରଣରେ ଅବା ଖୋଲା ଆକାଶ ତଳେ !

ଅରୁଣାଭ ଭାବୁଛି, ବଞ୍ଚି ରହିବା, ସମୟ ନଷ୍ଟ କରିବାର ଅନ୍ୟ ନାଁ । ଗୁଡ଼ାଏ ଆୟୁଷକୁ ଜାଳିପୋଡ଼ି ତା'ର ଉତ୍ତାପରେ ସେକି ହବାକୁ ଗୋଟାଏ ଜୀବନ ବୋଲି କହିବା । ଆଉ ପିଙ୍କି ସହ ତା'ର ସମ୍ପର୍କ, ଦିନକୁ ଦିନ ଗୋଟାଏ ବିଷାଦ ହିଁ ପାଲଟୁଛି । ମାଦକତାର ଯେତେ ପୁଟ ଦେଲେ ମଧ୍ୟ, ଗୋଟାଏ ବିଷାଦ ହିଁ । ସେ କ'ଣ ଦିନକୁ ଦିନ ଗୋଟାଏ ବୋହେମିଆନ୍ ହୋଇଯାଉଛି !

ଅରୁଣାଭ ଗୁଗୁଲ୍ ସର୍ଚ୍ଚ୍ ମାରୁଛି; ବୋହେମିଆନ୍, ବୋହେମିଆନିଜ୍ମ୍, ବୋହେମି, ... ବୋହେମିଆନିଜ୍ମ୍‌ର ଲକ୍ଷଣ । ନା ଏସବୁର କୌଣସି ଚିହ୍ନବର୍ଣ୍ଣ ନାହିଁ ତା' ପାଖରେ ।

ସେ ପ୍ରାୟତଃ ଗୋଟାଏ ସ୍ଥିର ଜୀବନ ବଞ୍ଚୁଛି । ଟୁ-ବିଏଚ୍‌କେ ଫ୍ଲାଟ୍ କିଣିସାରିଛି ବାଙ୍ଗାଲୋରରେ, ଗୋଟାଏ ଆପାର୍ଟମେଣ୍ଟ୍‌ର ତିରିଶତମ ମହଲାରେ । ଯେଉଁଠି ବସି, ସାରାରାତି ସହରକୁ ଉପଭୋଗ କରିହବ । ଅନ୍ଧାରକୁ ନିଷ୍ପ୍ରଭ କରି ସାରାରାତି ଜଳୁଥିବା ଆଲୁଅ ଓ ଗୋଟାଏ ତେଜସ୍କ୍ରିୟ ସହରର ଗତିବିଧିକୁ ପରଖି ହବ ବାଲ୍‌କୋନିରେ ବସି ବସି । ଯେମିତି ମଣିମୁକ୍ତା, ହୀରାନୀଳା ପିନ୍ଧି ଗୋଟାଏ ବିରାଟ ଯକ୍ଷ ହଲିଦୋହଲି ଖୋଲା ଆକାଶ ତଳକୁ ଆସିଯାଉଛି ।

ଅଫିସ୍‌ରୁ ଫେରି କ୍ଳାନ୍ତ ଆଖିପତାରେ, ନିଜ ବାଲ୍‌କୋନିରୁ ଚାହିଁ ରହୁଛି ଅରୁଣାଭ ।

ଗୋଟେ ହାତରେ ଫୋନ୍, ''ପିଙ୍କି କଲିଂ...'' ଓ ଆର ହାତରେ ସିଗ୍ରେଟ୍ ଧରି ସେ ଚାହିଁ ରହୁଛି ଅଧାନିଦର ଆଖିପତାରେ ଖୁବ୍ ଦୂରକୁ । ଛନ୍ଦାଛନ୍ଦି ଫ୍ଲାଏଓଭର୍‌ମାନଙ୍କର ଏକାଠି ଯାଇ ଦିଗନ୍ତ ଛୁଇଁଦବା ଓ ପୁଣି ଫେରିଆସିବାକୁ ।

୨

ହୁଏତ ତା'ର ବାପା ଥିଲେ ଜଣେ ବୋହେମିଆନ୍। ଏକଥା ତା' ମା' ହିଁ କହୁଥିଲେ, ''ଦେଖ ଅରୁ, ତୋ ବାପା ଜଣେ ବୋହେମିଆନ୍। ଦେଖୁନୁ ଇଂରାଜି ଅଧ୍ୟାପକ, ପୁଣି ମୁହଁରେ କେମିତି ବାଲୁ ବାଲୁ ଦାଢ଼ି। କୋଉଦିନ ଚକ୍ ଚକ୍ ପଲିସ୍‌କରା ଜୋତା ତ କୋଉଦିନ ସେ ଖଣ୍ଡିଆ ସାଣ୍ଡାଲ୍। ଘର ସାରା ଏଠିସେଠି ବହି, ଯେଉଁଠି ଦେଖ ସିଗ୍ରେଟ୍ ଗୁଳା। ଆଚ୍ଛା କେତୁଟା ବହି ଥାକ କହିଲୁ; ପାଞ୍ଚଟା। ଦି'ଟା ବଡ଼ ଆଲମାରି, ହେଲେ ଦେଖୁଛୁ ତ ଏ ଆସ୍‌ଟ୍ରେ, ଯେତେ ସଫାକଲେ ବି ସଦାବେଳେ ଭର୍ତ୍ତି। ଦେଖ୍ ମୁଁ ଆଉ ଏ ସଫାସଫି ପାରୁନି। ତୁ କହ ସେ ତାଙ୍କର ଏ ସିଗ୍ରେଟ୍ ଟଣା କମାନ୍ତୁ। ରାତିସାରା ତ ଖଁ ଖଁ ହଉଛନ୍ତି। କାଶି କାଶି ତାଙ୍କୁ ନିଦ ବି ଠିକ୍ ହଉନି। ସକାଳୁ ତ କ୍ଲାସ୍‌ରେ ଗର୍ଜନ କରି ଗପୁଛନ୍ତି। ଏପଟେ ଦିନକୁ ଦି' ପ୍ୟାକେଟ୍ ସିଗ୍ରେଟ୍, ଯାହା ହବ।

ମୋ କଥା କୋଉ ଶୁଣୁଛନ୍ତି ତୋ ବାପା। ତୁ ବୁଝ୍।। ତୁ ବଡ଼ ହେଲୁଣି। କାଲେ ତୋ କଥା ଶୁଣିବେ। ହେଲେ ମନେରଖ ଅରୁ, ତୁ ଏମିତିକା ବୋହେମିଆନ୍ ଜୀବନ ବଞ୍ଚିବୁନି। ଯାଙ୍କର ତ ଢୋଲ୍ ନାହିଁ କି ଡୋଲ୍ ନାହିଁ। ମୁଁ ବୋଲି ତ ତୋ ବାପାଙ୍କୁ ସମ୍ଭାଳିଛି ...।''

ଅରୁଣାଭ ନା ବୁଝିପାରେ ତା' ମା'ର କଥା, ନା ବାପାଙ୍କୁ ଦେଖି ବୁଝିପାରେ ବୋହେମିଆନ୍ ମାନେ କ'ଣ !

କ'ଣ ସଦାବେଳେ ଅନ୍ୟମନସ୍କ ରହିବା, ନା ନିଶାସକ୍ତ ହୋଇପଡ଼ିବା, ସେ ନିଶା ସିଗ୍ରେଟ୍‌ର ହେଉ, ଅବା ବହିପଢ଼ାର ହେଉ, ଅବା ଭୟଙ୍କର ଭାବେ ନିରବ ରହିବାର ହେଉ, ଅବା ବିନା କାରଣରେ ଖୁସି ରହିବା ହେଉ ଅବା ବାସ୍ତବତାମାନଙ୍କୁ, ଦୁଃଖ, ଯନ୍ତ୍ରଣାମାନଙ୍କୁ ସିଗ୍ରେଟ୍ ଧୂଆଁରେ ଉଡ଼େଇଦେବାର ହେଉ।

ତା'ର ମନେଅଛି, ସେ ଯେତେବେଳେ ଚତୁର୍ଥ କି ପଞ୍ଚମ ଶ୍ରେଣୀରେ ପଢୁଥିଲା ନୟାଗଡ଼ରେ ଓ ତା' ବାପା ନୟାଗଡ଼ କଲେଜରେ ଇଂରାଜି ଅଧ୍ୟାପକ ଥିଲେ, ତାଙ୍କ ଭଡ଼ାଘର ସାମ୍ନାରେ, ରାସ୍ତାର ଠିକ୍ ଆରପଟେ, ରାସ୍ତାକୁ ଲାଗି ଗୋଟେ ଖୁବ୍ ଉଚ୍ଚା ପାହାଡ଼ ଥିଲା। ବେଶି ଝଙ୍କାଳିଆ ଗଛପତ୍ର ନ ଥିଲା ସେ ପାହାଡ଼ ଉପରେ। ଅଳ୍ପ ଉଚ୍ଚାରେ ଗୋଟେ ମୁଣ୍ଡିଆ ଥିଲା। ବାପା ତାକୁ ଅନେକ ଥର ଉପରବେଳା, ତା' ହାତଧରି ସେ ମୁଣ୍ଡିଆ ଉପରକୁ ନେଇଯାଆନ୍ତି। ଛୋଟ ଛୋଟ ଗଛମାନଙ୍କ ଭିତରେ ସିଆରକାଟି ମୁଣ୍ଡର ଫିରେଇ ପରି, ରାସ୍ତା ଉପରକୁ ଉଠିଯାଏ। ଅରୁଣାଭ ଉଲ୍ଲାସରେ ବାପାଙ୍କ ହାତ ଛାଡ଼ି ଆଗକୁ ଆଗକୁ ଧାଇଁଯାଏ, ସେ ତିଖ ରାସ୍ତାରେ।

ବାପା କେବେ ତାକୁ ରୋକି ନାହାନ୍ତି କି ପଛରୁ ଡାକିନାହାନ୍ତି, କି ନିଜ ହାତ ଧରିବାକୁ ବାଧ୍ୟ କରିନାହାନ୍ତି। ନିଜ ଦୃଷ୍ଟିରେ କେବେ ବି ଅସ୍ତ ସୂର୍ଯ୍ୟଙ୍କୁ କି ରଙ୍ଗଭରା ଆକାଶକୁ ବର୍ଣ୍ଣନା କରିନାହାନ୍ତି। ହୁଏତ କେବେ କେମିତି କହିଛନ୍ତି; ଅରୁ ଦେଖ୍, ଚାହାଁ ଏ ଆକାଶକୁ, ମନଭରି ଦେଖ୍। ଆଜିର ଏ ଆକାଶ କାଲିକୁ ରହିବନି। ନିଇତି ନୂଆ ଏ ଆକାଶ, ଏ ରଙ୍ଗ, ଏ ସୂର୍ଯ୍ୟାସ୍ତ।

ବାସ୍ ସେ ମୁଣ୍ଡିଆ ସେପାଖେ ଛୋଟ ବଡ଼ ହାତଗଣତି ପାହାଡ଼ ଆଉ ସେଇ ଉପତ୍ୟକାରେ ସୂର୍ଯ୍ୟଙ୍କର ବୁଡ଼ିଯିବା। ବାପାଙ୍କ ଛାଇରୁ ନିଜକୁ ଅଲଗା କରି ଅରୁଣାଭ ପୁଣି ମୁଣ୍ଡିଆର ଆରପଟକୁ ଗଡ଼େ କିଛି ବାଟ।

ତା' ଚଟି ଖସିଯାଏ ନାଲି ଗୋଡ଼ିରେ, ବାପା ପଛରୁ ପାଟି କରନ୍ତି; ତୁ ପଡ଼ିବୁନି ଅରୁଣାଭ ... ଡରନା, ନିଜ ପାଦକୁ ସମ୍ଭାଳି ନେ ...।

ସିଗ୍ରେଟ୍‌କୁ ପାଦରେ ଦଳିଦେଇ, ବାପା ଆତ୍ମହରା ହୋଇ ଆକାଶକୁ ଚାହାଁନ୍ତି। ଖୁସି ଆଉ ଆଶ୍ଚର୍ଯ୍ୟର ଦୃଷ୍ଟିରେ।

ଅରୁଣାଭ ଡାକେ, ''ବାପା ଚାଲ ଯିବା...''

ତାକୁ ଲାଗେ ବାପା ବାଧହୋଇ ଫେରୁଛନ୍ତି, ଇଚ୍ଛା ବିରୁଦ୍ଧରେ।

ଦିନେ ବାପାଙ୍କ ସହ ସେ ରାସ୍ତା ପାରିହୋଇ ପାହାଡ଼ ଚଢ଼ିବାକୁ ଯିବାବେଳେ, ଅରୁଣାଭ ଦେଖିଲା, ଆରପଟେ ସେମାନଙ୍କୁ ଅପେକ୍ଷା କରିଛି ଗୋଟେ କଲେଜ ଝିଅ। ସେ ହୁଏତ ବାପାଙ୍କର ଛାତ୍ରୀ, ଇଂରାଜି ସମ୍ମାନର। ସେ ବାପାଙ୍କୁ ସାର୍ ବୋଲି ନମସ୍କାର କଲା ଓ ବାପା ତା' ସହ ହାତ ମିଳେଇଲେ। ଅରୁଣାଭ ସହ ତା'ର ପରିଚୟ କରାଇଦେଇ କହିଲେ, ''ଇଏ ଗୋଟେ ଦିଦି, ନମସ୍କାର କର ...।''

ଅରୁଣାଭ ସବୁଥର ପରି ଆଗରେ ଚଢ଼ିଗଲା ପାହାଡ଼। ତା' ପଛକୁ ବାପା। କଲେଜରୁ ଫେରି ଜାମାପଟା ବଦଳି ନ ଥାନ୍ତି। ଛଅ ଫୁଟ୍ ଉଚ୍ଚର ତମ୍ବା ରଙ୍ଗର ଚେହେରା, କାନ ଉପରେ ବାଳ।

ଲମ୍ବା କଲାର୍‌ବାଲା ହାୱାଇନ୍ ସାର୍ଟ୍। ଡାହାଣ ହାତରେ ରୁପା ରଙ୍ଗର ଚକ୍ ଚକ୍ ଘଡ଼ି। ଆଉ ସେଇ ହାତରେ ସେ ଝିଅର ବାଁ ହାତକୁ ଧରି ବାପା ପଛରେ ଆସୁଥାଆନ୍ତି। ସେ ଝିଅ ବାପାଙ୍କ ଆଶ୍ରୟରେ ହିଁ ପାହାଡ଼ ଚଢୁଥାଏ, ଗୋଟେ ହାତରେ ଗୋଟେ ବହି ଓ ଖାତା ଧରି।

ସୂର୍ଯ୍ୟ ଆଲୁଅ ଓ ପାହାଡ଼ର ଛାଇର ମିଶାମିଶି ରଙ୍ଗରେ ବାପା ଦିଶୁଥାଆନ୍ତି କେହିଜଣେ ଗ୍ରୀକ୍ ଦେବତା ପରି।

ଅରୁଣାଭ ତିଖରେ ପହଞ୍ଚି ଛୋଟ ଛୋଟ ଗୋଡ଼ି ସବୁ ଦୂରକୁ ଫିଙ୍ଗିବା ଆରମ୍ଭ କରିଦେଇଥାଏ ଓ ଖେଳରେ ମାତିଥାଏ।

ତା' ପଛରେ ଉପରକୁ ମୁହଁ ଟେକି ଉପତ୍ୟକାର ଅନ୍ୟପଟକୁ ଚାହିଁଥାଆନ୍ତି ବାପା ଓ ସେ ଝିଅ ଅତି ବିକଳ ହୋଇ ବାପାଙ୍କ ମୁହଁକୁ ଚାହିଁ ରହିଥାଏ।

ଛଳ ଛଳ ଆଖି ଓ ଶାନ୍ତ ସ୍ୱରରେ ବାପା ସେଇ ଆକାଶକୁ ଚାହିଁ କହୁଥାଆନ୍ତି, ''ଦେଖ ସୁମିତ୍ରା। ପ୍ରେମ ଗୋଟେ ବୋଝ ନୁହେଁ କେବେ ବି। ଗୋଟେ କାର୍ଯ୍ୟ ଅବା ଅଧିକାର ବି ନୁହେଁ। ଯେମିତି ନିଃଶ୍ୱାସ, ପ୍ରଶ୍ୱାସ, ସେମିତି ପ୍ରେମ; ଯେମିତି ଛାତି ତଳର ଦୁକ୍, ସେମିତି ପ୍ରେମ। ତମେ ମତେ ପାଇଯିବା କଥା କାହିଁକି ଭାବୁଛ। କି ମତେ ହଜେଇଦବ ବୋଲି ଆଶଙ୍କା କାହିଁକି କରୁଛ! କାହିଁକି ଭାବୁଛ ମୁଁ ତମର ଡେଣା କାଟି ତମକୁ ବନ୍ଦୀକରି ରଖେ ମୋ ବାହୁରେ, ମୋ ଚୌହଦିରେ। ଦେଖ ଏ ଆକାଶର କାନ୍‌ଭାସ୍। କାହିଁକି ଏହାକୁ ବନ୍ଧେଇ କରି କାନ୍ଥରେ ଟଙ୍ଗେଇବା କଥା ଭାବୁଛ! ତମକୁ ଆତ୍ମହତ୍ୟା କରିବାକୁ ମୁଁ ବାଧ କରି ନ ପାରେ, ହେଲେ ତମେ ଯଦି ମତେ ଭଲପାଇଛ ତ, ବଞ୍ଚିବା ଶିଖିଯିବ। ମରଣ ତ କ୍ଷଣିକ। ହେଲେ ଏ ଜୀବନର

ବ୍ୟାପ୍ତି ଛାଡ଼ି, ସେ କ୍ଷୀଣ ମୃତ୍ୟୁ କଥା ତମେ କ'ଣ କୌଣସି ବୟସରେ ବି ଭାବିପାରିବ; ପୁଣି ମୋର ପ୍ରେମିକା ହୋଇ ...''

ଆଉ ବେଶି କିଛି ସେମାନଙ୍କର କଥାବାର୍ତ୍ତା ମନେନାହିଁ ଅରୁଣାଭର। ସୂର୍ଯ୍ୟାସ୍ତ ଆଗରୁ ସେମାନେ ତଳକୁ ଖସିଲେ। ଆଗରେ ଯାଉ ଯାଉ ଅରୁଣାଭ ଦେଖିଲା, ତା'ର ବାପା ଓ ସେ ଝିଅର ଛାଇ ସମ୍ପୂର୍ଣ୍ଣ ଏକାକାର ହୋଇଯାଇଛି। ଆଉ ସେ ନିଜେ ସେ ଏକାତ୍ମ ଦୁଇଟି ଛାଇ ମଝିରେ ଚାପିହୋଇଯାଇଛି। ସେ ପଛକୁ ବୁଲି ଚାହିଁଲା ତ, ସେ ଝିଅ ଖସି ସାରିଥିଲା ବାପାଙ୍କ ଆଶ୍ଲେଷରୁ।

ହୁଏତ ଛଳ ଛଳ ଆଖିରେ ଅସ୍ତ ସୂର୍ଯ୍ୟକୁ ଫେରି ଚାହୁଁଥିଲା। ଫେରି ଚାହୁଁଥିଲା ଆଜିର ଆକାଶକୁ, ଯାହା ଆଉ କେବେ ବି ଆସିବ ନାହିଁ ଏ ପାହାଡ଼ ଉପରକୁ।

ବାପା ବି ଚାଲିବା ଆରମ୍ଭ କରି ଦେଇଥିଲେ ଓ ସବା ଶେଷରେ, ବିନା ସାହାରାରେ ସେ ଝିଅ ତଳକୁ ଆସୁଥିଲା ପଛେ ପଛେ।

ଅରୁଣାଭକୁ ବାପା ସେଦିନ କିଛି ବି କହି ନ ଥିଲେ। କହି ନ ଥିଲେ, ମା'କୁ କିଛି କହିବୁନି ବୋଲି। କି ସେ ଝିଅ ସହ ପାହାଡ଼ ଉପରେ ଭେଟ ହବାର କଥା, ତା'ର ଓଦା ଆଖି ଅବା ବିକଳ ଚାହାଣିର କଥା। କିଛି ବି ତାକୁ ତାଗିଦ୍ କରି ନ ଥିଲେ। ଘରକୁ ଫେରି ତାଙ୍କ ପଢ଼ା ଘରକୁ ପଶିଗଲେ ବାପା ଏକମୁହାଁ ହେଇ।

ଏମିତିକା ସ୍ୱଭାବକୁ ହୁଏତ ଅରୁଣାଭ ବୋହେମିଆନିଜ୍‌ମ୍ ବୋଲି ଧରିଦେଲା। ସବୁକିଛିକୁ ସମାନ ଭାବେ ସ୍ୱୀକୃତି ଦେବା ଓ ସବୁକିଛିକୁ ସମାନ ଭାବେ ବେଖାତିର୍ କରିବାର ମନୋଭାବକୁ।

ହେଲେ ସେ ବୁଝିଲାନି ବାପା କ'ଣ ଚାହୁଥିଲେ, କ'ଣ କହୁଥିଲେ।

କିନ୍ତୁ ମା' କ'ଣ ଚାହେ, ବୁଝିପାରେ ଅରୁଣାଭ। ବୁଝିପାରେ ସଞ୍ଜ ଦେଇସାରି ମା' ଗାଉଥିବା ଗୀତ। ତାନ୍‌ପୁରା ଧରି ସୁରର ରିଆଜ୍, ସାତ ସୁରର ପୁନରାବୃତ୍ତି। ସବୁଦିନ ସେଇ ସାରେଗାମା.....ରୁ ଆରମ୍ଭ ହେଉଥିବା ମା'ର ସଞ୍ଜ। ମା' ବୋଧେ ବିଶ୍ୱାସ କରେ ଗୋଟାଏ ବାରମ୍ବାରତାରେ, ସବୁକିଛିର ପୁନରାବୃତ୍ତିରେ। ସବୁଦିନ ଏକାପରି ଦିଶିଲେ ବି ଭିନ୍ନ ବାଗରେ ସୁନ୍ଦର ବୋଲି ସେ ଜାଣେ।

ସାରା ଘର ଝୁଣା ଧୂଆଁରେ ଭର୍ତ୍ତି ଓ ମା'ର ସ୍ୱର ସବୁ ବଖରାରେ ସେଇ ଧୂଆଁ ସାଙ୍ଗେ ନାଚି ନାଚି ମିଶିଯାଏ। ମା' ହିନ୍ଦୁସ୍ତାନୀ ଭୋକାଲ୍‌ର ଗାୟିକା। ତା' ଝିଅବେଳୁ ଗାଉଥିଲା। ଅରୁଣାଭ ଛୋଟ ହୋଇଥିଲାବେଳେ, ସେମାନଙ୍କ ପାହାଡ଼ ତଳ ଭଡ଼ାଘରେ ପ୍ରାୟ ସଞ୍ଜରେ ବାପାଙ୍କୁ ଚା' ଦେଇସାରି, ମା' ତାନ୍‌ପୁରା ଧରି ବସେ, ରାଗ ସବୁ

ଅଭ୍ୟାସ କରେ। କିଶୋରୀ ଅମନକରଙ୍କୁ ଶୁଣେ, ସୁନନ୍ଦା ପଟ୍ଟନାୟକଙ୍କୁ ଶୁଣେ ଓ ଅତି ଉଚ୍ଚାଟ ହୋଇ ଗାଏ, ''ଜୀବନପାତ୍ର ମୋ ଭରିଛ କେତେ ମତେ, ନ ଦେଲ କିଛି ବୋଲି କହିବିକି ହେ ଆଉ.....।''

ମା'ର କିଛି ଫେରାଦ୍ ନାହିଁ କାହା ପାଖେ; ନା ଈଶ୍ୱରଙ୍କ ପାଖେ ନା ତା' ବାପାଙ୍କ ପାଖେ।

ତା'ର ପାଠ, ସ୍କୁଲ୍ ଡ୍ରେସ୍, ଜଳଖିଆ ଆଉ ନିଜକଥା ମା' ବୁଝେ ଓ ଗୀତ ଗାଏ।

ଆଜିକାଲି, ବାପାଙ୍କ ରାତି ପାଇଁ ଥର୍ମୋଫ୍ଲାସ୍କରେ ଚା' ରଖିଦେଇ ମା' ଚାଲିଆସେ ଜଲ୍ଦି ଶୋଇବାକୁ।

ସକାଳକୁ କେବେ କେବେ ବାପା ଥାଆନ୍ତି ତା' ପାଖେ, ନ ହେଲେ ତାଙ୍କ ପଢ଼ା ଟେବୁଲ୍‌ରେ ହାମୁଡ଼େଇ ଶୋଇଥାଆନ୍ତି। ଅଧାଜଳା ସିଗ୍ରେଟ୍ ଏଣେତେଣେ ପଡ଼ିଥାଏ ଓ ଆସ୍‌ଟ୍ରେ ଭର୍ତ୍ତିଥାଏ। ଖୋଲା ଝର୍କା ପଟେ ଉଦୟ ସୂର୍ଯ୍ୟ ଦିଶୁଥାଏ।

ଅରୁଣାଭ ପଚାରେ, ''ମା' ବୋହେମିଆନ୍ ମାନେ କ'ଣ ?'' ମା' କହେ; ତୋ ବାପା !

ହେଲେ ଅରୁଣାଭ ନିଜେ ଜମାରୁ ବି ତା' ବାପାଙ୍କ ପରି ନୁହଁ, ଏକଥା ସେ ବୁଝିଯାଏ।

୩

ଗୋଟାଏ ଅସମ୍ପର୍କ ପାଖରେ ଅରୁଣାଭ ଠିଆହୋଇ ରହେ ଓ ନିଜକୁ ନିଜେ ଭାରି ବିକଳ ଦିଶେ, ଗାଧୁଆ ଘର ଦର୍ପଣରେ। ସାୱାର୍‌ର ପାଣି ବୁନ୍ଦାବୁନ୍ଦା ଛିଟିକି ପଡ଼େ ଓ କିଛି ସମୟ ପରେ ଆଉ କିଛି ଦିଶେନା ଦର୍ପଣରେ, ସବୁ ଧୂଆଁଳିଆ ଦିଶେ। ଧୂଆଁଳିଆ ଦିଶେ ତା'ର ମୁହଁ।

ହାତରୁ ସାବୁନ୍ ଖସିଯାଏ, ଅସ୍ପଷ୍ଟ ଦିଶେ ରେଖା ନ ଥିବା ତା' ପାପୁଲି।

ଦିନେ ଦିନେ କାର୍ କାଚରୁ ଅସ୍ପଷ୍ଟ ଦିଶେ ଆକାଶ ଓ ସେଇ ଏକାପରି ଏ କଳା ମଚମଚ ରାସ୍ତା।

ସେହି ହାତରେ ଫୋନ୍ ଧରେ, ତା' ମା' ଫୋନ୍ କରନ୍ତି। ଦିନେ ଦିନେ ଫୋନ୍ ଧରିପାରେନା, କ୍ଳାନ୍ତ ହୋଇ ଶୋଇପଡ଼େ ଅଫିସ୍‌ରୁ ଫେରି। ରୁଟିନ୍ ମୁତାବକ ପିଙ୍କିର ଫୋନ୍ ପାଏ ସବୁଦିନ।

ମା'ର କିଛି କଥା ନ ଥାଏ, ସେଇ କ'ଣ ଖାଇଲୁଣି ନା ନାହିଁ, କ'ଣ ଖାଇଚୁ, ଆଉ ତୋ ଦେହପା', ଏମିତି

କ'ଣ ଶୁଭୁଚି ତୋ ସ୍ୱର, ଥଣ୍ଡା ଧରିଛି କି, ମନ ଭଲ ନାହିଁ କି ତୋର, ଦେଖିଚାହିଁ ଚଳୁଥିବୁ, ବାପାଙ୍କ ରିଟାୟାରମେଣ୍ଟ୍ ଆଉ ଦି'ବର୍ଷ ରହିଲା, ତାଙ୍କ ଦେହ ବି ଭଲ ରହୁନି ଆଜିକାଲି, କଲେଜରେ କାମ ବଢ଼ିଯାଇଛି, ପରୀକ୍ଷା ଦାୟିତ୍ୱରେ ଅଛନ୍ତି ତ ବ୍ୟସ୍ତ ରହୁଛନ୍ତି, ଭୁବନେଶ୍ୱରରେ ଗୋଟେ ଫ୍ଲାଟ୍ କିଣିବା କଥା କହିଲେ ଖାଲି ବିରକ୍ତ ହଉଛନ୍ତି, କହୁଛନ୍ତି ଅରୁ ତ ସେଠି ରହିଲା, ଏଠି କିଏ ରହିବ, ଭଡ଼ାଘରେ ଚଳିଯିବା, ସେ ଘର କରିବା ମୋ ଦେଇ ହବନି....।

ତୋ ବାହାଘର, ଝିଅ ଦେଖା କଥା କହିଲେ, କହୁଛନ୍ତି; ସେ ତା'ର ନିଜେ ଦେଖି ବାହା ହବ, ତା' ପସନ୍ଦର, ଆମର ଦେଖିବା ଦରକାର ନାହିଁ।

ବାପାଟା ପରା, ୟାକୁତାକୁ କେତେ କହିବି, ତୋ ସାଙ୍ଗସାଥୀଙ୍କୁ କହିବୁ ନଜର ପକଉଥିବେ ଟିକେ। ଆମର ସେମିତି କିଛି ପସନ୍ଦ ନାପସନ୍ଦ ନାହିଁ, ତୁ ଯେମିତି ଚାହିବୁ ସେମିତି। ସେ ତ ସେଇଠି ରହିବ ତୋରି ପାଖରେ, ଚାକିରିଆ ହଉ କି ଗୃହିଣୀ, ତୁ ଖୁସି ରହିବା ଦରକାର, ତମ ସଫ୍ଟୱେର୍ ଲାଇନ୍ ଝିଅ ବି ଭଲ ...

ବାପାଙ୍କୁ ଟିକେ ଫୋନ୍ କରି କଥା ହ' ମଝିରେ ମଝିରେ। ତୁ ତ +୨ ଠାରୁ ବାହାରେ ରହିଲୁ। ଆଉ ତୁ ବାଙ୍ଗାଲୋର ଗଲା ପରେ ବାପା କେମିତି ଭୟଙ୍କର ଭାବେ ଚୁପ୍ ହେଇ ଯାଇଛନ୍ତି। ତାଙ୍କୁ ଭଲ ନିଦ ହଉନି, ମନା କରୁଛି ହେଲେ ସିଗ୍ରେଟ୍‌ଗୁଡ଼ା ପିଉଛନ୍ତି ରାତିଅଧରେ। ରାତିସାରା ଖଁ ଖଁ କାଶ, କୋଉ ଶୁଣୁଛନ୍ତି।

ଦୁଇ ତିନି ବର୍ଷ ହବ କ'ଣ ଗୋଟାଏ ନଭେଲ୍ ଲେଖୁଛନ୍ତି। ଅଧାରାତି ତ ସେଇ ତାଙ୍କରି ରୁମ୍‌ରେ, ପଢ଼ା ଟେବୁଲ୍‌ରେ ହାମୁଡ଼େଇ ଶୋଉଛନ୍ତି। ଯୋଉଦିନ ନିଦ ହଉନି, ଭୋରରୁ ଉଠି ଚା' ବନଉଛନ୍ତି ନିଜେ, ଆଉ ପାହାନ୍ତିଆରୁ ବାହାରି ଯାଉଛନ୍ତି ସେଇ ପାହାଡ଼ ଉପରକୁ ...।

ଏଇ ବାହାଘର କଥା ଉଠିଲେ ଅରୁଣାଭ ଚୁପ୍ ହେଇଯାଏ, ବେଶି କିଛି କହିପାରେନା, ହଁ ହାଁ ମାରି ସାରିଦିଏ କଥା; ସେପଟୁ ପିଙ୍କିର "କଲ୍ ୱେଟିଂ..." ଥାଏ।

ଫୋନ୍ ଧରି ତା' ହାତ ଝାଳେଇଯାଏ ଆଉ ବାପାଙ୍କ କଥା ଭାବି ତା' ମନତଳ ଓଦା ହେଇଯାଏ। ବାପାଙ୍କୁ ଫୋନ୍ ଲଗାଏ, 'ସ୍ୱିଚ୍ ଅଫ୍ ...।' ନିଜ ପାପୁଲିକୁ ଚାହେଁ, ହଁ କେଉଁଠୁ ନା କେଉଁଠୁ ନିଷ୍ପ୍ରଭ ହେଇଆସୁଛି ତା'ର ହାତରେଖା।

ଲାଗେ ତା'ର ଏଇ ତିରିଶ ମହଲା ଉପର ନିବୁଜ କୋଠରିରେ ସାରାରାତି ପଡ଼ିରହି ସେ ପାଲଟିଯିବ ଗୋଟାଏ ବିଶାଳ ପୋକ।

ଫ୍ରାନ୍‌ଜ କାଫ୍‌କାଙ୍କ 'ମେଟାମରଫୋସିସ୍'ର ସେଇ ବିଶାଳ ପୋକ। ସକାଳର

ଆଲାର୍ମରେ ହିଁ ସେ ନିଜକୁ ଆବିଷ୍କାର କରିବ ଓ ବିଶ୍ୱାସ କରିପାରୁ ନ ଥିବ ଏଇ ରୂପାନ୍ତରକୁ।

ତାକୁ ଡାକି ଡାକି ଉଠେଇବା ପାଇଁ ବାହାରେ ଅପେକ୍ଷା କରି ନ ଥିବେ ବାପା, ମା'। ମା' ତ ରାତିକୁ ହିଁ ଫୋନ୍ କରେ। ଆଉ ବାପା; ସେ ତ ଭୋରୁ ଭୋରୁ ମୁଣ୍ଡିଆ ଉପରକୁ ଚଢ଼ିଯାଇଥିବେ। ଯେଉଁଠୁ ସେ କେବେ ବି ଫେରିବାକୁ ଚାହାନ୍ତି ନାହିଁ।

ତା' ପାଖେ ବିଛଣାରେ ପଡ଼ିଥିବା ଫୋନ୍‌ରେ ଏସ୍.ଏମ୍.ଏସ୍. ବିପ୍ ଆସୁଥିବ ପିଙ୍କିର, ''ଲଭ୍ ୟୁ ଡିଅର୍ ... କିସ୍ ୟୁ .... ୱେକ୍ ଅପ୍ ... ହାଭ୍ ଏ କପ୍ ଅଫ୍ ଟି ଆଜ୍ ହଟ୍ ଆଜ୍ ମାଇଁ ଲିପ୍ସ୍ ... ମିସ୍ ୟୁ ...,'', ''ଆଜି ଇଚ୍ଛା ହଉନି ଅଫିସ୍ ଯିବାକୁ, ତମେ ନାହଁ, ତମକୁ ଜାକିଧରି ଶୋଇବାକୁ ଇଚ୍ଛା, ସାରା ଦିନ, ସାରା ରାତି, ଆରେ ଉଠ ମୁଁ ତୁମ ପିଙ୍କି ...।''

ହ୍ୱାଟ୍‌ସଆପ୍‌ରେ ପିଙ୍କି ପଠେଇ ସାରିଥିବ ତା' ମୁକୁଳା ଛାତିର ଫଟୋ, ତା' ସ୍ତନ ଫାଙ୍କର ଫଟୋ, ତା' ତଳି ପେଟର ଫଟୋ ଆଉ ଲେଖୁଥିବ; ବାସ୍ ଏବେ ଆଉ ନାହିଁ, ଆଇ ଷ୍ଟପ୍ ହିଅର୍, ଏବେ ତୁମେ ଯାହା ଇଚ୍ଛା କର, ଅଲ୍ ୟୋର୍ସ୍ ....।

ଟେକ୍ ମି, ଫକ୍ ମି ଡାର୍ଲିଙ୍ଗ୍ ... ଆମ୍ ସୋ କ୍ରେଜି ... ଲଭ୍ ୟୁ, ଲଭ୍ ୟୁ ...

ଏମିତି ପିଙ୍ଗ୍ ସବୁ ଗଦାହେଇ ପଡୁଥିବ ଅରୁଣାଭ ଫୋନ୍‌ରେ। ଆଉ ସେ ଶୋଇ ରହିଥିବ ଗୋଟେ ବିଶାଳକାୟ ପୋକ ହେଇ, ନିଶ୍ଚଳ ହେଇ ଶୋଇଥିବ ବିଛଣାରେ।

ସେ ବିଛଣାରେ ଶୋଇ ଚିତ୍କାର କରୁଥିବ। ହେଲେ ତା'ର ରଡ଼ି କାହାକୁ ବି ଶୁଭୁ ନ ଥିବ। ବାପା ସୂର୍ଯ୍ୟୋଦୟରେ ଛିଡ଼ା ହୋଇ ରହିଥିବେ ସେଇ ଲଣ୍ଡା ପାହାଡ଼ ଉପରେ। ତାଙ୍କର ସେ ଭଡ଼ାଘରର ଦୁଆର ମୁହଁରୁ ବାହାରି ପତଳା ରାସ୍ତାଟେ ମିଶି ଯାଇଥିବ ଗୋଟାଏ ଛୋଟ ଫାଟକ ଅତିକ୍ରମ କରି ମୁଖ୍ୟ ରାସ୍ତାରେ। ଯାହାର ଠିକ୍ ଆରପଟେ କିଛି ବାଟ ଚଢ଼ିଗଲେ ସେଇ ଲଣ୍ଡା ପାହାଡ଼। ସେଇ ମୁଣ୍ଡିଆକୁ ଅତିକ୍ରମ କରିଗଲେ ଆରପଟେ ଛୋଟ ବଡ଼ ପାହାଡ଼ ସବୁ। ତା'ରି ତିଖରେ ବାପା ଛିଡ଼ାହୋଇ ରହିଥିବେ, ଗୋଟେ ସକାଳର ଛାତିରେ। ଯେଉଁ ସକାଳ ଗୋଟେ ବିନିଦ୍ର ରାତି ପରେ ଆସେ ଆଉ ଆଖି ତଳର କଳା ଦାଗରେ ଅତୀତର ଅନେକ ଛାଇକୁ ଲେପିଦିଏ। ଅନେକ ଚରିତ୍ର, ଅନେକ ମୁହୂର୍ତ୍ତ ସବୁକୁ ଥାକଥାକ ସାଇତି ରଖେ ଅବା ବିପର୍ଯ୍ୟସ୍ତ କରି ଫିଙ୍ଗିଦିଏ, ଏ ସକାଳ।

ବାପା ତାଙ୍କ ଅନ୍ୟମନସ୍କତା ଧରି ଛିଡ଼ା ହୋଇଥିବେ ତିଖରେ, ଦୁଇ ହାତକୁ ମୁକୁଳା କରି, ତାଙ୍କ ହାୱାଇନ୍ ସାର୍ଟ ଓ ଲମ୍ବା ବାଳକୁ ପବନରେ ଫର୍ ଫର୍ କରି ଛିଡ଼ା

ହୋଇଥିବେ, ହେଲେ ପାହାଡ଼ ଉପର ଏ ପବନର ଔଦ୍ଧତ୍ୟ, ବାପାଙ୍କ ନିର୍ଲିପ୍ତ ଆଖିପତାରେ ପଲକଟେ ସୁଦ୍ଧା ଆଣି ପାରୁ ନ ଥିବ। ଅତି ଭୟଙ୍କର ଭାବେ ସ୍ଥିର ତାଙ୍କର ଆଖିପତା ଖୁବ୍ ଦୂରକୁ ଭେଦ କରି ଲାଖି ରହିଥିବ ଗୋଟାଏ ଅସୀମରେ, ଯେଉଁଠି କ'ଣ ଅଛି ଅରୁଣାଭ ଜାଣେନା।

ହେଲେ ବାପା କ'ଣ ଜାଣନ୍ତି! ପାହାଡ଼ ଆରପଟ ଦିଗ୍‌ବଳୟ ଟପି ଆକାଶ ଯେଉଁଠି ଭୂମିଷ୍ଠ ହୋଇଛି, ସେଠାରେ କ'ଣ ଅଛି! ଯେଉଁଠି ବାପାଙ୍କର ଏହି ଚିର ଈପ୍‌ସିତ ଓ ଅପଲକ ଦୃଷ୍ଟି!

ଆଉ ତାଙ୍କ ଗଭୀର ଅନ୍ୟମନସ୍କତାରେ ବାପା ଶୁଣି ପାରନ୍ତିନି ତାଙ୍କ ଏକମାତ୍ର ପୁଅର ଚିତ୍କାର। ଯେଉଁ ପୁଅ ଅଭିଶପ୍ତ ହୋଇ ପାଲଟିଯାଇଛି ଗୋଟେ ବିଶାଳ ପୋକ ଗତ ରାତିରେ, ଯେଉଁ ରାତିରେ ବାପା ତାଙ୍କ ଭାବପ୍ରବଣତାକୁ ନେଇ ବ୍ୟସ୍ତ ରୁହନ୍ତି ଓ ତାଙ୍କ ପଢ଼ା ଟେବୁଲ୍ ଝର୍କା ଦେଇ ନିରର୍ଥକ ଭାବେ ଚାହିଁରହୁଛନ୍ତି ଶୂନ୍ୟକୁ, ଗୋଟାଏ ଉପନ୍ୟାସ ଲେଖିବା ପାଇଁ!

ମା' ବି ତା'ର ଠାକୁର ପୂଜାରେ ବ୍ୟସ୍ତ। ତାକୁ ଶୁଭେନା ଅରୁଣାଭର ଚିତ୍କାର। ହଠାତ୍ ପୋକ ପାଲଟି ଯାଇଥିବା ତା' ପୁଅର ଚିତ୍କାର।

ହାତରୁ ଉଭାନ୍ ରେଖାମାନଙ୍କୁ ନ ପାଇ ଅରୁଣାଭ ବିବ୍ରତ ହୋଇ ପାଟି କରେ। ହେଲେ ତା' ମା'ର ଘଣ୍ଟିର ଶବ୍ଦରେ, ନିସ୍ତବ୍ଧ ହୋଇଯାଏ ତା'ର ସ୍ୱର।

ମା'ର ହଜାରେ ଠାକୁର, ଛୋଟ ବଡ଼ ଯେତିକି ଫଟୋ, ସବୁ କାନ୍ଥରେ ଠାକୁରଙ୍କ କ୍ୟାଲେଣ୍ଡର, ଝୁଲନ୍ତା ଦେବଦେବୀ। ଦୁଇ ତିନିଟି ଖଟୁଲିରେ ଭର୍ତ୍ତି ଠାକୁର। ଠାକୁର ଘର କବାଟରେ, ସେ ନିଜେ ଚକ୍‌ଖଡ଼ିରେ ଲେଖିଥିବା ମହାମନ୍ତ୍ର, ଗାୟତ୍ରୀ ମନ୍ତ୍ର। କାନ୍ଥ ସାରା ସିନ୍ଦୂର ଟିପା, ଥାକରେ ଦୀପଦାନି, ଝୁଣାର ସରା, ନଡ଼ିଆ କତା, ଆଳତି କର୍ପୂର।

ଗୋଟାଏ ପିଲିସଜରେ ଘିଅ ଢାଳି ଢାଳି ମା' ତେଜୁଥାଏ ଦୀପ। ନିବୁଜ ଠାକୁର ଘରର ଅନ୍ଧାରକୁ ଦୀପର ଶିଖା ଟିକେ ଅଧିକ ଦୋହଲେଇ ଦିଏ।

ହେଲେ ମା' ତା'ର ଅବିଚଳିତ, ସ୍ଥିର। କାନିକୁ ଘୋଡ଼େଇ ହେଇ ବସିରହିଥାଏ ଠାକୁରଙ୍କ ଆଗରେ। ବିଡ୍ ବିଡ୍ ହେଇ ମନ୍ତ୍ର ପଢ଼େ, ଡୋଳା ଲେଉଟାଇ ସେ ଝୁଣା ଧୂଆଁରେ ଉପରକୁ ଚାହେଁ, ଗୀତା ଭାଗବତ ପଢ଼େ, ଘଣ୍ଟି ବଜେଇ ଆଳତି କରେ, ହେଲେ ଶୁଣିପାରେନା ଅରୁଣାଭର ଅସହାୟ ଚିତ୍କାର।

ଏମ୍ତି ପୂଜା କରି ଠାକୁରଙ୍କୁ ମା' ବୁଢ଼ୀ ହେଉଥାଏ, ଆଳତି ଧରି ଏଘର ସେଘର ବୁଲେ। ବାପାଙ୍କ ମୁଣ୍ଡ ଆଉଁଶିଦିଏ। ଉଠିବାକୁ କହେ ଟେବୁଲ୍ ଉପରୁ।

ବାପା ଉଠନ୍ତି, ଯେମିତିକି ସେ ଶୋଇ ହିଁ ନ ଥାନ୍ତି। ଦିଆସିଲି ଅଣ୍ଡାଳନ୍ତି, ହେଲେ ମିଳେନା। ମା'ର ହାତକୁ ଭିଡ଼ିଧରି ସେଇ ଆଳତିରୁ ସିଗ୍ରେଟ୍ ଲଗାନ୍ତି। ଖୁବ୍ ନିଦ, ଖୁବ୍ ବୈରାଗ୍ୟ, ଖୁବ୍ ଭଲପାଇବାରେ ମା'କୁ ଚାହାନ୍ତି। ମା' ବିରକ୍ତ ହୁଏ ସତ, କିନ୍ତୁ ବାପା ଏତିକିବେଳେ ଈଶ୍ୱରଙ୍କ ପରି ଦିଶନ୍ତି। ହେଲେ ଶୁଣିପାରନ୍ତିନି ଅରୁଣାଭର ବିକଳ ଚିତ୍କାର। ଜାଣିପାରନ୍ତିନି ତାଙ୍କ ପୁଅ ଏକ ବିଶାଳ ପୋକ ପାଲଟିଯିବାର ଗୁମର !

୪

ଅତୀତକୁ ନେଇ ଉପନ୍ୟାସ ଲେଖିବା କ'ଣ ଏକ ପ୍ରକାର ପ୍ରାୟଶ୍ଚିତ୍ତ !

ଯେଉଁ ପ୍ରାୟଶ୍ଚିତ୍ତ ପାଇଁ ବାପା ଲେଖି ଚାଲିଛନ୍ତି ଓ ଗୋଟାଏ ଅସମ୍ପୂର୍ଣ୍ଣ ଉପନ୍ୟାସର ଅବୟବ ସାଙ୍ଗେ ବିତେଇ ଚାଲିଛନ୍ତି ରାତି ପରେ ରାତି। ସିଗ୍ରେଟ୍‌ର ଭର୍ତ୍ତି ଧୂଆଁରେ ଅଣ୍ଡାଳୁଛନ୍ତି ଅତୀତକୁ ଆଉ ନିଜର ଚରିତ୍ରମାନଙ୍କୁ।

ଅରୁଣାଭ ଯେତିକି ଜାଣେ, ତା' ବାପା ଅତୀତକୁ ଝୁରି ହବାର ମଣିଷ ନୁହନ୍ତି। ଅତୀତର ଘଟଣା, ଦୁର୍ଘଟଣାମାନଙ୍କୁ ସେ ଇତିହାସର ମର୍ଯ୍ୟାଦା ଦେଇଛନ୍ତି ପଛେ, ସେସବୁକୁ କେବେ ସ୍ମୃତି କରିନାହାନ୍ତି।

ଏତେ ବେଶି ଫଟୋ ସେ ସାଇତି ରଖିନାହାନ୍ତି ନିଜର। କଲେଜରୁ ବଦଳି ହେବା ସମୟରେ ମିଳିଥିବା ସମ୍ମାନ ଫଳକ କି ମାନପତ୍ର କେଉଁଠି କାନ୍ଥରେ ବନ୍ଧେଇ କରି ଟଙ୍ଗେଇ ନାହାନ୍ତି। ହେଲେ ଅରୁଣାଭର ଜନ୍ମଠୁ ଆରମ୍ଭ କରି, ଗୁରୁଣ୍ଡିବା, ଛିଡ଼ା ହବାର ଫଟୋ ପାଇଁ ଗୋଟାଏ

ଅଲଗା ଆଲ୍‌ବମ୍ ଅଛି। ତା' ସ୍କୁଲ୍‌ର ଗ୍ରୁପ୍ ଫଟୋ, ପିକ୍‌ନିକ୍‌ର ଫଟୋ, ପୁରସ୍କାର ପାଉଥିବାର ଫଟୋ, ବ୍ୟାଡ୍‌ମିଣ୍ଟନ୍ ରାକେଟ୍ ଧରିଥିବାର ଫଟୋ, ଏସବୁ ବି ସାଇତା ଆଉ ଗୋଟେ ଆଲ୍‌ବମ୍‌ରେ।

ଦଶମ ଶ୍ରେଣୀ ପରେ ସ୍କୁଲ୍ ଛାଡ଼ିବା ପରଠାରୁ ଆଉ କୌଣସି ଫଟୋ ସେ ଆଲ୍‌ବମ୍‌ରେ ନାହିଁ।

ବୋଧହୁଏ ବାପା ଭାବିଛନ୍ତି, ତାଙ୍କ ପୁଅ ବଡ଼ ହୋଇଯାଇଛି, ସେ ଆଉ ଫଟୋ ସାଇତିବାର ଚେଷ୍ଟା କରିନାହାନ୍ତି।

ଏତେ ସବୁ ରଙ୍ଗିନ ଫଟୋ ସତ୍ତ୍ୱେ, ଯେଉଁ ଫଟୋଟି ସବୁଠୁ ଉଜ୍ଜ୍ୱଳ ଦିଶେ, ଗୋଟାଏ କଳାଧଳା ଫଟୋ, ପୁରୁଣା ହୋଇ ଟିକେ ହଳଦିଆ ଦିଶୁଥିବା ଫଟୋ। ଅରୁଣାଭ ଛଅ ମାସର ହେଲାବେଳକୁ ମା' କୋଳରେ ଧରା ହୋଇଛି ଓ ବାପା ମା'ଙ୍କୁ ଚାପି ଧରିଛନ୍ତି ନିଜ ଛାତିରେ, ଆଉ ଚାହିଁଛନ୍ତି ମା'ର ଆଖିରେ ନିଜର ପ୍ରତିବିମ୍ବକୁ।

ବାପା ମା'ଙ୍କ ଯୁଗଳବନ୍ଦୀ ଓ ଘନିଷ୍ଠତାରୁ ବାରିହୋଇ ପଡୁଛି ଭଲପାଇବା ଓ ଆତ୍ମୀୟତା। ଷ୍ଟୁଡିଓର ପଛପଟେ ଝୁଲୁଥିବା ସିନେରିକୁ ବି ଫିକା କରି ଦେଉଛି ଏ ନିବିଡ଼ ଆଶ୍ଳେଷ।

ହଁ ବାପା ନିହାତି ଲେଖୁଥିବେ ଏସବୁ ନିଜ ଉପନ୍ୟାସରେ, ଲେଖୁଥିବେ ତାଙ୍କ ଅଧ୍ୟାପକ ଜୀବନର ସଂଘର୍ଷ, ତାଙ୍କ ସ୍ୱପ୍ନ, ଅସ୍ୱପ୍ନ, ପ୍ରେମ ଓ ଅପ୍ରେମର କଥା।

ସେ ପାହାଡ଼ ଚଢୁଥିବା ଝିଅ କିନ୍ତୁ ଯେମିତି ହେଲେ ଥିବ ଏ ଉପନ୍ୟାସରେ, ତା'ର ସବୁତକ ସୌନ୍ଦର୍ଯ୍ୟ ଓ ଭଲପାଇବାର ଆବେଦନକୁ ନେଇ। ଥିବ ତା'ର ଓ ବାପାଙ୍କର ଅସହାୟତାର ନିବିଡ଼ ମୁହୂର୍ତ୍ତ, ଥିବ ସଫଳତା ଓ ବିଫଳତାକୁ ଖୁବ୍ ଦୂର ଅବା ଖୁବ୍ ପାଖରେ ଥିବା ଗୋଟେ ପ୍ରେମ କାହାଣୀ।

କୌଣସି ନା କୌଣସି ପୃଷ୍ଠାରେ ଲେଖାଥିବ ବାପାଙ୍କ ପଢ଼ା ଟେବୁଲ୍‌ରେ ସେ ଲେଖା, ''ଗିଭ୍ ମି ଦି ଲାଷ୍ଟ୍ ପଫ୍, ଦ୍ୟାଟ୍‌ସ ଏନଫ୍ ଟୁ ସେଲେବ୍ରେଟ୍ ଦି ଡେଫିନାଇଟ୍ ଜର୍ନି ଅଫ୍ ଏ ବର୍ଣ୍ଣିଂ ସିଗାରେଟ୍।''

ଏ ବାକ୍ୟଟିକୁ ଅରୁଣାଭ କଲେଜ ପଢ଼ିବା ଯାଏଁ ବି ବୁଝିପାରିନି। ନା ଇଂରାଜିରେ, ନା ଓଡ଼ିଆରେ ଏ ବାକ୍ୟ ତାକୁ ବୁଝାପଡ଼େନା।

ସିଗ୍ରେଟ୍‌ର ଶେଷ ସୋଟାକ ଟାଣି, କ'ଣ ସମ୍ପୂର୍ଣ୍ଣ ସିଗ୍ରେଟ୍ ପିଇବାର ମଜା ନିଆଯାଇପାରେ ?

କେବେ ବାପାଙ୍କୁ ଏକଥା ପଚାରି ପାରିନି ସେ। ସିଗ୍ରେଟ୍ ପ୍ୟାକେଟ୍‌କୁ ଗୋଲ୍

ଗୋଲ୍ ଚିରି ଫୋଟକା କରି ଫଟେଇଛି । ଖୋଳରେ ଥାକ ଥାକ ଘର ଗଢ଼ିଛି । ମା'କୁ ଲୁଚେଇ ବାପା ଦୁଇ ତିନିଥର ତା' ଓଠରେ ସିଗ୍ରେଟ୍ ଲଗେଇ ଦେଇଛନ୍ତି । ସେ ଟିକେ ଧୂଆଁ ଛାଡ଼ିଛି ଖୁବ୍ ମଜାରେ । ମା' ପଛରୁ ଦେଖିଛି ଓ ଚିତ୍କାର କରି ତାକୁ ଭିଡ଼ିନେଇଛି, ଗାଳି ଦେଇଛି; ''କି ଲୋକ ତମେ । ନିଜେ ତ ଏ ବିଷଗୁଡ଼ା ଖାଉଛ, ଛୁଆଟାକୁ ମାରିବ ନା କ'ଣ ! କୋଉ ବାପା ଏମିତି ତା' ଛୁଆକୁ ସିଗ୍ରେଟ୍ ପିଆଏ...''

ବାପା ହସିଛନ୍ତି, ହାଃ ହାଃ ହାଃ ହାଃ...., ଠୋ ଠୋ ହସ, ଖିଆଲି ହସ ଓ ତା'ପରେ କାଶି କାଶି ନୟାନ୍ତ ହୋଇ ଯାଇଛନ୍ତି । ତାଙ୍କ କାଶ ଓ ହସର ଶବ୍ଦରେ ମା'ର ଗାଳି ଆଉ ଶୁଭିନି । ମା' ତା'ର ଅଭିମାନ ଧରି ସେ ଉଠିଯାଇଛି । ଘର ଚଟାଣରେ ବିକ୍ଷିପ୍ତ ସିଗ୍ରେଟ୍ ଗୁଳାକୁ ଓଳେଇ ନେଇଛି ଅଯତ୍ନରେ ।

ମା' କଥା ତ ନିହାତି ଲେଖିଥିବେ ବାପା ତାଙ୍କ ଉପନ୍ୟାସରେ । ମା' ତାଙ୍କୁ ଦେଇଥିବା ସ୍ପେସ୍, ସ୍ୱାଧୀନତା, କେବେ ବି ପକାଇ ନ ଥିବା କର୍ତ୍ତବ୍ୟବୋଧର ରାଣ ଓ ବରଦାସ୍ତ କରିବାର ସୀମା ସରହଦ, ତାଙ୍କ ବୋହେମିଆନିଜମ୍‌କୁ ଦେଇଥିବା ସ୍ୱୀକୃତି .... ଏସବୁ । ବାପାଙ୍କ ସ୍କୁଟର ଆଗରେ ଛିଡ଼ାହୋଇ ପବନରେ ଚକ୍ରୀ ଦେଖେଇ ବୁଲିବା, ପଛ ସିଟ୍‌ରେ ବସି ବାପାଙ୍କ ପେଟକୁ ଚାପିଧରିବା, ତା'ର ଘଣ୍ଟା ଚିହ୍ନିବା, ଦାଢ଼ି କାଟିବା ଶିଖିବା ଏସବୁ ଲେଖା ଥିବ ନିଶ୍ଚେ଼ଁ ।

କିନ୍ତୁ ବାପା ଯାହା କଥା ଲେଖୁ ନ ଥିବେ, ସେ ହେଉଛି ପିଙ୍କି । ଯିଏ କି ବାପାଙ୍କୁ ସମ୍ପୂର୍ଣ୍ଣ ଅଜଣା । ଅଜଣା ତା'ର ଟିକି ଟିକି ଆଖି, ଚଢ଼େଇର ଗୋଟେ ସ୍ୱର । ପିଙ୍କି ତା'ର ପଲକ ବୁଜିଦେଲେ ଯେମିତି ସାରା ଦୁନିଆରେ ପାୱାରକଟ୍ ହୋଇଯାଏ, ସିଏ ଯଦିଓ ତା' ପାଖେ ରହେନା ହେଲେ ପିଙ୍କି ବିଦେଶ ଯିବା କଥା କହିଲେ ଗୋଟେ ବିଷାଦ ଘାରିବସେ । ତା'ର ଦେହ ଖରାପ ହେଲେ ସେ ଅରୁଣାଭକୁ ହିଁ ଖୋଜେ, କହେ, ''ଶୁଣ ତ, ମତେ ଜଲ୍‌ଦି ନେଇଯାଅ ତମ ପାଖକୁ, ତମକୁ ଦେଖିବାକୁ ବହୁତ ଇଚ୍ଛା ହଉଛି ଏଇନେ, ପ୍ଲିଜ୍ ଆଉ ଟିକେ କଥାହୁଅ, ମତେ ଟିକେ ଚାପିଧର ତମ ଛାତିରେ, ଜୋର୍‌ରେ, ଖୁବ୍ ଜୋର୍‌ରେ .... ମତେ ବହୁତ ନିଦ, ବାସ୍ ତମ ଛାତିରେ ମୁଣ୍ଡ ରଖି ଶୋଇଯିବାକୁ ଇଚ୍ଛା, ସାରା ରାତି, ସାରା ସକାଳ ... ଥରେ ମତେ ଦେଖିବାକୁ ତ ଆସ ।"

"ତମେ ବହୁତ ସିଗ୍ରେଟ୍ ପିଉଛ ବୋଧେ, ତମ ସ୍ୱରଟା ଏମିତି ଶୁଭୁଛି ଦିନକୁ ଦିନ । ଏତେ ଗମ୍ଭୀର ଏତେ ଉଦାସ । ନା କଥା ହବାକୁ ଇଚ୍ଛା ନାହିଁ, ମୁଁ ବାଧ କରୁଛି... ।''

ହେଲେ ଅରୁଣାଭକୁ ଆବୋରି ବସୁଥିବା ଶୂନ୍ୟତା, ତାକୁ ଦିନକୁ ଦିନ ବେଢ଼ି ଯାଉଥିବା ଶୂନ୍ୟତା, ଏକଥା ବାପାଙ୍କୁ ସମ୍ପୂର୍ଣ୍ଣ ଅଜଣା । ଯେଉଁ ଚିରାଚରିତ ଜୀବନ

ଜିଇବାର ଭ୍ରମରେ ଅରୁଣାଭ ଧାଉଁଛି ସକାଳ ସଞ୍ଜ, ଏକଥା ବି ବାପା ଲେଖିପାରିବେନି ତାଙ୍କ ଉପନ୍ୟାସରେ।

କିନ୍ତୁ ଏସବୁ ତ ଅରୁଣାଭର ବ୍ୟକ୍ତିଗତ ଦୁଃଖ। ବ୍ୟକ୍ତିଗତ ଦୁଃଖମାନଙ୍କୁ ଲେଖିଦେଲେ କ'ଣ ଉପନ୍ୟାସ ହୁଏ ! ତା'ର ବାପା ବି ଏସବୁ ବୁଝିବା କି ଦର୍କାର। ନୂଆ ବୟସ ସାଙ୍ଗେ ନୂଆ ଦୁଃଖ ଆସେ। ନୂଆ ଲୋକ, ନୂଆ ସମ୍ପର୍କ ସାଙ୍ଗେ ନୂଆ ଦୁଃଖ ଆସେ। ପୁଣି ପରିସ୍ଥିତି ଅନୁସାରେ ଦୁଃଖମାନେ ବି ବଦଳନ୍ତି। ତେଣୁ ବାପାଙ୍କ ଜୀବନର ଖୁସି ଓ ଉଲ୍ଲାସ, ଦୁଃଖ ଓ ଯାତନା ତା'ଠୁ ସମ୍ପୂର୍ଣ୍ଣ ଭିନ୍ନ।

ହୁଏତ ବାପା ତାଙ୍କ ଉପନ୍ୟାସରେ ନିଜକୁ ସ୍ୱୀକୃତି ଦେଇଥାଇପାରନ୍ତି ଜଣେ ସଫଳ ନାୟକ ଅବା ପ୍ରେମିକ ହିସାବରେ। ହୁଏତ ତାଙ୍କ ଘଟଣା, ଚରିତ୍ର ସବୁ ତାଙ୍କ ବାସ୍ତବ ଦୁନିଆ ବାହାରେ ଥାଇପାରନ୍ତି। ତେଣୁ ବାପାଙ୍କର ଅବାସ୍ତବ ଓ ସ୍ୱପ୍ନର ଦୁନିଆ ସାଙ୍ଗେ ତା' ବ୍ୟକ୍ତିଗତ ଜୀବନର କୌଣସି ବସାଉଠା ନ ଥାଇପାରେ।

ସେ ପାହାଡ଼ ଚଢୁଥିବା ଝିଅ ଓ ତା' ସହ ବିତିଥିବା ଅନ୍ତରଙ୍ଗ ମୁହୂର୍ତ୍ତ ସବୁ ବାପା ଚାହିଁଲେ ବି ଲୁଚେଇ ପାରୁ ନ ଥିବେ। ସେ ଝିଅକୁ ମର୍ଯ୍ୟାଦା ଦେବାକୁ ଅବା ନିଜର ପାରିବାରିକ ଜୀବନରୁ ତାଙ୍କର ସେ ନାମହୀନ ସମ୍ପର୍କକୁ ଦୂରେଇ ରଖିବାକୁ କିମ୍ବା ସେ ଝିଅର ଜୀବନରେ ନୂଆ କିଛି ଆଘାତ ନ ଦେବାକୁ, ସେ ଗୋଟେ ସ୍ୱୀକାରୋକ୍ତି ଲେଖିଦେଇ ପାରନ୍ତି; ''ଏ ଉପନ୍ୟାସରେ ବର୍ଣ୍ଣିତ ଚରିତ୍ର ଓ ଘଟଣା ସବୁ କାଳ୍ପନିକ। ବାସ୍ତବ ଜୀବନ ସହିତ ଏହାର କୌଣସି ସାମଞ୍ଜସ୍ୟ ଥିଲେ, ତାହା ଆକସ୍ମିକତା ବା ସଂଯୋଗବଶତଃ ବୋଲି ବୁଝିବାକୁ ହେବ।''

କିନ୍ତୁ ଏହି ଆକସ୍ମିକତା ହିଁ ସତ୍ୟ। ସତ ଏସବୁ ଘଟଣା ଅବା ଦୁର୍ଘଟଣା। ସମ୍ପୂର୍ଣ୍ଣ ବାସ୍ତବ ଏ କଳ୍ପନା।

କିନ୍ତୁ ଏସବୁକୁ ଅତିକ୍ରମ କରିବାକୁ ବାପା କେବେ ବି ଚାହି ନ ଥିବେ। ଧରା ପଡ଼ିଯାଉଥିବ ତାଙ୍କର ସବୁତକ ସଂଯୋଗ। ଲେଖାର ପ୍ଲଟ୍‌ରେ, ଚୌହଦିରେ ସେ ହିଁ ଆବଦ୍ଧ ହୋଇଯାଉଥିବେ ଆଉ ମୁକୁଳି ପାରୁ ନ ଥିବେ।

ଏମିତି ବି ନିଜ ଅତୀତ କବଳରୁ ମୁକୁଳିଯିବା ଏତେ ସହଜ କଥା ନୁହେଁ!

ସେ ଝିଅର ଖଣ୍ଡେ ଚିଠି ପଢ଼ିଛି ଅରୁଣାଭ। ଖୁବ୍ ସୁନ୍ଦର ଅକ୍ଷର ଓ କମ୍ ଶବ୍ଦର ଚିଠି। ''ମୁଁ ତମର ପ୍ରେମିକା ହୋଇ ବଞ୍ଚି ରହିବି। ସବୁବେଳେ ଏଇ ବୟସରେ, ଏଇ ଶରୀରରେ ଥିବି। ଥିବି ଗୋଟେ ବିତୁ ନ ଥିବା ସମୟ ଚକ୍ରରେ, ତମେ ଥିବ। ଖାଲି ଯାହା ଆମ ଦିହିଁଙ୍କର ପାରିପାର୍ଶ୍ୱିକ ପରିସ୍ଥିତି ବଦଳି ଯାଉଥିବ ଅବା ବଦଳିଯିବାର ଭ୍ରମଟେ ତିଆରି କରୁଥିବ। ତମକୁ ନେଇ ମୋର କୌଣସି ଝୁରିହବା ନାହିଁ, ଅପ୍ରାପ୍ତିର

ଅନୁଶୋଚନା ନାହିଁ। ମୁଁ ଚୁପ୍ ରହିଲେ ବି ତମ ସାଙ୍ଗେ ନିରନ୍ତର ଗପୁଥାଏ। ଆଖି ବୁଜିଲେ ତମେ ଯେ ବେଶି ଦିଶ, ଦିଶେ ତମର ଚକ୍ ଚକ୍ ଆଖି, ନିର୍ଲିପ୍ତ ଓଠ। ଗୋଟେ ମ୍ୟାଜିସିଆନ୍‌ର ଅସ୍ଥିର ଆଙ୍ଗୁଠିରେ ତମେ ମତେ ଆଉଁଶିଦେଇ ଯାଇଛ ଓ ଭୁଲିଯାଇଛ ତୁମ ମ୍ୟାଜିକ୍ ଟ୍ରିକ୍। ମୁଁ ଆଉ ଫେରିପାରୁନି। ଯେମିତି ମତେ ଛୁଇଁଦେଇ ଛାଡ଼ି ଚାଲି ଯାଇଥିଲ ସେମିତି ଠିଆ ହୋଇଛି।

ଈଶ୍ୱର (ଯଦି କେହି ଥାଆନ୍ତି) କରନ୍ତୁ, ତମେ ଭୁଲିଯାଅ ସବୁତକ ମ୍ୟାଜିକ୍। ଆଉ ଏ ଆଲୁଅ ଅନ୍ଧାରର ମଞ୍ଚ ଛାଡ଼ି ଓହ୍ଲେଇଯାଅ। ଦର୍ଶକ ଗ୍ୟାଲେରିରୁ ମତେ ଚାହିଁ ଚାହିଁ ହଜିଯାଅ ଅବା ଖସିଯାଅ....।''

ବାପାଙ୍କ ବହି ଥାକରୁ ଏ ଚିଠି ପଢ଼ିଛି ଅରୁଣାଭ। ବାଲ୍‌କୋନିରେ ବସି ଆକାଶକୁ ଚାହିଁ ରହିଥିବା ବାପାଙ୍କୁ ଲକ୍ଷ୍ୟ କରିଛି। ବାପା ଏମିତି ଅନ୍ୟମନସ୍କ ଭାବେ ନିରୀକ୍ଷଣ କରୁଛନ୍ତି ସନ୍ଧ୍ୟାର ଆକାଶ ଓ ଅସହାୟ ଭାବେ ଦେଖୁଛନ୍ତି ବଦଳୁଥିବା ରଙ୍ଗ।

ମା' ଚା' କପ୍ ଧରି ପଶୁ ପଶୁ ଆକଟ କରି କହୁଛି, ଅରୁ ଥାଉ ଖେଳାନା ବାପାଙ୍କର ବହିଥାକ। କୋଉ ବହି ଦରକାର ବାପାଙ୍କୁ କହ, କୋଉଠି କ'ଣ ଦରକାରୀ କାଗଜପତ୍ର ଥିବ!

ବାପା ମୁହଁ ଫେରେଇ କହୁଛନ୍ତି, ''ଥାଉ କିଛି କୁହନା, ସେ ବଡ଼ ପିଲା ହେଲାଣି। ଚାକିରି କଲାଣି। ତା'ର ଯାହା ଇଚ୍ଛା ତାକୁ କରିବାକୁ ଦିଅ। ଆଚ୍ଛା ଅରୁ ଯୋଉ ବହି ଚାହୁଁଚୁ ନେ। ସବୁକିଛି ସଜାଡ଼ି ରଖିବା ବି ଏତେ ଭଲ ଅଭ୍ୟାସ ନୁହେଁ। ଅସଜଡ଼ା ରହୁ ପଛେ, ସାଇତି ରଖିବା ବଡ଼କଥା। କ୍ୟାଲେଣ୍ଡାର ପୃଷ୍ଠା ଭଳି ନୁହେଁ ଏ ଜୀବନ ଯେ ଯା ପରେ ଇଏ, ତା'ପରେ ସିଏ। 'ରାଣ୍ଡମ୍‌ନେସ୍' ଉପରେ ତତେ ଗୋଟେ ବହି ଦେଇଥିଲିନା; 'ଲାଇଫ୍ ଇଜ୍ ଲାଇକ୍ ଏ ଡ୍ରଙ୍କାର୍ଡସ୍ ୱାକ୍' ପଢ଼ିଛୁ! ଜୀବନରେ ତୁ ଯେଉଁଠିକୁ ଯେତେବେଳେ ଚାହିବୁ ଯାଇପାରିବୁ, ତୋ ଭବିଷ୍ୟତକୁ ଯାଇ ପୁଣି ଫେରିଆସି ପାରିବୁ ଅତୀତକୁ। କିନ୍ତୁ ଆମେମାନେ ଏତେ ଭାଗ୍ୟବାନ୍ ନୁହେଁ ଯେ ବହୁତ କିଛି ଭୁଲିଯାଇପାରିବା। କିଏ କହିଥିଲେ, ମନେପଡୁନି, ''ବ୍ଲେସ୍‌ଡ ଆର୍ ଦୋଜ୍, ହୁ ଫର୍‌ଗେଟ୍।''

"ଆମେ ତ ସମସ୍ତେ ଗୋଟାଏ ଗୋଟାଏ ପ୍ରୋଗ୍ରାମ୍! ଆମର ଧରାବନ୍ଧା ଆଉଟ୍‌ପୁଟ୍ ଅଛି। ସେହି ଅନୁସାରେ ବଞ୍ଚିବାକୁ ହେବ। ହେଲେ ଗୋଟାଏ ଗୋଟାଏ ପ୍ରୋଗ୍ରାମ୍ ହେଇ ବଞ୍ଚିବା ପାଇଁ ଆମେ ଜନ୍ମ ହେଇନେ। ହେଲେ ଆମର ଜନ୍ମ କେଉଁଥିପାଇଁ, ସେକଥା ବି ମତେ ମାଲୁମ୍ ନାହିଁ ... ହାଃ ... ହାଃ...।"

"ହଉ ଦେଖିନେ, ଯୋଉ ବହି ବି ଦରକାର ନେଇଯା ବାଙ୍ଗାଲୋର। ସେସବୁ ନିହାତି ଶେଷ ପର୍ଯ୍ୟନ୍ତ ବି ପଢ଼ିବୁ, ସେମିତିବି କିଛି ମାନେ ନାହିଁ। ବହୁତ ବହି ଅଧାରୁ ବନ୍ଦ କରିବାକୁ ହୁଏ..."

୪

ଅରୁଣାଭର ଫୋନ୍ ରିଂ ହୁଏ, ରିମ୍‌ଝିମ୍ ଗିରେ ସାୱନ୍... ପିଙ୍କିର ପସନ୍ଦର ଗୀତ। ସେ ହିଁ ଏ ରିଂ ଟୋନ୍ ସେଟ୍ କରି ଦେଇଥିଲା, ଗଲାଥର ଯେବେ ଆସିଥିଲା ବାଙ୍ଗାଲୋର, ଗତ ବର୍ଷ ଜୁଲାଇ ମାସରେ ବର୍ଷା ଋତୁରେ। ଏଇ ଜୁଲାଇ ହିଁ ଅରୁଣାଭର ଜନ୍ମ ମାସ, ଷୋହଳ ଜୁଲାଇ। ପିଙ୍କି କହେ, "ତମର ଶୁଭ ସଂଖ୍ୟା ୭। ଏଇ ଦେଖ ଷୋହଳ ମାନେ ଏକ ଯୁକ୍ତ ଛଅ। ଜୁଲାଇ ବି ତ ସପ୍ତମ ମାସ, ମାନେ ୭। ସପ୍ତାହ ସାତ ଦିନ, ସପ୍ତର୍ଷି ମଣ୍ଡଳ, ସାତ୍ୱାଁ ଆସ୍ମାନ୍ ମାନେ ସେଭେନ୍ଥ ହେଭେନ୍। ମୋ ଆଈ କହେ ସାତତାଳ ପାଣି, ସାତତଳ ପଙ୍କ ଆଉ ସେ ପଙ୍କରେ ଗୋଟାଏ ବିରାଟ ସିନ୍ଦୁକ। ସିନ୍ଦୁକ ଭିତରେ ଫରୁଆ, ଫରୁଆ ଭିତରେ ଫରୁଆ ... ଆଉ ସେ ଫରୁଆ ଭିତରେ ଭଅଁର। ଏମ୍ତି ଏତେ ସ୍ତର ଦେଇ ତମ ହୃଦୟରେ ପହଞ୍ଚିବା ମୁସ୍କିଲ୍। ତଥାପି ମୁଁ ଚିହ୍ନେ ସେ ଭଅଁରକୁ, ଅତି ପାଖରୁ ଚିହ୍ନେ।"

"ଆଚ୍ଛା ଏ ଭଅଁରର ଗୁଣୁଗୁଣୁ ପାଇଁ ତମେ ଗୋଟେ ପ୍ରୋଗ୍ରାମ୍ ଲେଖି ପାରିବ ! ଦେଖ ତ ଏ ଭଅଁରର ସ୍ୱର ବଡ଼ ଅଦ୍ଭୁତ। ଏକା ରାହାରେ ଗାଏ। ଛାଡ଼ ସେକଥା। ଚାଲ ଟେରାସ୍‌କୁ ଯିବା। ଟିକେ ଭିଜିବା ଏକାଠି। ତମେ ଚାହିଲେ ସିଗ୍ରେଟ୍ ପିଇ ପାରିବ। ମୋର ବାରଣ ନାହିଁ। ଅଳ୍ପ ଟିକେ ଭିଜି ଫେରି ଆସିବା। ବାସ୍ ତା'ପରେ ମୁଁ ଏୟାରପୋର୍ଟ୍ ଚାଲିଯିବି। ଏଇ ଉପର ଦେଇ ଭୁବନେଶ୍ୱରକୁ ଫ୍ଲାଇଟ୍‌ର ରୁଟ୍ ନା ! ତା' ମାନେ ମୁଁ ଏଇପଟେ ପୁଣି ଫେରିବି। ଫ୍ଲାଇଟ୍‌ରେ ଯିବାବେଳେ ବିଜୁଳି ମାରିଲେ ଭାରି ଡର ଲାଗେ, ନାଇଁ ! ଉଡ଼ାଜାହାଜ କେମିତି ଖୁବ୍ ଜୋର୍‌ରେ ଥରେ।"

"ଗୁଗୁଲ୍ ମାରୁଥିଲି। ଗୋଟେ ବିଜୁଳିର ଭୋଲ୍‌ଟେଜ୍ ପଚାଶ ହଜାରରୁ ପାଞ୍ଚ ଲକ୍ଷ ଭୋଲ୍ଟ। ଭାରି ରହସ୍ୟମୟ ଏ ଦୁନିଆ, ତମେ ବି କମ୍ ନୁହଁ ଯେ, ହେ ହେ..। କିନ୍ତୁ ଆମେ ସବୁ ୨୨୦ ଭୋଲଟରେ ସନ୍ତୁଷ୍ଟ ନାଃ...। ବଡ଼ ଅଦ୍ଭୁତ ଆମର ସନ୍ତୋଷ ଆଉ ଅସନ୍ତୋଷର ମାତ୍ରା।"

"ଆମେ ଦିହେଁ ଯଦି ସିନେମା କି ଉପନ୍ୟାସର ଦୁଇଟା ଚରିତ୍ର ହେଇଥାଆନ୍ତେ ଆଉ ଏବେ ଖୁବ୍ ଗୋଟେ ଘଡ଼ଘଡ଼ି ମାରନ୍ତା, ଆକାଶ ଫାଟିଯାଆନ୍ତା ବିଜୁଳିରେ, ତ ମୁଁ ତମକୁ ଭୟରେ ଜାକି ଧରନ୍ତି ଓ ତମେ ମତେ ବିଛଣାକୁ ଟେକି ନିଅନ୍ତ। ପାୱାରକଟ୍ ହୁଅନ୍ତା।

ଝର୍କା ଫାଙ୍କ ବିଜୁଳି ଆଲୁଅରେ ଦିଶିଯାଆନ୍ତା ଆମର ଦେହ ଓ ଭଲପାଇବାରେ ଚକ୍ ଚକ୍ ତମର ତୃଷାର୍ତ୍ତ ଆଖି।

ଆଉ ସେଇ ପ୍ରଥମ ଥର ହିଁ ମୁଁ କନ୍‌ସିଭ୍ କରିଯାଆନ୍ତି ହା... ହା... ହେଲେ ଏମ୍ତି କ'ଣ ହୁଏ ଜୀବନରେ, ଅରୁଣାଭ। ଦେଖ ତା'ର ନମୁନା। ମୁଁ ଅଭଦ୍ର ଭଳି ଗପି ଚାଲିଛି ଆଉ ତମେ ଏତେ ଭାବପ୍ରବଣ ହୋଇ ମାନେ ଅନ୍ୟମନସ୍କ ହୋଇ ଝର୍କାଦେଇ ଚାହିଁ ରହିଛ। ଆଉ ୟା ଭିତରେ ବର୍ଷା ବି ବନ୍ଦ ହୋଇ ସାରିଲାଣି। ପୁଣି ମତେ ଫେରିବାକୁ ଅଛି ଭୁବନେଶ୍ୱର।

ଆଉ ଥରେ ଶୁଭେଚ୍ଛା ତମ ଜନ୍ମଦିନର। ଜନ୍ମଦିନର ରାତ୍ରିଭୋଜନ ପାଇଁ ମୁଁ ରହିପାରୁନି, ଦୁଃଖିତ।

ଆର ଥରକୁ ଆମର ବାହାଘର ସରିଥିବ ଓ ଆମେ ଅନାୟାସରେ ଆମର ଫଟୋ ଫେସ୍‌ବୁକ୍‌ରେ ଅପ୍‌ଲୋଡ୍ କରି ପାରିବା, ହ୍ୱାଟ୍‌ସଆପ୍‌ରେ ଡିପି ବନେଇ ପାରିବା। କାହାକୁ ଡର ନ ଥିବ। ଆଚ୍ଛା ଆଉ କେବେ ଭିଜିବା ଏକାଠି, ମତେ ଜଲ୍‌ଦି ବାହାରିବାକୁ ହେବ। ଏୟାରପୋର୍ଟ ଖୁବ୍ ଦୂର। ପୁଣି ବାଙ୍ଗାଲୋର ଟ୍ରାଫିକ୍ ... ଉଫ୍...।

ହଉ ଟିକେ ଭିଡ଼ିଧର ତ, ବାସ୍ ମୁଁ ଚାଲିଯିବି। ଆଚ୍ଛା ଚା' ପିଇବ, ବନେଇ

ଦେବି; ରାତିରେ ଗୋଟେ ଭଲ ରେଷ୍ଟୋରାଁରେ ଖାଇନବ, ହେଲେ ସାମ୍ନା ଚୌକି ଫାଙ୍କା ଥିବା ଦରକାର, ବୁଝିଲ...''

ଅରୁଣାଭକୁ ଲାଗେ ପିଙ୍କି ସହ ତା' ସମ୍ପର୍କର ଜ୍ୟାମିତିକୁ ସେ ଠକି ଦେଉଛି। ନିଜକୁ ଯେତେ ନିଃସଙ୍ଗତା ଆଡ଼କୁ ନେଇଯାଉଛି, ତା' ସଙ୍ଗେ ଟକ୍କର ଦେଇ ଗୋଟେ ଭିଡ଼ ତା'ର ପିଛା କରୁଛି। ଅନାକାଂକ୍ଷିତ ଭିଡ଼, ଗତାନୁଗତିକତାର ଭିଡ଼, ଗୋଟେ ଚିରାଚରିତ ଭିଡ଼।

ପିଙ୍କି ତା'ର ଲାପ୍‌ଟପ୍ ଓ ବ୍ୟାଗ୍ ଧରି ଓହ୍ଲେଇ ଯାଉଛି। ଆପାର୍ଟମେଣ୍ଟ୍‌ର ଗେଟ୍ ପାଖେ ଉବର୍ ଟାକ୍ସି ଅପେକ୍ଷା କରିଛି। କାଚ ଖସେଇ ପିଙ୍କି ହାତ ହଲଉଛି ଆଉ ଫେରିଯାଉଛି। ପିଙ୍କିର ହାତରେ ଛନ୍ଦାଛନ୍ଦି ରେଖାମାନଙ୍କର ଭିଡ଼। ଗୋଟାଏ ରେଳ ଜଙ୍କ୍‌ସନ୍ ପରି ଦିଶେ ତା'ର ହାତ।

ଏବେ ଯେଉଁ ସ୍ଥାନ ଅରୁଣାଭକୁ ସବୁଠୁ ସୁରକ୍ଷିତ ଲାଗୁଛି ସେଇଟା ଗୋଟେ ଲିଫ୍ଟ। ତା' ଆପାର୍ଟ୍‌ମେଣ୍ଟ୍‌ର ବନ୍ଦ ଲିଫ୍ଟ। ଓଫ୍ଃ .. ପ୍ରକୃଷ୍ଟ ନିଃସଙ୍ଗତା। ଏମିତିକା ନିଛାଟିଆ ହେଇ ବଞ୍ଚିବାରେ ହିଁ ବୋଧହୁଏ ଆନନ୍ଦ ଅଛି। ସବୁ ଭିଡ଼ଠୁ ଦୂରରେ, ସବୁ ସମ୍ପର୍କଠୁ ଦୂରରେ।

ନିଜକୁ ଆବଦ୍ଧ କରି ରଖିଥିବା ଚାରି ବାଇ ଚାରିର ନିଭୃତ କୋଠରି। ଗୋଟେ ଛୋଟ ପଙ୍ଖାର ଘର୍ ଘର୍ ଶବ୍ଦ। ବାସ୍ ଯା'ଠୁ ଭଲ ଜାଗା ଆଉ କ'ଣ ଅଛି ! ଚାରିପାଖେ ଗୋଟେ ନିଃସଙ୍ଗତାର ଭିଡ଼, ଗୋଟେ ସ୍ଥିରତାର ଭିଡ଼ !

ଅରୁଣାଭ ଭାବେ, ପାୱାର୍ ଫେଲ୍ୟୋର୍ ହୁଅନ୍ତା କି, ଏଇ ଲିଫ୍ଟ ଏଇ ତିରିଶ ମହଲା ଆପାର୍ଟ୍‌ମେଣ୍ଟ୍‌ର ଯେକୌଣସି ଦୁଇଟି ମହଲା ମଝିରେ ଝୁଲି ରହନ୍ତା। ସେ କେବେ ବି ଆଲାର୍ମ ବଜେଇ କାହାକୁ ଡାକନ୍ତାନି ଏ ଟେକ୍‌ସିଟିରେ, ନା କାହାକୁ ଫୋନ୍ କରନ୍ତା। ବାସ୍ ବସି ରହନ୍ତା ଯାରି ଚଟାଣରେ ଜାକିଜୁକି ହୋଇ, ଡଷ୍ଟବିନ୍‌ରେ ଫିଙ୍ଗାଯାଇଥିବା ଲୋଚାକୋଚା ଅଦରକାରୀ କାଗଜ ପରି। ଯାହା ଉପରେ ଲେଖାଥିବା ଶବ୍ଦ, ବାକ୍ୟ ସବୁ ଏକାପରି ଅଦରକାରୀ।

ହେଲେ ଏମ୍ତି ଘଟେନା। ପାୱାରକଟ୍ ହେଲେ, ଲିଫ୍ଟ ମନକୁ ମନ ନିକଟସ୍ଥ ଫ୍ଲୋର୍‌କୁ ଚାଲିଯାଏ ଓ ସେଇଠି ଅଟକିଯାଏ। ଗୋଟେ ସାଇରନ୍ ବାଜେ। ସେଠୁ ବାହାରିଯିବାକୁ ହୁଏ, ଉପରକୁ ଅବା ତଳକୁ ଯାଉଥିବା ପାହାଚ ଦେଇ।

ଅରୁଣାଭ ନିଜକୁ ପଚାରେ, ସେ କ'ଣ ଚାହେ ! ବିତୁଥିବା ସମୟକୁ ନେପଥ୍ୟରେ ରଖି, ଘଟଣାମାନଙ୍କର ସ୍ଥିରତା ! ଖୁବ୍ ନୂଆ କିଛି ଘଟିବା ପାଇଁ ପ୍ରସ୍ତୁତ ହୋଇ ସାରିଥିବା ସ୍ଥିରତା !

ନା ସେ ଚାହେ ଧାଁ ଦଉଡ଼। ସେ ଚାହେ ଗତିଶୀଳତା। ପାପୁଲିରେ ସିଆର କାଟି ଘଟଣାମାନଙ୍କର ଧାଁ ଦଉଡ଼, ଭାଗ୍ୟର ଧାଁ ଦଉଡ଼ !

ନା ସେ କିଛି ବି ଚାହେନା କି କ'ଣ। ଏମିତି କିଛି ବି ହୁଏନା। ସେ କେବଳ ନିଜ ହାତରେଖାମାନଙ୍କୁ ହିଁ ଚାହିଁରହେ, ନିରେଖି ଦେଖେ।

ସତରେ କ'ଣ ନିଷ୍ପ୍ରଭ ହୋଇଆସୁଛି ତା'ର ହାତରେଖା !

୬

ପୁଣି ସେଇ ରିଂ ଟୋନ୍। ପିଙ୍କି ପସନ୍ଦର ଗୀତ। ଇଲେକ୍ଟ୍ରୋନିକ୍ ସିଟିର ତା' ଅଫିସ୍‌ରୁ ରୁମ୍‌କୁ ଫେରେ ଅରୁଣାଭ। ଡ୍ରାଇଭ୍ କରୁ କରୁ ସେ ଦେଖେ, 'ପିଙ୍କି କଲିଂ...'

ରାତି ସାଢ଼େ ଦଶଟା, ବାଙ୍ଗାଲୋରର ଏଇଟା ହିଁ ସଦାବେଳେ ଭିଡ଼ ରାସ୍ତା, ଏକାପରି ଭିଡ଼ ସବୁଦିନେ। ଏକାପରି ଆଲୁଅ। ସେଇ ଏକାପରି ଉଚ୍ଚାଉଚ୍ଚା ହୋର୍ଡିଂ ସବୁ। ଗୋଟାଏ ଭୟଙ୍କର ମନୋଟନି।

ଦିନକୁ ଦିନ ଭାରି କଦର୍ଯ୍ୟ ଶୁଭିଲାଣି ଏ ରିଂ ଟୋନ୍। ଫୋନ୍ ବାଜିଲେ ହିଁ ଗୋଟେ ବିରକ୍ତି ସବାର୍ ହୁଏ ତା' ମୁଣ୍ଡରେ। ସେ ଫୋନ୍ ଧରେନା। ପକେଟ୍‌ରୁ କାଢ଼ି କାର୍ ଡାସ୍‌ବୋର୍ଡରେ ଫିଙ୍ଗିଦିଏ। ଫୋନ୍ ବାଜି ବାଜି ବନ୍ଦ ହୁଏ। ଗୀତ ସରିଯାଏ ପିଙ୍କିର, ଅରୁଣାଭ ଡ୍ରାଇଭ୍ କରେ।

ତା' କାର୍ ସାମ୍ନାରେ ଟୋକାଟା ମଟର ସାଇକେଲରେ ଗୋଟେ ଝିଅକୁ ଧରି ସାଇଡ୍ କାଟି ଖୁବ୍

ଜୋର୍‌ରେ ଛୁଟିଯାଏ। ଝିଅଟି ଏମ୍‌ତି ଜାବୁଡ଼ି ଧରିଥାଏ ସେ ଟୋକାକୁ, ଯେମିତି ପବନ ବି ଯା'ଆସ କରିବା ଅସମ୍ଭବ ତାଙ୍କ ଭିତରେ।

ଅରୁଣାଭ ଏ.ସି.କୁ ଆଉଟିକେ ଥଣ୍ଡା କରେ। ଏ.ସି.ର ଝରକା ଦେଇ ଥଣ୍ଡା ପବନ ତା' ଚିବୁକରେ ବାଜେ, ଯେଉଁଠି ପିଙ୍କି ତା' ଓଠରୁ ଲିପ୍‌ଷ୍ଟିକ୍ ଉତାରିଦିଏ ଆଉ ପୁଣି ନିଜ ପାପୁଲିରେ ପୋଛିଦିଏ। କହେ, ''ଓଃ ସରି, ମୁଁ ଜାଣେ ତମକୁ ଲିପ୍‌ଷ୍ଟିକ୍ ଗନ୍ଧ ହୁଏ। ଏ ଷ୍ଟ୍ରବେରି ଫ୍ଲେଭର୍ ବି ତମକୁ ଗନ୍ଧ। ଆଉ ବିନା ଲିପ୍‌ଷ୍ଟିକ୍‌ରେ ମୋର ଯୋଉ ଓଠ। ମତେ ନିଜକୁ ହିଁ ଘୃଣା ଲାଗେ। ଲିପ୍ ଗ୍ଲସ୍ ବି ତମର ପସନ୍ଦ ନୁହେଁ। କ'ଣ ତମର ପସନ୍ଦ। ଆଚ୍ଛା ମୁଁ ପସନ୍ଦ କି ନାହିଁ ମତେ କହିବ କି ! ମୁଁ କିଛି କରିବିନି, ହେଲେ ମୁଁ ଓଠ ନେଲାବେଳକୁ ତମେ ପ୍ଲିଜ୍ ମୁହଁ ବୁଲେଇ ଦିଅନି। ଇଟ୍ ହର୍ଟସ୍ ! ହଉ କିଛି କୁହନି, ମୁଁ କହୁଛି ଶୁଣ...''

ପୁଣି ଫୋନ୍ ବାଜେ। ...ଓଫ୍... ପୁଣି ପିଙ୍କିର କଲ୍... ଭାରି ବ୍ୟସ୍ତ କରୁଛି ସତରେ।

ନା ଏଥର ତା' ପ୍ରୋଜେକ୍ଟ ହେଡ୍‌ର ଫୋନ୍।

''ୟେସ୍ ସାର୍ ଅନ୍ ଦ ୱେ ... ୟେସ୍ ସାର୍ ଡ୍ରପ୍‌ଡ ଦ ମେଲ୍ ... ପ୍ରୋଜେକ୍ଟ ପ୍ରେଜେଣ୍ଟେସନ୍ ଇଜ୍ ଓଭର୍ ... ୟା' ଟ୍ରାଏ ରନ୍ ଇଜ୍ ଓକେ ... ୟା ୟୁ ପ୍ଲିଜ୍ ଚେକ୍ ... ୟେସ୍ ସାର୍ ଟୁମୋରୋ ମର୍ଣ୍ଣିଂ ୮:୩୦ ୱିଲ୍ ବି ଦେୟାର୍ ... ୱିଲ୍ ମେଲ୍ ... ଜଷ୍ଟ ରିଚ୍‌ଡ ମାଇଁ ରୁମ୍...''

ଶଃ... ଏ ରାସ୍ତା ବି ଗୋଟେ ଅଫିସ୍, ରୁମ୍ ବି ଅଫିସ୍, ବାର୍ ଯାଅ, ହୋଟେଲ୍ ଯାଅ ସବୁଠି ଅଫିସ୍, ସବୁଠି କାମ, ସେଇ ଏକା ପରିବେଶ କଳ୍ପନାରେ ବି ...

ଏଇ ଫୋନ୍‌କୁ ପିଟି ଭାଙ୍ଗିଦବାକୁ ଇଚ୍ଛା ହୁଏ ଅରୁଣାଭର। ଆଉ ଏ ଲାପ୍‌ଟପ୍ ଗୋଟେ ଆବର୍ଜନାର କୁଢ଼।

ହୋଟୁର୍ ଫ୍ଲାଏ ଓଭର୍ ଧରେ ଅରୁଣାଭର କାର୍। ତଳେ ଗୋଟେ ସହରକୁ ଛାଡ଼ି ଆସିଲା ପରି ଲାଗେ। ତା' ଉପରେ ଗୋଟେ ଖେପା ମାରି ଆରପଟକୁ ଚାଲିଗଲା ପରି ଲାଗେ, ଯେଉଁ ସହର ସକାଳୁ ରାତିଯାଏଁ ତମକୁ ଝୁଣି ଖାଉଥିଲା। ତମ ଉପରେ ଚଢ଼ି ତମ ଛାତିରେ କଦମ୍‌ତାଲ୍ କରୁଥିଲା।

ସଞ୍ଜବୁଡ଼ର ଏ ସହର, ଆଲୁଅ ଆଉ ଫୁଲରେ ସଜ ହୁଏ। ଅତର ଢାଳି ଫୁଟ୍‌ପାଥ୍‌କୁ ଆସେ। ବେଶ୍ୟା ପରି ଲୋକଙ୍କୁ ଲାଳସାରେ ବାନ୍ଧି ରଖେ, ରକ୍ତରେ ନିଶା ଆଉ ଉତ୍ତାପ ଭରିଦିଏ। ଉଚ୍ଛୃଙ୍ଖଳ କରିପକାଏ, ରତିକ୍ଲାନ୍ତ କରିପକାଏ। ଆଗାମୀ ସକାଳ ପାଇଁ ବଇନା ଦେଇ ରଖେ।

ଯେଉଁଠି ପୁଣି ସେଇ ଫୁଟ୍‌ପାଥ୍, ସେଇ ବାସି ଖବର, ଆପାର୍ଟମେଣ୍ଟର ବିଜ୍ଞାପନରେ ଉଚ୍ଚା ଉଚ୍ଚା ହୋର୍ଡିଂ, ଇନ୍‌ସ୍ୟୁରାନ୍ସରେ ଜୀବନର ନିଲାମୀ, ଅବା ମୃତ୍ୟୁର ଲାଭ, ଦାମୀ ଦାମୀ ଗାଡ଼ିର ସୋ' ରୁମ୍, ଘରଠୁ ବି ଅଧିକ ଆରାମଦାୟକ ହୋଟେଲର ବାଲ୍‌କୋନି, ସୁନା ଗହଣାର ରିହାତି, କାହା କ୍ଲିଭେଜ୍‌ରେ ଝଟକି ଉଠୁଥିବା ହୀରାର ଲକେଟ୍, ସିନେମା ପୋଷ୍ଟର୍‌ରେ ପ୍ରେମ, ମାଧ୍ୟାକର୍ଷଣର ପ୍ରଭାବକୁ ଅସ୍ୱୀକାର କରି ଉପରକୁ ଉଠୁଥିବା ସପିଙ୍ଗମଲ୍‌ର କ୍ୟାପ୍‌ସୁଲ୍ ଲିଫ୍ଟର କାଚଦେଇ ପଦାକୁ ଚାହିଁଥିବା ହଳ ହଳ ଆଖି, ଟିକେ ତଳକୁ ଚାହିଁଲେ କୁଲି, ମଜଦୁରଙ୍କ ମଣିଷ ହାଟ, ଆବର୍ଜନା ଗୋଟାଉଥିବା ଟ୍ରକ୍ ....

ଏମିତି ନିଜ ଗଭାର ଫୁଲକୁ ବାସିକରି, ଏ ସହର ପୁଣି ଆରମ୍ଭ କରିଦିଏ ଚିରାଚରିତ ଆସନ୍ତାକାଲିଟେ।

ଅରୁଣାଭ ଜାଣେ, ଏଇ ବ୍ୟସ୍ତତାର ଅନ୍ତ ନାହିଁ, ଅର୍ଥହୀନ ଏଇ ବ୍ୟସ୍ତତାରେ ନିଜକୁ ହିଁ ଖର୍ଚ୍ଚ କରିବାକୁ ହୁଏ। ଆଗରେ କିଛି ଗୋଟେ ଦୁର୍ଲଭ ଜିନିଷଟେ ମିଳିଯିବ ବୋଲି ଭାବି, ବର୍ତ୍ତମାନକୁ ପୋଡ଼ିଦେବାକୁ ହୁଏ ସିଗ୍ରେଟ୍ ଅଗରେ।

ଡ୍ରାଇଭ୍ କରୁ କରୁ ସେ ଗୋଟେ ସିଗ୍ରେଟ୍ ଲଗାଏ। ତା' ଲାଇଟର୍ ନିଆଁର ଶିଖା ପ୍ରତିବିମ୍ବ ହୋଇ ଦିଶିଯାଏ କାର୍ କାଚରେ। ଯେମିତି ତା' କାର୍ ଆଲୁଅକୁ ରାସ୍ତାରେ ନିଷ୍ପ୍ରଭ କରି କିଏ ଗୋଟେ ବାଟ କଢ଼େଇ ନଉଛି ଏ ଭିଡ଼ ରାସ୍ତାରେ। ସେ ଲାଇଟର୍ ବନ୍ଦ କରେ ଓ ଶିଖା ଲିଭିଯାଏ। ହଜିଯାଏ ତା'ର ଗନ୍ତବ୍ୟ। ସେ ଯାହା ଅନୁଭବ କରେ ନିଜର ଗତି ଏ ଛନ୍ଦାଛନ୍ଦି ରାସ୍ତାମାନଙ୍କ ଭିଡ଼ରେ।

ଯୁଆଡ଼େ ବି ଯାଅ, ସବୁ ରାସ୍ତା ତ ଏକାପରି !

ଏ.ସି. ବନ୍ଦ କରି କାର୍ କାଚ ଖସାଏ, ବାହାର ଗରମ ହାୱା ସାଙ୍ଗେ ସିଗ୍ରେଟ୍‌ର ଧୂଆଁ ମିଶିଯାଏ।

ପୁଣି ଫୋନ୍ ବାଜେ, ପିଙ୍କି କଲିଂ...। କାର୍ ଡ୍ୟାସ୍‌ବୋର୍ଡ ଉପରେ ଫୋନ୍‌ଟା ମୃଦୁ କମ୍ପନ ଓ ସଙ୍ଗୀତ ଝରାଇ ଛଟପଟ ହୁଏ। ପିଙ୍କି ବି ତ ଏମିତି ହିଁ ଅସ୍ଥିର ହୁଏ, ତା'ର ଆଶ୍ଲେଷ ପାଇଁ, ସ୍ପର୍ଶ ପାଇଁ, ଚୁମାଟେ ପାଇଁ, ତା' ବେକରେ ନିଜର ଦୁଇ ହାତକୁ ଛନ୍ଦି ତା' ଦେହରେ ଇଡ଼ିଯିବା ପାଇଁ।

: ଓଃ ତମେ ଏଯାଏଁ ରୁମ୍‌ରେ ପହଞ୍ଚିନ। କ'ଣ ପ୍ରୋଜେକ୍ଟ ମିଟିଂ ଥିଲା କି ?

: ନା ଟ୍ରାଫିକ୍‌ରେ ଫସି ଯାଇଥିଲି।

: ନା କୋଉ ବାର୍‌ରେ ବସିଛ, ବସ୍ ସାଙ୍ଗେ। ମୁଁ ଆଜି ଜଲ୍‌ଦି ଫେରିଆସିଛି ଅଫିସରୁ। ଭୁବନେଶ୍ୱରରେ ଏଠି ଆଜି ଅଳ୍ପ ବର୍ଷା। ଅଟୋରୁ ଓହ୍ଲେଇ ରୁମ୍‌ଯାଏଁ ଆସିବା

ଭିତରେ ଅଳ୍ପଟିକେ ଭିଜିଛି। ଭଲ ଲାଗିଲା। ତମକୁ ମିସ୍ କଲି ସତରେ। ରାସ୍ତାକଡ଼ ଗୋଟେ ଓମ୍‌ଫେଡ୍‌ରେ ଚା' ପିଇଥାଆନ୍ତେ! ତୁମ ଓଦା ପାପୁଲିରେ ମୋ ଆଙ୍ଗୁଠିକୁ ଛନ୍ଦି ତମ ସାଙ୍ଗେ ପାଦ ମିଶେଇ ଚାଲିଥାଆନ୍ତି।

: ଡ୍ରାଇଭ୍ କରୁଛି, ଆଉ ଟିକେ ପରେ ....

: ମୋ ରୁମ୍‌ମେଟ୍ ଆଜି ତା' ବୟଫ୍ରେଣ୍ଡକୁ ନେଇକି ଆସିଛି। ସେମାନେ ମତେ ଦୁଇ ଘଣ୍ଟା ସମୟ ମାଗିଛନ୍ତି। ତାଲା ବନ୍ଦ କରି ରହିବେ। ଭାବିଥିଲି ସିନେମା ଯିବି। ଇଚ୍ଛା ହଉନି। ଭାରି ବିଷଣ୍ଣ ଲାଗୁଛି। ପେଟଟା ବିନ୍ଧୁଛି। ମୁଣ୍ଡ ପୂରା କିଟ୍ କିଟ୍ ହୋଇ ବିନ୍ଧୁଛି। ପ୍ରି ମେନ୍‌ଷ୍ଟ୍ରୁଆଲ୍ ଲକ୍ଷଣ ବୋଧେ। ଭାବିଥିଲି ଅଫିସ୍‌ରୁ ଫେରି ଘଣ୍ଟେ ଖଣ୍ଡେ ଶୋଇବି। ତା'ପରେ ଉଠି କ'ଣ ମ୍ୟାଗି ଫ୍ୟାଗି ଟିକେ ବନେଇ ଖାଇଦେବି। ହେଲେ ଦେଖୁଛ ତ ଏଠି ଅବସ୍ଥା। ଦେଖୁଛ ତ ଏତେ ରାତିଯାଏଁ ଛାତ ଉପରେ ବୁଲୁଛି। ଏ ପାଗରେ ଦେହ ଆହୁରି ଖରାପ ହବ। ଏତେ ଆର୍ଦ୍ରତା ଏଠିକା ଜଳବାୟୁରେ ତମେ ତ ଜାଣ। ବର୍ଷା ହେଇ ଛାଡ଼ିଯାଇଛି ତ ବେଶି ଗରମ ବି ଲାଗୁଛି। ତା' ଉପରେ ଏଠି ଛାତ ଉପରେ ପାଞ୍ଚ ଛଅଟା ଏ.ସି.ର କମ୍ପ୍ରେସର୍ ଯେ, ଖାଲି ଗରମ ହାୱା।

: ଓକେ ... ପ୍ରାକ୍ ମୌସୁମୀ ବର୍ଷା ... ଏଇ ଡ୍ରାଇଭ୍ କରୁଛି ...

: ଆଚ୍ଛା, ତମେ ଫୋନ୍ ବି ଠିକ୍‌ସେ ରିସିଭ୍ କରୁନ। କ'ଣ ହେଇଛି। କ'ଣ ଫାଇନାଲ୍ କୁହ। ତମ ଘରଲୋକଙ୍କ କଥାରେ ମୋର କିଛି ଲେଣଦେଣ ନାହିଁ। ବାସ୍। ତମର ଫାଇନାଲ୍ କଥା କୁହ। ଏଇ ଏବେ କୁହ ମତେ। କ'ଣ ହେଇଛି ତମର। ତମେ ବଦଳିଯାଉଛ ଅରୁଣାଭ। ମୋତେ ମିଛ କୁହନାହିଁ। ଆମେ ହୁଏତ ବହୁତ ବାଟ ଆସିସାରିଛେ ଏଇ ରାସ୍ତାରେ। ଫେରିବା ମୋ ପାଇଁ ଅସମ୍ଭବ। ମୁଁ ଆଉ ...

: ରୁମ୍‌ରେ ପହଞ୍ଚି କଲ୍ କରୁଛି। ଆଉ କୋଡ଼ିଏ ପଚିଶ ମିନିଟ୍ ଲାଗିବ।

: ନା, ଏବେ କୁହ, ଗଲା ଚାରି ପାଞ୍ଚ ମାସ ହେବ ଖେଳୁଛ ମୋ ସାଙ୍ଗେ। ଆଗରୁ ତ ଏମ୍ତି ନ ଥିଲ। କେଡ଼େ ବିଚିତ୍ର ଲୋକଟା ତମେ। କିଛି ବି ସ୍ଥିର କରିପାରୁନ। କିଛି ନିଷ୍ପତ୍ତି କରିପାରୁନ, କଥା ବି ହଉନ। ରାତିରେ ତ ପ୍ରାୟ ପିଇକି ଆସୁଛ। କ'ଣ ତମର ସମସ୍ୟା କହିବ କି! ତମର ସମସ୍ୟା କ'ଣ?

: ଆଚ୍ଛା ଶୁଣ...

: କ'ଣ ସମସ୍ୟା, କମ୍ପାନି ଫାୟାର୍ କରିଦେଇଛି, ନୂଆ ପ୍ରୋଜେକ୍ଟ ମିଳିନି, ବେଞ୍ଚରେ ବସିଛ! ... ନା ଆଉ କୋଉଠି ଆଫେୟାର୍ ଆରମ୍ଭ କରିଦେଇଛ... କ'ଣ ହେଇଛି। ଦେଖ ମୋ ପାଖେ ଆଉ ସମୟ ନାହିଁ, ତମର ସେ ତୁଚ୍ଛା ଭାବପ୍ରବଣତା

ପାଇଁ ଜାଗା ବି ନାହିଁ ମୋ ପାଖରେ। ସିଧା ସିଧା କୁହ ବାହାଘର ବିଷୟ କ'ଣ ଭାବିଲ !

: ହଁ.. ହଁ.. କହୁଛି... ଡିନରଟା ବାହାରେ ନ ଖାଇ ପ୍ୟାକ୍ କରିନେବି। ରୁମ୍‌ରେ ପହଞ୍ଚି କଥା ହେଉଛି ...

: ପ୍ଲିଜ୍ ଅରୁଣାଭ, ଏ ପ୍ରହସନ ବନ୍ଦ କର। କାର୍ ସାଇଡ୍ କର। ଏଇ ଏବେ କଥା ହୁଅ। କହିଲି ପରା କାର୍ ସାଇଡ୍ କର...।

୭

ଅରୁଣାଭର ସିଗ୍ରେଟ୍ ହାତରେ ହିଁ ଜଳି ସାରିଥାଏ, ପବନ ଓ ତା'ର ଅନ୍ୟମନସ୍କତାରେ।

ହିଁ ଏ ବି କି ଅନ୍ୟମନସ୍କତା, କାହାକୁ ଧ୍ୟାନଦେଇ ଶୁଣୁ ଶୁଣୁ କଳ୍ପନାର ଗଡ଼ଖାଇ ମଧ୍ୟକୁ ଠେଲି ହୋଇଯିବା !

ନିଜକୁ ବଞ୍ଚେଇ ରଖିବା ଅବା ଭବିଷ୍ୟତର ଅନିଶ୍ଚିତତାକୁ ପ୍ରଶ୍ନ କରିବା କ'ଣ ଅନ୍ୟମନସ୍କତା ! ସେଇ ପୁରୁଣା ପାଦ ଚିହ୍ନ ଦେଖି, ତା' ପାଖରେ ପାଦ ଥାପିଥାପି ନ ଚାଲି, ସେଠୁ ମୁକୁଳି ଆସିବାର ଯୋଜନା ପ୍ରସ୍ତୁତ କରିବା କ'ଣ ଅନ୍ୟମନସ୍କତା। ଗୋଟାଏ ଶୂନ୍ୟତା ମଧ୍ୟରେ ବସ୍ତୁତ୍ୱହୀନ ହୋଇ ଖସିପଡ଼ିବା, ଗୋଟେ ବୋହେମିଆନ୍ ରୋମାଣ୍ଟିସିଜମ୍‌ରେ ଜଳିଜଳି କେମିତି ବଞ୍ଚିହୁଏ, ଏହାକୁ ପ୍ରଶ୍ନ କରିବା କ'ଣ ଅନ୍ୟମନସ୍କତା ! ପିଙ୍କିର ହୁକୁମ୍‌ରେ ରାତି ଏଗାରଟା ବେଳେ ଏ ବିନିଦ୍ର ସହରର ବ୍ୟସ୍ତ ଫ୍ଲାଏଓଭର୍ ଡେଇଁ, କାର୍ ସାଇଡ୍ କରିବା କ'ଣ ଅନ୍ୟମନସ୍କତା !

ଅରୁଣାଭ ତା' କାର୍ ସାଇଡ୍ କରେ ଓ ଫୁଟ୍‌ପାଥ୍‌ର ସିମେଣ୍ଟ୍ ବେଞ୍ଚ୍‌ରେ ବସେ।

ଏଠି ଗୋଟେ ଛୋଟ ମାର୍କେଟ୍। ରାସ୍ତାକଡ଼ ସିମେଣ୍ଟ ବେଞ୍ଚ୍‌ରେ ବସି ଲୋକମାନେ ରାସ୍ତାକୁ ହିଁ ଚାହିଁ ରହିଥାଆନ୍ତି, ସେମିତି ରାସ୍ତାର ଭିଡ଼କୁ, ଗାଡ଼ି ପଛରେ ଧାଉଁଥିବା ଧୂଳିକୁ, କାଗଜ ଟୁକୁଡ଼ାକୁ। ରାତିର ଆକାଶକୁ ନ ଚାହିଁ, ତାରାମାନଙ୍କ ଈଷତ୍ ଔଜ୍ଜ୍ୱଲ୍ୟକୁ ନ ଚାହିଁ, ସେ ବି ରାସ୍ତାକୁ ଚାହିଁ ବସିଲା। ଦୁଇ ହାତକୁ ଛନ୍ଦି, ମୁଣ୍ଡକୁ ପଛକୁ ପେଲିଦେଇ, ହଁ ଏତକ ଅନ୍ୟମନସ୍କତାରେ।

ଏଇ ବେଞ୍ଚ୍ ପଛରେ ଦାନବ ପରି ଛିଡ଼ା ହୋଇଥାଆନ୍ତି ଉଚ୍ଚା ଉଚ୍ଚା ହୋର୍ଡିଂ ଯାହାର ନିଅନ୍ ଆଲୁଅରେ ଲାଗିଥାଏ ପୋକମାନଙ୍କର ଭଉଁରି। ଏଠି ଲୋକ ଆଉ ପୋକମାନଙ୍କ ଭିଡ଼ରେ ସେ ନିଜେ ବି ସାମିଲ୍ ଓ ସାମିଲ୍ ତା'ର ନିଷ୍କ୍ରିୟତା ଓ ଅସହାୟତା।

ତଥାପି ମଣିଷମାନେ ଆସ୍ଥା ହରାଇ ନ ଥାନ୍ତି ଏ ସହର ଉପରୁ ଯଦିଓ ସବୁତକ ସଞ୍ଜ ଓ ରାତି ଏକାପରି ଏଇ ସହରରେ।

ଓଫ୍ ... ପୁଣି ପିଙ୍କିର ସ୍ୱର। ହ୍ୟାଲୋ ...

କ'ଣ ଭାବିଲ ! ଡ୍ରାଇଭ୍ କରୁନ ତ ଏବେ। ଟିକେ କଥାହୁଅ ପ୍ଲିଜ୍। ମୁଁ ଏତେ ଅସହାୟ ଅରୁଣାଭ, କ'ଣ ହୋଇଛି ତମର ! କେତେ ବଦଳିଗଲଣି ତମେ ଯା ଭିତରେ ! ମତେ ଏତେ ଦୂରରେ ଫିଙ୍ଗିଦେଇ ତମେ ସେଠି ...

: ହଁ କୁହ ମୁଁ ଡ୍ରାଇଭ୍ କରୁନି ...

: ଆଚ୍ଛା ଆମର ବାହାଘରର କଥା କ'ଣ ଭାବିଲ ! ମତେ ଛାଡ଼ି ଚାଲିଯିବ ନା କ'ଣ ! ଏମିତି ମଝିରାସ୍ତାରେ ଏକାଟିଆ ! ଦେଖ ଘରଠୁ ଅଫିସ୍ ସମସ୍ତଙ୍କୁ ମାଲୁମ୍ ଆମ ସମ୍ପର୍କ ବିଷୟରେ, ଆଉ ଆମେ ବାହାହେଉଛେ ବୋଲି।

ଆମ ଅଫିସ୍‌ରେ ତ ଜାଣିଛନ୍ତି ଯେ ଆମର ଏନ୍‌ଗେଜ୍‌ମେଣ୍ଟ ସରିଛି ବୋଲି।

ଗଲାବର୍ଷ ଜୁଲାଇରେ ମତେ ଯେବେ ସିମ୍‌ଲା, ଉଟି ନେଇଥିଲ, ମୁଁ ତ ଆମର ନିର୍ବନ୍ଧ କହି ଛୁଟି ଦରଖାସ୍ତ କରିଥିଲି।

ଆମ ସମ୍ପର୍କରେ କ'ଣ ଆଉ ବାକି ଅଛି କୁହ ତ !

କେବେ କିଛି ବି ତ ମନା କରିନି ତମକୁ, ଯାହା ବି କହିଛ, ଯେତେବେଳେ ବି ... ଆଉ ଏବେ ତମେ ... ପ୍ଲିଜ୍ ଅରୁଣାଭ ... କ'ଣ ହେଲା, ହ୍ୟାଲୋ ... ହ୍ୟାଲୋ ...

: ହଁ ଶୁଣୁଛି ...

ପଛପଟ ରାସ୍ତାକଡ଼ ମାର୍କେଟ୍‌ରେ ଧାଡ଼ି ଧାଡ଼ି ଦୋକାନ। ଟିକେ ଅଧିକ ଭିଡ଼।

ନୂଆ ବାହାହେଇଥିବା ଗୋଟେ ଯୋଡ଼ି ବେଡ୍‌ସିଟ୍ କିଣୁଛନ୍ତି ଫୁଟ୍‌ପାଥ୍‌ରୁ।

ଝିଅଟି କହୁଛି; ''ଡବଲ୍ ବେଡ୍‌ସିଟ୍ ଦିଖାନା ଭୈୟା...।'' ଦୋକାନୀ ହାତଟେକି ଖୋଲି ଧରୁଛି ଫୁଲପକା ଡବଲ୍ ବେଡ୍‌ସିଟ୍। ସତେ କି ଟାଙ୍ଗୁଡ଼ି ଭର୍ତ୍ତି ଫୁଲ ସେ ଢାଳି ଦଉଛି ବିଛଣାରେ। ମଧୁଶଯ୍ୟା ଭର୍ତ୍ତି ଗୋଲାପର ପାଖୁଡ଼ା ବିଛାଡ଼ି ହୋଇ ପଡୁଛି। ନିରେଖି ଚାହୁଁଛି ଅରୁଣାଭ, ଏ ଫୁଲପକା ବିଛଣା ଚଦର ବ୍ୟାପିଯାଉଛି ଆହୁରି ଉପରକୁ, ଆହୁରି ପ୍ରସ୍ଥକୁ। ଏ ସହରର ଦିଗ୍‌ବଳୟକୁ ବ୍ୟାପିଯାଉଛି। ଚମକିପଡୁଛି ଅରୁଣାଭ; ଏ ତ ସେଇ ଝିଅ। ତା' ବାପାଙ୍କ ପ୍ରେମିକା। ଆଉ ଏ ଝିଅ ସାଙ୍ଗେ ଏ ଲୋକଟି ତ ତା'ର ବାପା ! ହଁ ତାଙ୍କ ଲମ୍ବା ଚୁଟି, ଚଉଡ଼ା ଛାତି, ହାୱାଇନ୍ ସାର୍ଟ, ହେଲେ ବାପା ପଛକୁ ଫେରି ଚାହୁଁନାହାନ୍ତି।

ବାପା ଅତି ନିର୍ଲିପ୍ତ ଭାବରେ ଚାହିଁ ରହିଛନ୍ତି ସେ ଝିଅଟିର ନବବଧୂ ବେଶକୁ, ସେ ବେଡ୍‌ସିଟ୍ ସାରା ଗୋଲାପ ପାଖୁଡ଼ାକୁ। ସେ ଝିଅ ବେଡ୍‌ସିଟ୍‌ର ପ୍ୟାକ୍ ଧରୁଛି ଓ ବାପା ତା'ର ହାତ ଧରି ଆଗକୁ ଚାଲୁଛନ୍ତି ଫୁଟ୍‌ପାଥ୍‌ରେ। ସଜାଡ଼ି ଦଉଛନ୍ତି ସେ ଝିଅର ଅସଜଡ଼ା ଗଭାର ଫୁଲ। ସିଏ ଲାଜେଇ ଯାଇ ବାପାଙ୍କ କାନ୍ଧରେ ଆଉଜି ଯାଉଛି ଚାଲୁଚାଲୁ। ଗୋଟେ ହାତ ବାପାଙ୍କ ଅଣ୍ଟାରେ ବେଢ଼େଇ ରଖୁଛି। ଏପଟେ ଅରୁଣାଭର ଫୋନ୍, ପିଙ୍ଗ୍ କଲିଂ ...

: ଟିକେ ଅପେକ୍ଷା କର, ମୁଁ କଲ୍‌ବ୍ୟାକ୍ କରୁଛି ...

ସିମେଣ୍ଟ ବେଞ୍ଚରୁ ଅରୁଣାଭ ବିପର୍ଯ୍ୟସ୍ତ ଦୃଷ୍ଟିରେ ଚାହୁଁଛି ସେ ମାର୍କେଟ୍ ଆଡ଼େ। ତା' ମୁହଁରେ ନିଅନ୍ ଆଲୁଅର ରଙ୍ଗ ବଦଳିଯାଉଛି। ସେ ପଶିଯାଉଛି ସେଇ କୋଳାହଳ ଭିଡ଼ ଭିତରକୁ ବାପାଙ୍କ ପଛେ ପଛେ।

ଆଉ ଦିଶୁନାହାନ୍ତି ବାପା, ନା ସେ ଝିଅ ଯିଏ ପାହାଡ଼ ଚଢୁଥିଲା ବାପାଙ୍କ ସାଙ୍ଗରେ। ଅବିକଳ ସେମିତି ହିଁ ବାପାଙ୍କ ହାତଧରି ଏଠି ଚାଲୁଥିଲା। ଏ ପତଳା ରାସ୍ତାରେ। ଅରୁଣାଭ ଆଉ ଟିକେ ଜୋର୍‌ରେ ଚାଲିଲା, ଧାଇଁଲା ପରି। ଲୋକମାନଙ୍କ ବାଟ କାଟି, ଉଠା ଦୋକାନୀମାନଙ୍କ ଅବୋଧ ଡାକ ଶୁଣି ଶୁଣି।

ହେଲେ ବାପା ହଜିଯାଉଛନ୍ତି ସେ ଭିଡ଼ରେ ସେ ଝିଅକୁ ଧରି। ଖୁବ୍ ଶୀଘ୍ର ଆଖିପିଛୁଳାକେ ବାପା ବୁଡ଼ିଗଲେ ସେ ଭିଡ଼ରେ। ସେ ଭିଡ଼ ଗିଳିଦେଲା ବାପାଙ୍କ ଉଚ୍ଚତା।

: ହ୍ୟାଲୋ ... ମା' ... ଆଚ୍ଛା ବାପା ?, ଅରୁଣାଭ ଫୋନ୍ କଲା।

: ଅରୁ ତୁ କ'ଣ କରୁଛୁ। ତୋ ଫୋନ୍ ଲାଗୁ ନ ଥିଲା, ତୁ କେଉଁଠି ଥିଲୁ। ରୁମ୍‌କୁ ଫେରିଲୁଣି ନା ନାହିଁ। ଖାଇଛୁ ?

: ନା ... ମା' ... ବାପା ?

: ବାପା, ସେ ତାଙ୍କ ପଢ଼ାଘରେ ସଞ୍ଜବେଳୁ ପଶିଛନ୍ତି। ଖାଇବା ପାଇଁ ଡାକିଲି ଯେ କହିଲେ, ଥୋଇଦେଇ ଯାଅ। ପରେ ଖାଇବି। ସେ ଲେଖାପଢ଼ାରେ ବ୍ୟସ୍ତ। ସେଇ ଝର୍କାପଟେ ଚାହିଁଛନ୍ତି ପଦାକୁ। ତାଙ୍କ ସ୍ୱାସ୍ଥ୍ୟ ଭାଙ୍ଗିଗଲାଣି। ମୁହଁରେ ବାଲୁବାଲୁ ଦାଢ଼ି। ଏଯାଏଁ ବି ଖାଇ ନ ଥିବେ ସେ। ମୁଁ ଯାଉଥିଲି ଶୋଇବାକୁ। ତତେ କାଲି ସକାଳକୁ ଫୋନ୍ କରିବି ବୋଲି ଭାବିଥିଲି। ତୁ ଯା' ରାତି ହେଲାଣି। ଖାଇଛୁ ଟି? ଯା' ଶୋଇପଡ଼, କେବେ ଆସିବୁ?

: ହଁ ଖାଇଛି। ତୁ ଯା' ଶୋଇବୁ।

ଅରୁଣାଭ ଫେରି ଆସୁଛି ଲୋକମାନଙ୍କ ଭିଡ଼ରେ, ପୁଣି ପିଙ୍କିର ଫୋନ୍ ଧରୁଛି।

: କାହା ସାଙ୍ଗେ ଗପୁଥିଲ! ଏତେବେଳେ କାହା ଫୋନ୍। ଦେଖ ଅରୁଣାଭ, ତମେ କ'ଣ ଭାବୁଛ ନିଜକୁ। ମତେ ଧୋକା ଦବ! ଖେଳନି ମୋ ସାଙ୍ଗେ କହୁଛି। ମୁଁ ବହୁତ ପୁରୁଣାକାଳିଆ ତମେ ଜାଣ। ତେଣୁ ତମର ଅନ୍ୟଠି ସମ୍ପର୍କ ବି ଥିବ। ହେଲେ ଜାଣ ମୁଁ ଭଲପାଉଛି ତ ବାହାହେବି। ମୋର ବିଶ୍ୱାସ ସାଙ୍ଗେ ଖେଳିବାକୁ ଚେଷ୍ଟା କରନା। ନା ମୁଁ ଏଠୁ ଆଉ ଫେରିପାରିବିନି। କୋର୍ଟକୁ ଯିବି, ଲିଗାଲ୍ ଆକ୍ସନ୍ ନେବି ତମ ବିରୁଦ୍ଧରେ। ଆମର ସବୁତକ ଫଟୋ ଲାପ୍‌ଟପ୍‌ରେ ଅଛି। ସେସବୁ ଆମ ସମ୍ପର୍କର ପ୍ରମାଣ। ଆମ ଘନିଷ୍ଠତାର ଆଉ ତମ ପ୍ରବଞ୍ଚନାର। ଭାବନି ଯେ ତମେ ଖସିଯିବ ମୋ'ଠୁ। ଚିହ୍ନିନ ତମେ ମତେ...

: ହଉ ମୁଁ ଫୋନ୍ ରଖୁଛି।

: ପ୍ଲିଜ୍ ... ଶୁଣ ଅରୁଣାଭ। ବୁଝିବାକୁ ଚେଷ୍ଟାକର ମୋର ଅବସ୍ଥା। ମୁଁ କେମିତିକା ପରିସ୍ଥିତିରେ ଅଛି ତମେ ଜାଣୁନ କିଛି ବି। ହେଲେ ଏତିକି ତ ବୁଝ, ମୁଁ ତମ ବିନା ବଞ୍ଚିପାରିବିନି ଅରୁଣାଭ। ଦେଖ ତମକୁ ହାତ ଯୋଡୁଛି। ମତେ ଛାଡ଼ିକି ଯାଅନି ପ୍ଲିଜ୍ ... ତମ ଗୋଡ଼ ଧରୁଛି, ମତେ ଛାଡ଼ିକି ଯାଅନି ...

ପିଙ୍କି କାନ୍ଦୁଛି। ପିଙ୍କିର କଇଁ କଇଁ କାନ୍ଦ ବୋଧେ ଜୋର୍‌ରେ ଶୁଭୁଛି ଫୋନ୍‌ରେ। ଏ ଭିଡ଼, ଏ କୋଳାହଳ ଠେଲି ଗୋଟେ ଝିଅର କାନ୍ଦ ଅନେକ ଦୂର ପହଞ୍ଚି ଯାଇପାରେ। ଏବେ ଅରୁଣାଭକୁ ଭେଦି, ତା' କାନ୍ଦ ପଦାକୁ ଶୁଭୁଛି।

ବେଞ୍ଚ୍ ପଛରେ ଛିଡ଼ା ହୋଇଥିବା ଫୁଲ ଦୋକାନୀ ଘୂରି ଘୂରି ଚାହୁଁଛି ଅରୁଣାଭକୁ।

ଝିଅଟେ ତା' ବେଣୀରେ ଫୁଲହାର ଲଗଉଛି ଆଉ ଜାଣିପାରୁଛି, ଆଖପାଖରେ ଧିମା ଶୁଭୁଥିବା କାହାର କୋହମିଶା କାନ୍ଦ। ସେ ବି ବଲବଲ କି ଚାହୁଁଛି ଅରୁଣାଭକୁ। ଅରୁଣାଭ ଅପ୍ରତିଭ ଦିଶୁଛି।

ସେଠି ଛାତ ଉପର କମ୍ପ୍ରେସର୍‌ର ଘର୍‌ଘର୍ ଶବ୍ଦରେ ପିଙ୍କିର କାନ୍ଦ କାହାରିକୁ ଶୁଭୁ ନ ଥିବ। ସିଏ ସେମିତି ଅନ୍ଧାର ଓ ଆର୍ଦ୍ରତାରେ ନିଜର କୋହମାନଙ୍କୁ ମିଶେଇ କାନ୍ଦି କାନ୍ଦି ଓହ୍ଲେଇଯିବ ତା' ରୁମ୍‌କୁ।

ତା' ରୁମ୍‌ମେଟ୍ ସେତେବେଳକୁ ବେଡ୍‌ସିଟ୍ ବଦଳେଇ ସାରିଥିବ। ପୋଛିଦେଇ ସାରିଥିବ ଲଭ୍‌ବାଇଟ୍‌ସ୍ ତା' ବେକ ପାଖରୁ। ଫୋନ୍‌ରେ କହୁଥିବ, "ତମକୁ ଅଜସ୍ର ଧନ୍ୟବାଦ। ତମର ପୌରୁଷ ଓ ପଶୁତ୍ୱ ଉଭୟ ଏକାସାଙ୍ଗରେ ଯନ୍ତ୍ରଣାକର ଓ ମଧୁର। ମୋତେ ଭାରି ଭଲ ଲାଗିଲା। ମନ ଓ ପେଟ ପୂରିଗଲା!"

ଝିପି ଝିପି ବର୍ଷା ଓ ଅନେକ ଲୁହ ଆଉ କୋହରେ ପିଙ୍କି ପୂରା ବତୁରି ଯାଇଥିବ, କିଛି ଖାଇବନି। ତାକୁ ଶୋଷ ହଉଥିବ। ଗୋଟେ ଗ୍ଲାସ୍ ପାଣି ପିଇ ବିଛଣାରେ ବସିଯିବ, ସର୍ବସ୍ୱ ହରେଇଲା ପରି।

ତା' ସାଙ୍ଗ ସର୍ବସ୍ୱ ପାଇଗଲା ପରି ଖୁସିଥିବ। ତାକୁ ବୁଝେଇବ, ''ଦେଖ୍ ତୁ କାନ୍ଦୁଛୁ, ବୋକୀ ଝିଅ। କ'ଣଟା ଅଧିକ ଅଛି ତା' ପାଖେ ... ଡେଣା କାଟିବାକୁ ନିଜର କିଏ କାନ୍ଦେ। ସିଏ ଏମିତି କ'ଣଟା କି! ତତେ ଅଧିକ କ'ଣ ଦବ। ଏତେ କ'ଣ ପଜେସିଭ୍ ... ଛାଡ଼ନା ଚାଲ୍ ରେଷ୍ଟୋରାଁ ଯିବା। ଏଠି କିଏ କାହାକୁ ଖୋଜେ। କାହା ବିନା ଜୀବନ ଅଧୁରା ରହିଯାଏନା। ମାଟିରେ ସିନା ଖାଲ ହୁଏ, ପାଣିରେ ଖାଲ ହୁଏନା, ଶୂନ୍ୟସ୍ଥାନ ରହେନା। ଭରିଯାଏ ମନକୁ ମନ।

ଏ ବାଜେ ଧନ୍ଦା ଛାଡ଼, ମିଠା ସମ୍ଭୋଗ ଓ ପେଟପୂରା ଆହାର ଯୋଗେ ସବୁ ସମସ୍ୟାର ସମାଧାନ ସମ୍ଭବ।''

ପିଙ୍କିର କୋହ ଉଠିବା କମି ଆସୁଥିବ। ଗୋଟେ ଗ୍ଲାସ୍ ପାଣି ପିଇବ ଓ ବେସିନ୍ ସାମ୍ନାରେ ମୁହଁକୁ ପାଣି ଛାଟିବ, ଜମାରୁ ଚାହିଁବନି ଦର୍ପଣକୁ। ତା' ସାଙ୍ଗ ରୁମ୍ ସାରା ଚାଲି ଚାଲି ତା' ପୁରୁଷ ବନ୍ଧୁ ସାଙ୍ଗେ ଫୋନ୍‌ରେ ଗପୁଥିବ। ପିଙ୍କିକୁ କିଛି ବି ଶୁଭୁ ନ ଥିବ। ଶୁଭୁ ନ ଥିବ ନିଜ ହୃତ୍‌ପିଣ୍ଡର ଦୁକ୍ ଦୁକ୍, ନା ନିଃଶ୍ୱାସ ପ୍ରଶ୍ୱାସର ହିସ୍ ଅବା ଭାଙ୍ଗିଯାଉଥିବା ସମ୍ପର୍କର ଝଣଝଣ।

ଏଠୁ ଅରୁଣାଭକୁ ସବୁ ଶୁଭୁଥିବ।

ଗାଡ଼ି ମଟରର କଦର୍ଯ୍ୟ ଶବ୍ଦ। ଉଠାଦୋକାନୀମାନଙ୍କର ଚିତ୍କାର, ଫୋନ୍‌ରେ ତା' ମା'ର ସ୍ୱର। ସବୁଠି ଗୋଟେ କାନ୍ଦ ମିଶିଯାଉଥିବ। ତାକୁ ବେଢ଼ି ରହିଥିବା ସବୁ ଲୋକଙ୍କ ମୁହଁ ସିଲ୍‌ହଟ୍‌କୁ ଚାଲିଯାଉଥିବ, ଭିଡ଼ରେ ହଜିସାରିଥିବା ବାପା ଓ ବାପାଙ୍କ ସାଙ୍ଗେ ସେ ଝିଅର ମୁହଁ ସ୍ପଷ୍ଟ ଦିଶୁଥିବ।

ଏସବୁ କର୍କଶ ସ୍ୱରମାନଙ୍କଠାରୁ ଆତ୍ମରକ୍ଷା ପାଇଁ, ଅରୁଣାଭ ଭଲ୍ୟୁମ୍ କମଉଛି ତା' ଫୋନ୍‌ର ଓ ଉଠିଯାଉଛି ବେଞ୍ଚରୁ।

ଫୋନ୍ କଟିଯାଉଛି ଓ ଅରୁଣାଭ ଭାବୁଛି ସେ କାର୍ ଚଲେଇ ମିଶିଯାଉଛି ସେଇ ରାସ୍ତାର କଳାରେ।

ଫୋନ୍ ଧରି ଝାଳେଇ ଯାଇଥିବା ତା' ପାପୁଲିକୁ ଚାହୁଁଛି ସେ। ଚାହୁଁଛି ନିଷ୍ପ୍ରଭ ହୋଇ ଆସୁଥିବା ରେଖାମାନଙ୍କୁ !

ସେ କୌଣସି ସିନେମାର ନାୟକ ନୁହେଁ ଯେ ତା' ପଛର ଘଟଣା ସବୁ ସମସ୍ତଙ୍କୁ ଦିଶିଯିବ। କି ନେପଥ୍ୟରେ ଅନେକ ଲୋକଙ୍କ କୋଳାହଳ ଶୁଭିବ ଅବା ତା' ଅସହାୟତାର କାରଣ ସବୁ ସମସ୍ତେ ଜାଣି ପାରୁଥିବେ। ତା' ପାଇଁ ସମବେଦନାର ବେହେଲାଟେ ଧରି କେହିଜଣେ ଅହରହ ସୁର୍ ତୋଳୁଥିବ ! ତା' ନିଦ ଭାଙ୍ଗିବାକୁ ଫୁଲଫୁଟିବା ଚାହିଁ ବସିଥିବ। ତା' ସ୍ୱପ୍ନ ସବୁ ପଦାକୁ ଦିଶୁଥିବ ଆଉ ଖୁବ୍ କିଛି ଘଟୁଥିବ ତା' ସ୍ୱପ୍ନରେ। ପୃଥିବୀର ସବୁ ଗୀତର ସ୍ୱର ତାକୁ ମାଲୁମ୍ ଥିବ ଓ ତା' ସାଙ୍ଗେ ନାଚିବାକୁ ଅନେକ ଲୋକ ଗୋଡ଼କାଢ଼ି ବସିଥିବେ। ନା ସେମିତି କିଛି ଘଟିବନି।

ଅରୁଣାଭ ବେଞ୍ଚରୁ ଉଠି ଛିଡ଼ା ହଉଛି। ତା' ମୁଣ୍ଡ ଉପରେ କିଛି ପୋକ ଚକ୍ରିକାଟି ଉଡୁଛନ୍ତି। ସେ ଟିକେ ଝୁଣ୍ଟିପଡୁଛି ବେଞ୍ଚରୁ ଉଠୁ ଉଠୁ। ତା' ଜୋତାର ଲେସ୍ ଖୋଲା ଅଛି। ହେଲେ ନଇଁକି ଲେସ୍ ବାନ୍ଧିବା କଥା ସେ ଭାବୁନି।

ଆଉ ଥରେ ପିଙ୍କିକୁ ଫୋନ୍ କରିବ କି ! ଖାଲି ତା'ର 'ହ୍ୟାଲୋ'ରୁ ସିଏ ଜାଣିପାରିବ ତା'ର କାନ୍ଦ ବନ୍ଦ ହେଲାକି ନାହିଁ।

ପିଙ୍କି କ'ଣ ଏବେ ଚାଲି ଚାଲି ଟ୍ରେନ୍ ଲାଇନ୍ ଆଡ଼କୁ ଯାଉଥିବ ! ନା ନା ସେ ଆତ୍ମହତ୍ୟା କଲା ପରି ଝିଅ ନୁହେଁ। ସେ ଜୀବନକୁ ବହୁତ ଭଲପାଏ, ନିଜକୁ ଖୁବ୍ ଭଲପାଏ ଓ ଭଲପାଏ ଅରୁଣାଭକୁ।

ଏଇ ପ୍ରେମ ଓ ଭଲପାଇବା ଭିତରେ ପିଙ୍କି ନିଜକୁ ଭୁଲିଯାଇଛି, ଏବେ ଏବେ ତା'ର ହେତୁ ଆସୁଥିବ ଯେ ସେ ଅଛି ଓ ଅରୁଣାଭ ନାହିଁ। କାହାର ଥିବା ନ ଥିବା ଅବା କେତେଦିନ !

ଏତେ ଏତେ କମ୍ପ୍ୟୁଟର୍ ପ୍ରୋଗ୍ରାମ୍ ଲେଖୁଥିବା ତା' ଆଙ୍ଗୁଠି, ତା' ଆଙ୍ଗୁଠିରେ ଛନ୍ଦି ଦେଉଥିବା ଆଙ୍ଗୁଠି; ଏବେ ଲୁହ ପୋଛିବାରେ ଲାଗୁଥିବ। ତା'ପରେ ପୋଛିବ ଗାଲ ଉପରେ ଥିବା ଲୁହ ବୋହିଯିବାର ଦାଗ। ତା'ପରେ ଅଡୁଆ ବାଳ ସଜାଡ଼ିବ। ପବନରେ ଫୁର୍‌ଫୁର୍ ଉଡୁଥିବା ବାଳକୁ ବାନ୍ଧି କ୍ଲଚର୍‌ଟେ ଲଗେଇବ। ଯେମିତି ସେ ସଜାଡ଼ି ପକଉଛି ତା' ଅଲରା ପୃଥିବୀକୁ।

ନିସ୍ତେଜ ହୋଇ ସେ ଶୋଇ ରହିବ ବିଛଣାରେ। ବାକିଥିବା କୋହରେ ଛାତିଟିକେ ଥରି ଯାଉଥିବ ଓ ନାକପୁଡ଼ା ଫୁଲି ଉଠୁଥିବ ପିଙ୍କିର। ତା' ବାନ୍ଧବୀ ଗପି ଚାଲିଥିବ ଆଉ ଜଣେ ପୁରୁଷ ବନ୍ଧୁ ସହ, "ଦେଖ ମୋ ରୁମି ଅପ୍‌ସେଟ୍ ଅଛି ନ ହେଲେ ତମକୁ ଆଜି ଡାକିଥାନ୍ତି ଏଠିକୁ। ଆମେ ଗପିଥାନ୍ତେ ଗୁଡ଼େ ସମୟ। ହଁ ହଁ ... ଖାଲି ଗପିଥାନ୍ତେ

ବାସ୍ ... ଆଉ କିଛି ନୁହଁ। ତମେ ବି ନା ବହୁତ ଚାଲାକ୍। ଦେଖ ସେ ଆଇ-ଫୋନ୍ ସେଭେନ୍ ଲୋଭ ମତେ ଦେଖାଅନା। ଦବ ତ ନିଜକୁ ମତେ ଦେଇଦିଅ, ନବ ତ ମତେ ନେଇଯାଅ। ଆଉ କିଛି ଦରକାର ନାହିଁ ... ହଉ ଯାଅ ଯାଅ ... ବାଏ ....।''

ଅରୁଣାଭ ଟିକେ ସାଷ୍ଟମ ହେବ। ନିଜ ପ୍ରତି ଅନେକଟା ଦୟା ଜୁଟେଇବ ଓ ଦେଖିବ ସେଇ ଗୋଟେ ହିଁ ଆକାଶ ତଳେ ସେମାନେ। ଭୁବନେଶ୍ୱର ଅବା ବାଙ୍ଗାଲୋର, ଏକା ହିଁ ତ ଆକାଶ ଓ ଗ୍ରହ ନକ୍ଷତ୍ରଙ୍କ ଯା'ଆସ। ଉଚ୍ଚା ଉଚ୍ଚା ଆପାର୍ଟମେଣ୍ଟ୍ ଡେଇଁ ଓ ବିସ୍ତୀର୍ଣ୍ଣ ଆଲୁଅର ଏ ସହରରେ ଉଦାସ ଜହ୍ନଟେ ଉଠି ସାରିଥିବ। ହେଲେ ଏସବୁକୁ ଆଉ ଅପେକ୍ଷା ନାହିଁ ତା'ର। ନା କିଛି ଅପେକ୍ଷା ଅଛି ଏ ଜୀବନରୁ ନା ଅନ୍ୟ କାହାଠାରୁ ଅବା ନିଜଠାରୁ। ଏ ଜୀବନ ନା ତାକୁ ଆହ୍ଲାଦିତ କରୁଛି, ନା ମୃତ୍ୟୁ ତାକୁ ଭୟଭୀତ କରୁଛି। ଗ୍ରହ, ନକ୍ଷତ୍ରଙ୍କ ଯା'ଆସରେ ତା'ର କିଛି ବି ଫରକ ନାହିଁ। ଏ ଜୀବନ ଗୋଟାଏ ଭୟଙ୍କର ମନୋଟନି!

ସେମିତି ଦେଖିଲେ ପିଙ୍କିର ତା'ଠୁ ଅବା କ'ଣ ଅପେକ୍ଷା? ଶେଷ ତିନି ଚାରି ବର୍ଷ ଭିତରେ କ'ଣ ଅବା ଅଧିକ ଘଟିଛି, ଯାହାକୁ ପିଙ୍କି ଭୁଲିପାରିବନି ବୋଲି କହୁଛି। କାନ୍ଦି କାନ୍ଦି ନୟାନ୍ତ ହେଇଯାଉଛି। ବ୍ୟସ୍ତ କରି ପକଉଛି ତା'ର ଦିନ ରାତି।

ୟା ବ୍ୟତୀତ ତା' ଦେହର ସମସ୍ତ ଗୋପନୀୟତା ପିଙ୍କିକୁ ଭଲ ଭାବେ ମାଲୁମ୍। ସବୁ ପୁରୁଷ ତ ଏକାପରି ହିଁ। ସେଇ ସମ୍ଭୋଗ ଶେଯରେ, ପ୍ରଚୁର ପାଶବିକତା ଓ ପ୍ରଚୁର ପ୍ରେମର ବିଜ୍ଞପ୍ତି।

ତମେ ମୋର ସବୁକିଛି, ତମ ବ୍ୟତୀତ ଅନ୍ୟ ସବୁ ମିଛ, ତମେ ସତ, ତମ ଦେହ ସତ, ତମ ପ୍ରେମ ସତ ... ଓଫ୍ ... ବାସ୍ ଆଉଟିକେ ଜାବୁଡ଼ି ଧର ତ, ତମ ଆଶ୍ଳେଷ, ଏ ଉତ୍ତାପ ... ଆଃ...''

ଅଧାମେଲା, ଅଧାବନ୍ଦ ଆଖି ଡେଲାରେ ଝିଅଟିର ମୋକ୍ଷପ୍ରାପ୍ତିର ଆକାଂକ୍ଷା। ସେହି କ୍ଷଣମାନଙ୍କୁ ଜାବୁଡ଼ି ଧରିବାର ପ୍ରୟାସ ଓ ଆଙ୍ଗୁଠି ଫାଙ୍କରେ ପିଚ୍କି ଯାଉଥିବା ଛଳନାର ମୁହୂର୍ତ୍ତ ସବୁ, ସବୁ ଏକାପରି!

ଏହି ମନୋଟନିକୁ ନେଇ ଜୀବନର ଆଧାର। ଏମିତିକି ସ୍ୱପ୍ନମାନେ ବି ଏକାପରି ନିଜର ବଳୟ ଭିତରେ ଛଟପଟ। ସେ ଚାହେନା ପିଙ୍କିର ସ୍ୱପ୍ନମାନଙ୍କୁ ତଣ୍ଟିଚିପି ହତ୍ୟା କରିବାକୁ।

ଯଦି କେହି ଈଶ୍ୱର ଥାଆନ୍ତି ବୋଲି ଅରୁଣାଭ ଜାଣନ୍ତା, ତେବେ ଈଶ୍ୱରଙ୍କୁ ପ୍ରାର୍ଥନା କରନ୍ତା ହୁଏତ।

ହେଲେ କ'ଣ ବା ଡାକନ୍ତା; ଏମ୍ତି ଅଧରାତିର ରାସ୍ତାରେ, କାହା ଜୀବନରେ ଈଶ୍ୱରଙ୍କର ଅବା କି କାମ!

୯

ପିଙ୍କି ଏମିତି ଫେରିବ ସବୁଦିନ ସନ୍ଧ୍ୟାରେ ଆଉ ଗପିବ ତା' ଅଫିସ୍‌ର ସାରାଦିନର ଘଟଣା। ତା' ଟିମ୍‌ର ପିଲାଙ୍କ କଥା। ଟିମ୍ ଲିଡ୍ କଥା, ନୂଆ ପ୍ରୋଜେକ୍ଟ, ବ୍ରାଜିଲିଆନ୍ କ୍ଲାଏଣ୍ଟ, କାହାର ଜନ୍ମଦିନ, ବିବାହ ବାର୍ଷିକୀ, ଆଉ କାହାର ବ୍ରେକ୍ ଅପ୍।

ଫୋନ୍‌ରେ ଦେଖେଇବ କିଏ ପଠେଇଥିବା ଅଶ୍ଳୀଳ ଭିଡିଓ, ଗପିବ ଆଜି କଫି ସପ୍‌ରେ ଚାଲିଥିବା ଚର୍ଚ୍ଚା, ହବି କ୍ଲବ୍। ତା'ର ବି ସ୍ୱିମ୍ ସୁଟ୍ ଦରକାର, କହିବ ତା'ର ଲଭ୍ ହ୍ୟାଣ୍ଡଲ୍ କଥା, ଫ୍ରୋଜେନ୍ ସୋଲଡର ଅଫିସ୍ କ୍ୟାବ୍‌ରେ କିଏ ଆଜି ତା' ପାଖରେ ବସିଥିଲା ଓ କି ଅଭଦ୍ର ସେ ଲୋକଟାର ନଜର।

କେମିତି ସମସ୍ତଙ୍କ ମୁହଁ ଏକାଭଳି ଦିଶେ ଅଫିସ୍ ଗଲାବେଳେ ଓ ଅଫିସ୍‌ରୁ ଫେରିଲାବେଳେ ହିଁ ଧୀରେ ଧୀରେ ମୁହଁରେ ନିଜର ପରିଚୟ ଆସେ ଓ ଆଗାମୀ ଦିନର ଟୁ-ଡୁ-

ଲିଷ୍ଟ୍ ସାଙ୍ଗରେ ଥାଏ। କାହାର ବଦଳି, ବ୍ୟାଚେଲର୍ ପାର୍ଟି, ପିଜ୍ଜା ପାର୍ଟି ଅବା ବିଅର୍ ପାର୍ଟି କଥା।

କାହାର ବିଦେଶ ଗସ୍ତ ଓ ଫେସ୍‌ବୁକ୍‌ରେ ନୂଆ ସମ୍ପର୍କର ଅପ୍‌ଡେଟ୍। ଏମିତି ମିଶେଇଦେଲେ ତିରିଶ, ଚାଳିଶଟି ଶବ୍ଦ ମଧ୍ୟରେ ସୀମିତ ରହିବ ତାଙ୍କର ଜୀବନ।

ଯେମିତି ତା' ମା'ର ଜୀବନ, ଘରକରଣାର ତିରିଶ, ଚାଳିଶ ଶବ୍ଦ, ବାପାଙ୍କର ଅଧ୍ୟାପକ ଜୀବନ ବି ତ ସେୟା; ପ୍ରିନ୍ସିପାଲ୍, ସି.ଏଲ୍, କ୍ଲାସ୍, ଟାଇମ୍‌ଟେବଲ୍, ବହି, ଲେକ୍‌ଚର୍ସ୍, ସେକ୍ସ୍‌ପିଅର୍, ସେଲି...

ହୁଏତ ଏଥିରୁ ମୁକ୍ତି ପାଇବା ପାଇଁ ବାପା ଗୋଟେ ଉପନ୍ୟାସ ଲେଖିବା ପାଇଁ ମନ କଲେ। ଏଇ ଜୀବନର ଶବ୍ଦକୋଷର ବାହାରେ ଛିଡ଼ା ହେବା ପାଇଁ।

ହଁ ଅଫିସରୁ ମୁକ୍ତି ପାଇଁ ସେ ଯେଉଁ ଘରକୁ ଫେରିବ, ସେ ବି ତ ଗୋଟେ କ୍ୟୁବିକଲ୍। ବନ୍ଦ କବାଟ, ଝର୍କା ଓ ବାହାରେ ଗୋଟେ ଅଚିହ୍ନା ଆକାଶ। ଯେଉଁଠିକୁ ବି ଗଲେ ଏ ଆକାଶ ତ ଏକାପରି। କିନ୍ତୁ ବାପାଙ୍କ ଉପରବେଳାର ଆକାଶ ଥିଲା, ସବୁଦିନ ଭିନ୍ନ। ସବୁଦିନର ଦିଗ୍‌ବଳୟ ଭିନ୍ନ। ଯାହା ସେ ଦେଖିଛି ସ୍କୁଲ୍‌ରୁ ଫେରି, ଧୂଳିଧୂସର ହେଇ ପାହାଡ଼ ମୁଣ୍ଡିଆ ଉପରେ ଖେଳିଲାବେଳେ, ଟେକା ଫିଙ୍ଗିଲା ବେଳେ, ଚିତ୍କାର କରି ଡାକିଲା ବେଳେ "ବାପା, ବାପା..."।

ସେପଟୁ ସେ ପ୍ରତିଧ୍ୱନି ଧରି ବାପା ବି ତା'ର ଡାକ ଫେରାନ୍ତି। ଏଇ କୋଉ ଆଖପାଖ ପଥରରେ ବସି, ବାଳ ଫୁର୍ ଫୁର୍ କରି, ବାହୁ ମେଲେଇ ଅବା ପାପୁଲିରେ ଓଠ ରଖି ସେ ବସିଥାଆନ୍ତି। କେବେ ଏକା, କେବେ ସେ ଝିଅ ସାଙ୍ଗରେ। ଦୁଇଟି ପଥର ଉପରେ ଦୁଇଜଣ। ମୃତ ପଥରରୁ ଜୀବନ୍ୟାସ ପାଇଥିବା ଦୁଇଟି ମୂର୍ତ୍ତି ପରି ବିଭିନ୍ନ ଭଙ୍ଗୀରେ।

ସଞ୍ଜଟେ ଧୀରେ ଧୀରେ ନଇଁଆସେ ଯେବେ ତୃଷାର୍ତ୍ତ ପଶୁଟେ ପରି, ସେ ବାପାଙ୍କ ଆଖପାଖରେ ହିଁ ଖେଳେ। ଫେରିଲା ପୂର୍ବରୁ ବାପା ତାକୁ ଖୁବ୍ ଉଚ୍ଚକୁ ଟେକି ଧରନ୍ତି, ଯେମିତି ସେ କେବେ ଦେଖିନିଏ ସାମ୍ନା ପାହାଡ଼ ଆରପାଖର ଦୃଶ୍ୟ।

ସେତେବେଳେ ଅରୁଣାଭ ଜାଣି ନ ଥିଲା, ପାହାଡ଼ ଆରପାଖେ କ'ଣ ଥାଏ। ସମସ୍ତଙ୍କର ପାହାଡ଼ ଯେ ଅଲଗା ଅଲଗା, ସେ ଏବେ ବୁଝେ।

ପିଙ୍କି ପୁଣି ଗପିବ, ଚାଲ ମୁଭି ଯିବା, ସପିଂ କରିବା, ପବ୍ ଯିବା, ବାହାରେ ଡିନର୍ କରିବା। ଜାଣିଛ ଏବେ ମନ୍‌ସୁନ୍ ଅଫର୍ ଆଉ ରିହାତି ଚାଲିଛି। ତୁମ ପାଇଁ ଗୋଟେ ବ୍ରେସ୍‌ଲେଟ୍ ଆଣିବି, ପ୍ଲାଟିନମ୍‌ର ଆଉ ମୋର ଗୋଟେ ପ୍ଲାଜୋ; ଆଚ୍ଛା ମତେ ମାନିବନି! ସପ୍ତାହ ଶେଷରେ ତ ସମସ୍ତେ ଅଫିସ୍‌କୁ ପିନ୍ଧି ଆସୁଛନ୍ତି। ଆଉ

ଗୋଟେ ଭଲ ସାଉଥ୍ ଇଣ୍ଡିଆନ୍ ଶାଢ଼ି, ହଁ କାଞ୍ଜିଭରମ୍। ଆଚ୍ଛା ମୋର ଟିକେ ଡିଜାଇନର୍ ଇଅରିଂ ଦର୍‌କାର, ଝୁମ୍‌କା ଟାଇପ୍‌ର। ସେଗୁଡ଼ା ଜିନ୍ସ ଟପ୍‌ସ୍‌ରେ ବି ପିନ୍ଧୁଛନ୍ତି ଆଜିକାଲି।

ଜାଣିଛ ଅରୁଣାଭ, ଆମ ପ୍ରୋଜେକ୍ଟ କିଛି ପିଲା ପୁଲ୍ ପାର୍ଟି କରୁଥିଲେ, କ'ଣ ସବୁ କରିଛନ୍ତି ଯେ, ପୁଲିସ ଆସିଥିଲା ଆମ ଅଫିସ୍, କୋଉ ଗୋଟେ ଝିଅ ଏଫ୍.ଆଇ.ଆର୍ ଦେଇଛି। ସେ ଝିଅ ସାଙ୍ଗେ ବହୁତ କିଛି ହେଇଛି। ସେମାନେ ଯଦି ଦୁଇଦିନ ଭିତରେ ନ ଫେରନ୍ତି ତ କମ୍ପାନି ଫାୟାର୍ କରିଦବ।

ଫେସ୍‌ବୁକ୍‌ରେ ପିଙ୍କି ଅପ୍‌ଲୋଡ୍ କରିବ ଦିହିଁଙ୍କ ଫଟୋ, ତାଙ୍କ ବାହାଘରର, ହନିମୁନ୍ ଟ୍ରିପ୍‌ର, ସପିଂ ମଲ୍‌ରେ ଏକାଠି, କଫି ଟେବ୍‌ଲ୍‌ରେ ଏକାଠି, କାର୍ ଭିତରେ, ପାର୍କ୍‌ରେ, ତାଙ୍କ ନୂଆ ଆପାର୍ଟ୍‌ମେଣ୍ଟ ସାମ୍ନାରେ, ରୋଷେଇ ଘରେ, ସବୁଠି; ଲାଗିବ ସେ ଦିହିଁଙ୍କୁ ନେଇ ଗୋଟେ ସିନେମା ହିଁ ଏସବୁ।

ଆଉ ରାତିରେ ସେଇ ଦେହ ସୁଖ। ସେମିତି ଦି'ଟା ଫୁଙ୍ଗୁଳା ଦେହ, ପାଶବିକତାର କବ୍‌ଜାରେ, ବନ୍ଦ ଘର, ବନ୍ଦ ଆଲୁଅରେ। ଏଇ ସେକ୍ସ ଅପେକ୍ଷାରେ ବିତିଯିବ ଦିନ, ଦି'ପହର ଓ ସଞ୍ଜ। ତା'ପରେ ଅନେକ କ୍ଲାନ୍ତି। ସମସ୍ତ ଅନିଚ୍ଛା ସତ୍ତ୍ୱେ ପରସ୍ପରକୁ ଜାବୁଡ଼ି ଧରିବାର ଛଳନା ଓ ପୁଣି ଗୋଟେ ଭୟଙ୍କର ମନୋଟନିର ଅପେକ୍ଷାରେ ଆଗାମୀ ସକାଳ !

ପିଙ୍କି ଛାତିରେ ସେ ମୁହଁ ଗୁଞ୍ଜିବ ତ, ମଙ୍ଗଳସୂତ୍ର ପଶିଯିବ ତା' ପାଟିରେ। ଯେମିତି ପଟାସିଅମ୍ ସିଆନାଇଡ୍‌ର ଗୋଟେ କ୍ୟାପ୍‌ସୁଲ୍ ଭରିଯାଉଛି ତା' ଓଠରେ। ଗୋଟେ ଭୟଙ୍କର ମନୋଟନିର ଏ କ୍ୟାପ୍‌ସୁଲ୍ ବାରମ୍ବାର ତା' ଓଠକୁ ଚୁମୁଛି।

ଗୁରୁବାର ପୂଜା ସାରି ମା' ଯେବେ ତା' ଶଙ୍ଖାକୁ ବାପାଙ୍କ ମୁଣ୍ଡରେ ଛୁଆଁଏ, ବାପା ହସି ହସି କୁହନ୍ତି, ଆମ ସମ୍ପର୍କରେ ଏ ନାଲି ଶଙ୍ଖାର କି କାମ, କି କାମ ତୁମ ଈଶ୍ୱରଙ୍କର, ତମ ଶଙ୍ଖାର ଝଣ୍‌ଝଣ୍ ତ ପ୍ରତିଟି ରୁଟିରେ ହିଁ ମିଶିଥାଏ। ଏହାକୁ ଏକ କାରାଗାର ଭଳି ଭାବିବା କ'ଣ ନିହାତି ଜରୁରୀ !

ପିଙ୍କି ଓ ସେ କେବଳ ଦୁଇଟି ମୂର୍ତ୍ତି ହୋଇ ପଡ଼ିରହିବେ ସକାଳର ଖଟରେ ଆଉ ତା' ପରଦିନ କ୍ୟାଲେଣ୍ଡାର୍, ହାତଘଡ଼ି, ଫୋନ୍ ଏବଂ ଲାପ୍‌ଟପ୍ ସ୍କ୍ରିନ୍‌ରେ ଖାଲି ଯାହା ତାରିଖ ବଦଳି ଯାଇଥିବ।

ଏସବୁ ଦିହିଁଙ୍କୁ ମାଲୁମ୍। ସେଇ ଘଷରା ପୁରୁଣା ଦିନସବୁ ଗୋଟେ କନ୍‌ଭେୟର୍ ବେଲ୍‌ଟ୍‌ରେ ଲଦା ହୋଇ ଭବିଷ୍ୟତକୁ ଯିବ। କିଛି ବି ନୂଆ ଘଟିବାର ସମ୍ଭାବନାକୁ ପରିତ୍ୟାଗ କରି ସାରିଥିବା ଗୋଟେ ଜୀବନ ଉପରେ ଏତେଗୁଡ଼େ ଆସ୍ଥା !

ଯେତେଥର ବି ଅରୁଣାଭ ଘରକୁ ଆସେ, ବାପାଙ୍କ ଆଲମାରିରୁ ଦୁଇ ତିନି ଖଣ୍ଡ ବହି ନେଇ ଆସିଯାଏ। ଇଂରାଜି, ଓଡ଼ିଆ ଉପନ୍ୟାସ, ଗପବହି। କିଛି ପଢ଼ି

ଶେଷ କରେ ଆଉ କିଛି ଅଧା ରୁହେ। ବାପାଙ୍କ କଥା ମନେପଡ଼େ, ଆରମ୍ଭ କରିଥିବା ସବୁ ବହି ତୁ ଯେ ସାରିବୁ, ସେମିତି କିଛି ମାନେ ନାହିଁ। ବହୁତ ବହି ଅଧାପଢ଼ା ରୁହେ, ବହୁତ କଥା ଅକୁହା ରୁହେ, ମଣିଷ ସାଙ୍ଗରେ ହିଁ ଯାଏ।

ହୁଏତ ବାପାଙ୍କ ପାଖେ ବହୁତ କଥା ଅକୁହା ଅଛି, ଯାହା ସେ ଏଯାଏଁ କହି ପାରୁନାହାନ୍ତି ଅବା କହିବା ପାଇଁ ଶବ୍ଦ ପାଉନାହାନ୍ତି।

ସେ ନିଜେ ବି ତ ସବୁକଥା କହିପାରୁନି। ନା ମା'କୁ, ନା ପିଙ୍କିକୁ। ହଁ ସେ କିନ୍ତୁ ବାପାଙ୍କୁ ବହୁତ କଥା କହିଦେଇପାରେ, ହେଲେ ନିରବରେ। ବାପା ବି ଏମିତି କଥାରେ କଥାରେ ଖାମ୍‌ଖିଆଲି ହୋଇ ଅନେକ ଗୂଢ଼ କଥା କହିପକାନ୍ତି, ସିଗ୍ରେଟ୍ ଧୂଆଁରେ ଫୁଙ୍କିଦେଇ। ସେ ଏବେ ସେସବୁ ବୁଝେ, ହୁଏତ ବୁଝେନା!

ବୁଝେନା ଏ ଜୀବନର ସମୀକରଣ। ଏଇ ଏକା ପ୍ରକାର ଦିଶୁଥିବା ସମୀକରଣ ଓ ତା'ର ଭିନ୍ନ ଭିନ୍ନ ସମାଧାନ।

ହେଲେ ତା'ର ପ୍ରୋଗ୍ରାମିଙ୍ଗ୍‌ରେ 'ଲଜିକ୍' କାମ କରେ, ଗୋଟାଏ ସଫାସୁତର ଲଜିକ୍ ଧରି ପ୍ରୋଗ୍ରାମିଙ୍ଗ୍ କରେ, ହେଲେ ଜୀବନରେ ଏସବୁ ସମ୍ଭବ ହୁଏନା।

ପିଙ୍କି କହେ, ''ଆଚ୍ଛା କୋଡ ଲାଙ୍ଗୁଏଜ୍ କୁହତ ଗୋଟାଏ ପ୍ରୋଗ୍ରାମ୍ ଲେଖିହବ, ଚଢ଼େଇମାନଙ୍କ ଅବିକଳ ଶବ୍ଦର, ଝରଣାର କୁଳୁକୁଳୁ, ବର୍ଷାର ଝରଝର୍ ଆଉ ଗୋଟା ଚୁମା ଖାଇବାର ଶବ୍ଦର। ହଁ ତମେ ଲେଖିପାରିବ।

ଏଇ ଶୁଣ ମନଦେଇ, ମୁଁ ଚୁମା ଦଉଛି ତୁମ ଗାଲରେ, କପାଳରେ, ଆଖିରେ, ଓଠରେ... ବାସ୍... ରନ୍ କଲି ଏ ପ୍ରୋଗ୍ରାମ୍। ଉଠ ଏଠୁ, ଲାପ୍‌ଟପ୍ ଛାଡ଼, ତୁମ କୋଳରେ ମୁଁ ହିଁ ବସିବି, ତମ କାନ୍ଧରେ ବେତାଳ ହୋଇ ଝୁଲିଥିବି ଗୋଟାଏ ଜୀବନ।

ପରଜନ୍ମ, ପୂର୍ବଜନ୍ମରେ ମୋର ବିଶ୍ୱାସ ନାହିଁ। କିନ୍ତୁ ଜାଣେ ପୂର୍ବଜନ୍ମରେ ତମେ ଥିଲ ବୁଦ୍ଧ।

ଆଚ୍ଛା ଚାଲ ଆଇନକ୍ସ, 'ସିଦ୍ଧାର୍ଥ' ଦେଖିବା, ହର୍ମାନ୍ ହେସ୍। ସେ ଉପନ୍ୟାସ ବହି ଧରି ତମେ ସିନା ଖୁଅ ହେଲେ ଚାଲ ଦେଖିବ, ସିମି ଗରେ୍ୱଲ୍ ଆଉ ଶଶୀ କପୁର, କେତେ ବୋଲ୍ଡ ସିନ୍, ମୁଁ ମୋକ୍ଷ ଫୋକ୍ଷ ବୁଝେନା, ମୋର ଭାରି ଉତ୍ତେଜନା ଆସେ ଏସବୁ ଦୃଶ୍ୟରେ। ଏବେ ତ ତମେ ଅଛ। ମୁଁ ଭିରୁ ଫେରି ତମ ଉପରେ ସବୁତକ ଉତ୍ତାପର ପ୍ରତିଶୋଧ ନେବି।''

ଏମିତି ତ ବିଛଣାର ସବୁତକ କଥା ଏକାପରି। କେତେ ଶବ୍ଦକୋଷ ସବୁ ଭିନ୍ନ ଭିନ୍ନ, ବିଛଣା ପାଇଁ, ଅଫିସ୍ ପାଇଁ... ସେଇ ଏକା ପ୍ରକାର କଥା, ଏକା ଦୃଶ୍ୟ ଆଉ ଏକାପରି ନିତିଦିନ। ଭିନ୍ନ କିଛି ବି ଘଟୁ ନ ଥିବା ଜୀବନ!

ଗୋଟାଏ ଭୟଙ୍କର ଗତାନୁଗତିକତା।

୧୦

ନିଜ ରୁମ୍‌ରେ ପହଞ୍ଚି ଅରୁଣାଭ ଟିଭି ଅନ୍ କରୁଛି। ଜାମାପଟା ନ ବଦଳେଇ, ବସି ବସି ବିଛଣାରେ ଗୁଡ଼େ ଚାନେଲ୍ ବଦଳଉଛି। କେଉଁଠି ବି ଅଟକି ଯାଉନି। ଆଗପଛ କରୁଛି ଚାନେଲ୍।

ଏତେ ରାତିରେ ବି ଖବର, ଘଟଣା, ଦୁର୍ଘଟଣା, ସିନେମା, ଗୀତ ଆଉ ନାଚରେ ଭର୍ତ୍ତି ହେଇଯାଉଛି ପରଦା।

ଜ୍ୟୋତିଷଟେ ରାଶିଫଳ ପଢୁଛି। ଆଗାମୀ କାଲିର ରାଶିଫଳ। 'କିରୋ'ଙ୍କ ବହିରୁ ପଢୁଛି। ''ଯଦି ଆପଣଙ୍କ ହାତରୁ ରେଖାମାନେ ଲିଭି ଆସୁଛନ୍ତି, ତେବେ ଏହା ଆସନ୍ନ ମୃତ୍ୟୁର ସୂଚନା...''

''ମୃତ୍ୟୁ ଖୁବ୍ ପାଖେଇ ଆସିଲାଣି, ଯଦି ରେଖାମାନେ ଲିଭିବା ଆରମ୍ଭ କଲେଣି...''

ଅରୁଣାଭ ହସୁଛି ମନେ ମନେ। ନା ତା'ର ବିଶ୍ୱାସ ଅଛି ଏ ମୃତ୍ୟୁଫୃତ୍ୟୁରେ।

ସେ ଆଗରୁ ଦେଖିଛି, ବାପାଙ୍କ ଆଲମାରିରେ 'କିରୋ'ଙ୍କର 'ପାମିଷ୍ଟ୍ରି' ଆଉ 'ନ୍ୟୁମରଲୋଜି'ର ବହି। ମା' ପାଇଁ ତିଥିବାର, ଶୁଭବେଳା ଖୋଜିଦେବା ପାଇଁ ବାପାଙ୍କ ପାଞ୍ଜି। ହେଲେ ବାପାଙ୍କର ଏଥିରେ ଜମାରୁ ବି ବିଶ୍ୱାସ ନ ଥାଏ, ସେ ଜାଣେ।

ସେ ରିମୋଟ୍ ଥୋଇ ବିଛଣାରେ ନିଜର ପାପୁଲି ଦେଖୁଛି, ଅସ୍ପଷ୍ଟ ହୋଇ ଆସୁଥିବା ତା'ର ରେଖାମାନଙ୍କୁ ଦେଖୁଛି। ଆର ଚାନେଲ୍‌ରେ ଚାଲିଛି ଚୁମ୍ବନର ଦୃଶ୍ୟ। ତା' ଦେହରେ ଟିକେ ବି ଶିହରଣ ନାହିଁ।

ଅରୁଣାଭ ଟିଭି ବନ୍ଦ କରୁଛି। ତା' ଫୋନ୍‌ରେ ଏସ୍.ଏମ୍.ଏସ୍. ଶବ୍ଦ ଆସୁଛି, କେଉଁ ଗୋଟେ ଡିସ୍କୋରେ ସପ୍ତାହାନ୍ତ ରିହାତି, କେବଳ ଯୋଡ଼ିମାନଙ୍କ ପାଇଁ ବିଶେଷ ରିହାତି, ଗୋଟେ କିଣ, ଦୁଇଟି ପାଅ, ମାଗଣା ଭିଡିଓ କଲିଂ ଅଫର୍...।

ସେ ତା' ଫୋନ୍ ଅଫ୍ କରୁଛି। ତିରିଶ ମହଲା ତା' ଆପାର୍ଟମେଣ୍ଟର ଝର୍କାଦେଇ ବାହାରକୁ ଚାହୁଁଛି।

ଏ ସହର ଗୋଟାଏ ଆଲୁଅର ବର୍ଣ୍ଣମାଳା, ଗୋଟାଏ ନୀହାରିକା, ଗ୍ରହାଣୁପୁଞ୍ଜ, ଗୋଟେ ଗ୍ୟାଲାକ୍ସି...

କବାଟ ଝର୍କା ବନ୍ଦ କରି ଏ.ସି. ଅନ୍ କରୁଛି ଓ ନିଜକୁ ମୁକ୍ତ ରଖୁଛି ଏ ଦୁନିଆରୁ।

ଅସଜଡ଼ା ବିଛଣାରେ ଚିତ୍‌ହୋଇ ପଡ଼ିରହୁଛି, ତା' କାନ୍ଥଘଣ୍ଟା ବନ୍ଦ ଅଛି, ବୋଧହୁଏ ଏଇ କିଛିଦିନ ହେବ। ସେ କ୍ରୁଶବିଦ୍ଧ ହୋଇସାରିଛି ଯା'ରି କଣ୍ଟାରେ!

ପିଙ୍କି କଥା ବିଶେଷ ମନେପଡୁନି ତା'ର। ବେଶି କିଛି ସ୍ମୃତି ତାଜା ନାହିଁ ତା' ପାଖେ। କେଉଁ ଡ୍ରାଇଭ୍‌ରେ ସେସବୁ ଅଛି, ସେ ଖୋଜିବାକୁ ଚାହେନା।

ଚକ୍‌ଚକ୍ ଆଖି ହେଉ ଅବା ଲୁହଭର୍ତ୍ତି ଆଖି, ଏକାପରି ଦିଶୁଛି ପିଙ୍କିର। ଯେଉଁ କଇଁ କଇଁ କାନ୍ଦ ଲାଖି ରହିଥିଲା ତା' ଫୋନ୍‌ରେ, ସେ ଫୋନ୍ ସ୍ୱିଚ୍ ଅଫ୍ ହୋଇ ପଡ଼ିଛି ତା' ଡବଲ୍ ବେଡ୍‌ର ଲୋଚାକୋଚା ବିଛଣା ଚାଦର ଉପରେ। ତା'ର ଏଇ ଚମତ୍କାର ସାଜସଜ୍ଜା ଆପାର୍ଟ୍‌ମେଣ୍ଟ୍‌ଟା ଏଇ ଗତବର୍ଷ ହିଁ କିଣିଛି।

ପିଙ୍କି ଶୋଇଛି କେତେଥର ଏଠି ତା' ପାଖରେ। ଉତ୍ତାପ ଭରିଦେଇଛି ତା' ଦେହରେ, ଭରିଦେଇଛି ପାଶବିକତା। ତାକୁ କୁହାଇ ନେଇଛି, ସେଇ ଚିରାଚରିତ ଶବ୍ଦକୋଷରୁ ଧାର୍‌କରା ଶବ୍ଦସବୁ; ପ୍ରେମର, ଛଳନାର ... ଶୁଣାଇଛି ଶୀତ୍କାର ଓ ପ୍ରଖର ନିଃଶ୍ୱାସର ଯାନ୍ତ୍ରିକ ସ୍ୱର।

ଅଳ୍ପ ଅଳ୍ପ ଲାଜ କରିଛି ପିଙ୍କି ଅଳ୍ପ କେଇ ମିନିଟ୍। ତା'ପରେ ତାକୁ ଜାବୁଡ଼ି

ଧରି, ଆଖି ବୁଜିଦେଇଛି ତା' ଛାତିରେ। ଫିସ୍‌ଫିସ୍ ଏତିକି ଯାହା କହିଛି, ''ଅରୁଣାଭ ଆଲୁଅ ଲିଭାଅ... ମତେ ଲାଜ ଲାଗୁଛି...।''

ଏବେ ପିଙ୍କି ସ୍ଥାନରେ ପଡ଼ିଛି ଗୋଟେ ମୋବାଇଲ୍ ଫୋନ୍, ମୃତପ୍ରାୟ। ପିଙ୍କିର କଇଁ କଇଁ କାନ୍ଦର ଲହର, ସେଥିରେ ଶେଷଥର ପାଇଁ ହିଁ ଶୁଭିଛି। ଅରୁଣାଭ ସ୍ଥିର କରିନେଇଛି, ଆଉ କେବେ ବି ଖୋଲିବନି ସେ ଫୋନ୍। କାଢ଼ି ଫିଙ୍ଗିଦବ ତା'ର ସିମ୍ କାର୍ଡ୍ ଆଉ କୁଆଡ଼େ ଗୋଟେ ଚାଲିଯିବ।

ତା' ଲାପ୍‌ଟପ୍ ଖୋଲି ସବୁତକ ମେଲ୍ ଡିଲିଟ୍ କରିବ, ଡିଲିଟ୍ କରିବ ସବୁତକ ଡ୍ରାଇଭ୍‌ର ଡାଟା। ତା' ବସ୍‌କୁ ଗୋଟେ ମେଲ୍ ଦବ ଶେଷଥର ପାଇଁ, ''ଆଇ କୁଇଟ୍ ୱିଥ୍ ନୋ ରିଜିନ୍। ଆଇ ଆମ୍ ନଟ୍ ଇଭିନ୍ ଇନ୍ ନୋଟିସ୍ ପିରିୟଡ୍। ଥ୍ୟାଙ୍କ୍ ୟୁ।'' ନା ଥାଉ... କ'ଣ ଲାଭ ଯିବାବେଳେ ଫାଲ୍‌ତୁ ଲୋକମାନଙ୍କ ସହ ସମ୍ପର୍କ ରଖିବା। ସେମାନେ ନିଜଆଡୁ ବରଖାସ୍ତ କରିଦେବେ ଗୋଟେ ସପ୍ତାହ ପରେ। ଏମିତି ବି କର୍ପୋରେଟ୍ ଜଗତରେ କେହି କାହାକୁ ଖୋଜନ୍ତିନି।

ମା' ବ୍ୟସ୍ତ ହେବ, କନ୍ଦାକଟା କରିବ, ପାଗଳୀ ହୋଇଯିବ। ଠାକୁରଘରୁ ବାହାରିବନି, ଖାଇବା ଛାଡ଼ିଦବ... ହେଲେ କେତେଦିନ!

ବାପାଙ୍କର ବହୁତ ଆସ୍ଥା ଥିଲା ତା' ଉପରେ, ତାଙ୍କ ଏକମାତ୍ର ସନ୍ତାନର ଅସ୍ତିତ୍ୱକୁ ନେଇ। ସେ ସିନା କିଛି କୁହନ୍ତିନି।

ସେ ପୁଲିସରେ ଦେବେ। ଜୀବନରେ ପ୍ରଥମଥର ପାଇଁ ପୁଲିସ ଷ୍ଟେସନ୍ ଯିବେ। ଖବରକାଗଜରେ ବାହାର କରିବେ ତା'ର ଫଟୋ;

''ବାଙ୍ଗାଲୋରରୁ ନିଖୋଜ ଓଡ଼ିଆ ସଫ୍ଟୱେର୍ ଇଞ୍ଜିନିୟର୍, ବୟସ ଅଠେଇଶ, ରଙ୍ଗ ଶ୍ୟାମଳ, ଛଅ ଫୁଟ୍ ଉଚ୍ଚା, ମଧ୍ୟମ ସ୍ୱାସ୍ଥ୍ୟ...'' ହେଲେ ବାପାଙ୍କୁ ମାଲୁମ୍ ନ ଥିବ ଯେ, ତା' ହାତରୁ ରେଖାମାନେ ନିଖୋଜ ହେବା ଆରମ୍ଭ କଲେଣି।

ପୁଲିସ କୁକୁର ଆସି ତା' ଘରର ଏଠିସେଠି ଖୋଜିବ। ପୁଲିସ ଖେଳେଇବ ତା'ର ଲାପ୍‌ଟପ୍, ତା' ୱାର୍ଡରୋବ୍, ତା'ର ମୁକୁଳା ପଡ଼ିଥିବା ଥାକ।

କ'ଣ ପାଇବ! ପାଇବ ପିଙ୍କି ସହ ତା'ର ଗୋଟେ ଦି'ଟା ଫ୍ରେମ୍‌କରା ଫଟୋ, ବାପା ମା'ଙ୍କ ସାଙ୍ଗେ ତା' ପିଲାବେଳର ଗୋଟେ କଳାଧଳା ଫଟୋ, ଅଫିସ୍‌ରୁ ଦୁଇ ଚାରିଟା ସାର୍ଟିଫିକେଟ୍ ଅଫ୍ ଏକ୍ସଲେନ୍ସ। ପାଇବ ପିଙ୍କି ପାଇଁ ଆଣିଥିବା ଆଇ-ପିଲ୍‌ର ଖୋଳ ତା' ଡ୍ରୟର୍‌ରେ, ହ୍ୟାଙ୍ଗର୍‌ରେ ଝୁଲା ତା'ର ଗୋଟେ ପ୍ରିଣ୍ଟେଡ୍ ଟପ୍ ଆଉ କ୍ୟାପ୍ରି, ଗଲାବର୍ଷ ବାଙ୍ଗାଲୋର ଆସିଲାବେଳେ ଛାଡ଼ିଯାଇଥିଲା।

ପୁଲିସ କହିବ, ''ଇଟ୍ସ ଏ କ୍ଲିୟର୍ କେସ୍ ଅଫ୍ ଲିଭ୍-ଇନ୍-ରିଲେସନ୍‌ସିପ୍।''

ବାପା କହିବେ ତାଙ୍କର ନିର୍ବନ୍ଧ ସରିଥିଲା। ସେ ବୋଧହୁଏ ଜୀବନରେ ପ୍ରଥମଥର ପାଇଁ ମିଛ କହିବେ, ଗୋଟେ ଦୀର୍ଘଶ୍ୱାସ ସାଙ୍ଗରେ, ଗୋଟେ ଭୟଙ୍କର ନିଃସଙ୍ଗତାର ଭୟରେ। ତାଙ୍କର ବିପର୍ଯ୍ୟସ୍ତ ଦାଢ଼ି, ବାଳ ଓ ଭଗ୍ନ ସ୍ୱାସ୍ଥ୍ୟ ଧରି ସେ ଗୋଡ଼ ଭାଙ୍ଗି ଛିଡ଼ା ହୋଇଥିବେ।

ସେ ଲେଖୁଥିବା ଉପନ୍ୟାସ ସରି ନ ଥିବ ଏଯାଏଁ। ଏବେ କ'ଣ ତାଙ୍କ ପୁଅକୁ ଗୋଟେ ମୁଖ୍ୟ ଚରିତ୍ର କରିପାରିବେ ସେଥିରେ! ଏବେ କ'ଣ ପିଙ୍କିକୁ ତାଙ୍କ ଚରିତ୍ରମାନଙ୍କ ସାଙ୍ଗେ ସାମିଲ୍ କରିପାରିବେ!

ମା' ବିକଳ ହୋଇ କହିବ, ଏଇ ବର୍ଷ ବାହାଘର ହୋଇଥାଆନ୍ତା। ମନ୍ତ୍ର ପଢ଼ିବାର କି ଗୀତ ଗାଇବାର ଦମ୍ଭ ନ ଥିବ ତା' ସ୍ୱରରେ।

ପୋଲିସ୍ କହିବ, ''ଆପଣ ସେ ଝିଅର ପତ୍ତା ଲଗାନ୍ତୁ। ସେ ହିଁ ଆସାମୀ। ମାଇଟ୍ ବି ଏ କେସ୍ ଅଫ୍ ସୁଇସାଇଡ୍। ସୁଇସାଇଡାଲ୍ ନୋଟ୍ କେଉଁଠୁ ମିଳିଯାଇପାରେ...''

ସେତେବେଳେକୁ ଅରୁଣାଭ କୁଆଡ଼େ ଚାଲିଯାଇଥିବ, ହେଲେ କୁଆଡ଼େ!

ହିମାଳୟ!

ନିଜ ଉପରେ ସେ ହସିବ...।

ପିଙ୍କି ପାଖକୁ ବି ନୁହେଁ, ଘରକୁ ବାପା ମା'ଙ୍କ ପାଖକୁ ବି ନୁହେଁ, କୌଣସି ସାଙ୍ଗସାଥୀ ବି ନୁହେଁ... ଫେସ୍‌ବୁକ୍‌ରେ ସମସ୍ତେ ଥାଆନ୍ତୁ। ତା' ନିଖୋଜ ହେବାକୁ 'ଲାଇକ୍' ମାରିବା ପାଇଁ। ଯିଏ ଯାହା ଟ୍ୟାଗ୍, ସେଆର୍ କରିବା କଥା କରୁଥାଆନ୍ତୁ। ନିରର୍ଥକ ଧାଡ଼ି ସବୁ ଟ୍ୱିଟ୍ ହେଉଥାଉ, ୧୪୦ ଶବ୍ଦ ମଧ୍ୟରେ...। ଅଫିସ୍‌ରେ ପ୍ରୋଗ୍ରାମ୍ ଲେଖା ଚାଲିଥାଉ। କମ୍ପ୍ୟୁଟର୍‌ରେ ୱିଣ୍ଡୋ ସବୁ ଖୋଲୁଥାଉ ହେଲେ ଘରର ଝର୍କା ବନ୍ଦ ରହୁ। ଆଉ ସେ ଝର୍କାଦେଇ ସହରକୁ, ଆଲୁଅକୁ ଚାହୁଁନି ଅରୁଣାଭ। ଚାହୁଁନି ଯକ୍ଷ ପାଲଟି ଯାଇଥିବା ଗୋଟେ ସହରକୁ!

ବିଛଣାରୁ ଉଠି ଗାଧୁଆଘରେ ପଶୁଛି ସେ। ତାକୁ ଜୋର୍‌ରେ ପରିସ୍ରା ଲାଗୁଛି। ଭାରୀ ଲାଗୁଛି ତଳି ପେଟ। ପରିସ୍ରା କରି ଫ୍ଲସ୍ ମାରୁଛି।

ଦେଖୁଛି ବହୁତ କିଛି ଫ୍ଲସ୍ ହୋଇଯାଉଛି। ଅନେକ କିଛି ଧୋଇଯାଉଛି ତା' ଜୀବନରୁ।

ହୁଏତ ସ୍ମୃତି ଓ ଅନେକ ଭ୍ରମ।

ହେଲେ ତା'ର ଅସହାୟତା, ନିଜକୁ ସେ ଫ୍ଲସ୍ ମାରିପାରୁନି। ଗାଧୁଆଘର ସ୍କାଏଲାଇଟ୍‌କୁ ଚାହୁଁଛି ଅରୁଣାଭ। ଅଳ୍ପ ଟିକେ ଆକାଶ ଦିଶୁଛି। ଥାକ ଥାକ କାଚଖଣ୍ଡରେ

ଧାଡ଼ି ଧାଡ଼ି କଟା ହୋଇଥିବା ଚେନାଏ ଆକାଶ, ଗୋଟେ ବର୍ଗଫୁଟ ସ୍କାଏଲାଇଟ୍‌ରୁ।

ହୁଏତ ଏତିକି ହିଁ ତା' ଭାଗର ଆକାଶ!

ସେ କୁଆଡ଼େ ନ ଯାଇ ଏଇଠି ବି ଯଦି ରହିଯାଇପାରେ ସାରା ଜୀବନ, ଏଇ ଚାରି ବାଇ ଚାରି ଗାଧୁଆଘରେ... ହେଲେ ସେ ଧରାପଡ଼ିଯିବ। ନା ତାକୁ ଏଠୁ ଯିବାକୁ ପଡ଼ିବ। ଅରୁଣାଭ ତା' ଅଜାଣତରେ ଆଉ ଥରେ ଫ୍ଲସ୍ ମାରିଲା। ତା'ର ଭାବିବା ଭିତରେ ପାଣି ଭର୍ତ୍ତି ହୋଇସାରିଥିଲା ସେ ବାକ୍ସରେ।

ତା'ର ମନେପଡୁଛି, ସବୁଠୁ ନିରୋଳା ସମସ୍ତଙ୍କଠୁ ମୁକ୍ତ ଗୋଟେ ସ୍ଥାନ। ତା' ଆପାର୍ଟ୍‌ମେଣ୍ଟ୍ ପଛପଟକୁ ଥିବା ଲିଫ୍ଟ। ଯେଉଁଟା ପ୍ରାୟ କେହି ବ୍ୟବହାର କରନ୍ତି ନାହିଁ। ଜଗୁଆଳି ବି ପ୍ରାୟ ନ ଥାଏ ସେପଟେ। ସେଇ ଲିଫ୍ଟ ହିଁ ତା'ର ଶେଷ ଆଶ୍ରୟ, ସବୁ ସମ୍ପର୍କଠୁ ଦୂରରେ। ତା'ରି ଚଟାଣରେ ଗୋଡ଼ ଲମ୍ବେଇ କାନ୍ଥକୁ ଆଉଜି ସେ ବସିରହିବ। ତିରିଶ ମହଲା ଆପାର୍ଟ୍‌ମେଣ୍ଟ୍‌ର ଯେକୌଣସି ଦୁଇଟି ମହଲା ମଝିରେ ଝୁଲିରହିବ। ନା ଛାତ ଉପରକୁ ଯିବ, ନା ଭୂତଳ ପାର୍କିଂକୁ।

ଦାଢ଼ି, ବାଳ ବଢ଼ି ଆସିବ। ନିଜକୁ ଅଚିହ୍ନା ଲାଗିବ। ହୁଏତ ତା' ବାପାଙ୍କ ପରି ଦିଶିପାରେ ସେ!

ସମସ୍ତେ ସେମିତି ବ୍ୟସ୍ତ ଥିବେ। ଯାର ପଛରେ ସୂର୍ଯ୍ୟ ଉଠି ଆରପଟେ ଅସ୍ତ ଯିବ, ବଦଳୁ ନ ଥିବା ଆକାଶ ସାଙ୍ଗରେ। ଜଗୁଆଳି ହୁଇସିଲ୍ ଫୁଙ୍କିବ, ହେଲେ ତାକୁ କେହି ଦେଖିବେନି।

ହେଲେ ସେ କ'ଣ ଏଠି ରହିପାରିବ! କିଏ ନା କିଏ ତ ତାକୁ ଦେଖିବ। ପୁଲିସକୁ ଖବର ଦବ, ଘରକୁ ଖବର ଯିବ। ତା' ଦେହରେ ଏଯାଏଁ ବି ପିଙ୍କି ଦେହର ଗନ୍ଧ ଲାଖି ରହିଥାଇପାରେ, ଥାଇପାରେ ତା' ମା' କାନିର ଗନ୍ଧ, ତା' ସାଙ୍ଗସାଥୀମାନଙ୍କ ସହ ସିଗ୍ରେଟ୍ ପିଇଲାବେଳେ ଧୂଆଁର ଗନ୍ଧ, ଭୋଡ୍‌କା, ହ୍ୱିସ୍କି, ବିଅର୍ ଗନ୍ଧ, ତା' କାର୍ ପଛେ ଧାଉଁଥିବା ଧୂଳିର ଗନ୍ଧ, ଏମାନଙ୍କଠୁ କେମିତି ମୁକ୍ତିଦବ ସେ ନିଜକୁ!

ସେ ସବୁ ସମ୍ପର୍କକୁ ଅସ୍ୱୀକାର କରିପାରେ ଗୋଟେ ମୁହୂର୍ତ୍ତରେ। ସବୁ ସମ୍ପର୍କମାନଙ୍କ ହାତମୁଠାରୁ ଖସିଯାଇପାରେ, ହେଲେ.... ହେଲେ ଏ ପୃଥିବୀ!

ଏ ପୃଥିବୀ କେମିତି ଛାଡ଼ିବ ସେ! ଯେତେ ଚାହିଲେ ବି ସେ କ'ଣ ମୁକୁଳିପାରିବ ଏ ପୃଥିବୀର ବନ୍ଦୀଶାଳାରୁ!

ଆଉ ସ୍ୱପ୍ନ ନ ଥିବ ତା' ନିଦରେ। ସେମିତି ସେ ଚିତ୍‌ହୋଇ ପଡ଼ିଥିବ ତା' ଅସଜଡ଼ା ବିଛଣା ଉପରେ। ତା' ପରଦିନ ନିଦରୁ ଉଠିବ ଅରୁଣାଭ। ଖୁବ୍ ଡେରିରେ... ହୁଏତ ଏଗାରଟା, ବାରଟା, ଗୋଟାଏ ବେଳେ ...

ଏ.ସି.ର ଥଣ୍ଡା ପବନରେ ଜାକିଜୁକି ହୋଇ, ଲୋଚାକୋଚା ହୋଇ, ହାତ ମୁଠାକରି, ଲିଭି ଆସୁଥିବା ତା' ରେଖାମାନଙ୍କୁ ହାତମୁଠାରେ ଜାବୁଡ଼ି ଧରି ।

ବିଛଣାରେ ପଡ଼ି ପଡ଼ି ଘଣ୍ଟାକୁ ଚାହିଁବ, ଅଧାମେଲା ଓଜନିଆ ଆଖିପତାରେ; ସେଇ ବନ୍ଦ କାନ୍ଥଘଣ୍ଟାକୁ । ତା' ଝର୍କାର ପରଦା ଆଡ଼େଇ ଆଲୁଅ ପଶିପାରୁ ନ ଥିବ ।

ସ୍କାଏଲାଇଟ୍ ପଟେ ଖରାର ଲମ୍ବା କାହାଣୀ ସବୁ ଧସେଇ ପଶୁଥିବ ଓ ବିଛାଡ଼ି ହୋଇ ପଡୁଥିବ ତା' ଉପରେ । ଯେମିତି ସର୍ଚ୍ ଲାଇଟ୍ ପକେଇ ତାକୁ କିଏ ଖୋଜି ନେଇଛି ପୁଣି ଥରେ !

ସମୟକୁ ନାୟକ କରି

Why we can't remember the future ?

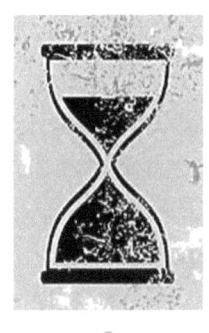

୧

ଅନ୍ୟମନସ୍କ ଭାବେ ଗୋଟେ ସିଗ୍ରେଟ୍ ପିଇବାରେ ଯେତିକି ସମୟ ଲାଗେ, ସେତିକି ସମୟ ଚାହିଁଲା ପରେ ବି ଦେଖିଲି ଗିର୍ଜାର ଘଣ୍ଟା ବନ୍ଦ ଥିଲା।

ସିଗ୍ରେଟ୍ ଜଳିଜଳି ଓଠଯାଏଁ ଆସିଲାବେଳକୁ ବି ସେ ଘଣ୍ଟାରେ ସାଢ଼େ ତିନିଟା ହିଁ ବାଜିଥିଲା। ଦୁଇ ଓଠ, ଦୁଇ ଆଙ୍ଗୁଠି ଫାଙ୍କରେ ଶେଷ ସୋଟାକ ନିଆଁ ଡହକିବା ଯାଏଁ ଘଣ୍ଟାରେ ସମୟ ସ୍ଥିର ଥିଲା।

ହେଲେ ସିଗ୍ରେଟ୍‌ର କଫନ୍ ପରି ଦେହକୁ ଜାଳୁଥିବା ଚିଙ୍ଗାରି ପଛ ଆକାଶରେ ସଞ୍ଜ ବୁଡ଼ି ସାରିଥିଲା। ସିଗ୍ରେଟ୍‌ର ଏତକ ନିଆଁ ସାଙ୍ଗରେ ଆକାଶରେ ବେଶ୍ କିଛି ନକ୍ଷତ୍ର ଉଇଁ ସାରିଥିଲେ।

ଆଉ ଏ ନକ୍ଷତ୍ର ମାନେ ତ ବୁରୁଟ୍ ପରି ହିଁ ଜଳନ୍ତି।

ଗିର୍ଜାର ଘଣ୍ଟା ବନ୍ଦ ଥିବା ହୁଏତ ମୁଁ ପ୍ରଥମଥର ପାଇଁ ଦେଖିଲି। ଯା' ସାମ୍ନା ରାସ୍ତାରେ ଚାଲିଚାଲି ଯିବାବେଳେ, ମୋ ଅବଚେତନରେ ଘଣ୍ଟା ଚାଲିବାର ଲକ୍ଷ୍ୟ କରିଛି।

"ଏବେ କେତେଟା ବାଜିବ!" ନିଜକୁ ନିରବରେ ପଚାରିଥିବା ଏଇ ପ୍ରଶ୍ନର ଉତ୍ତର ଯଦିଓ ଜାଣି ନ ଥିଲି, ତଥାପି କିଛି ସମୟ ଏମିତି ନିରର୍ଥକ ଭାବେ ଗିର୍ଜାର ସାମ୍ନା ରାସ୍ତା କଡ଼ରେ ଛିଡ଼ାହୋଇ ରହିଲା ପରେ ବି, ଦେଖିଲି ଗିର୍ଜାର ଘଣ୍ଟା ବନ୍ଦ ଥିଲା।

ରୋମାନ୍ ଲେଟରର ଏ ମସିଆ ଡାଏଲ୍‌ଟା ହଳଦିଆ ପଡ଼ି ଆସିଥିଲା। ନିକ୍ଷେପ ହେବାକୁ ଉଦ୍ୟତ ଏକ ରକେଟ୍ ପରି ଏ ପିଲାର୍‌ଟା ବି ଶିଉଳି ଧରିଆସିଥିଲା। ବଡ଼ ବଡ଼ କଣ୍ଟା ଦି'ଟା ଏ ଡାଏଲ୍ ଉପରେ ନିର୍ଜୀବ ହୋଇ ଝୁଲି ରହିଥିଲେ।

ସତେ ଯେମିତି ସମୟକୁ କିଏ କ୍ରୁଶବିଦ୍ଧ କରିଥିଲା ଏ ଛୋଟ ସହରରେ! ତଥାପି ଆଖି ମଳି ଚାହିଁଲି; ହଁ, ଘଣ୍ଟା ବନ୍ଦ ଥିଲା।

ମତେ ଟିକେ ନିଶା ହୋଇ ଯାଇଥିଲା ଓ ମୁଣ୍ଡଟା ଅଳ୍ପଟିକେ ଭାରୀ ଲାଗୁଥିଲା।

ଅଫିସ୍ କ୍ୟାଣ୍ଟିନ୍‌ରେ ମଧ୍ୟାହ୍ନ ଭୋଜନ ପରେ, ମୁଁ ଗତ ରାତିର ବଳିଥିବା ନିବ୍‌ଟା, ଟଏଲେଟ୍‌ରେ ହିଁ ପିଇ ଦେଇଥିଲି। ତା'ପରେ ମୋ ଚେୟାରକୁ ଫେରିଆସି, ବେଶୀ କାମ ନ ଥିବା ହେତୁ ଟିକେ ଘୁମେଇ ପଡ଼ିଥିଲି। ଆଉ ଅଫିସ୍ ସମୟ ସରିଲା ଭିତରେ ମୋ ଚେୟାର୍‌ରେ ମତେ ନିଦ ଲାଗିଯାଇଥିଲା।

ଦିନେ ଦିନେ ମୋ କ୍ଳାନ୍ତି ମେଣ୍ଟାଇବା ଲାଗି, ବଳିଥିବା କିଛି ହ୍ୱିସ୍କି ମୁଁ ଅଫିସ୍ ନେଇଆସେ।

ସମସ୍ତେ ଯାଇ ସାରିଥିଲେ। ଅଫିସ୍ ବନ୍ଦ ହୋଇ ସାରିଥିଲା। ସିକ୍ୟୁରିଟି ଗାର୍ଡ୍ ମତେ ଭୟରେ ଡାକି ପାରୁ ନ ଥିଲା। ହୋଇପାରେ, ସେ ଗୋଟେ ପରେ ଗୋଟେ ଖଇନି ଖାଇବାରେ ବ୍ୟସ୍ତ ଥିବ ନିଶ୍ଚେ।

ସେମିତି ଦେଖିବାକୁ ଗଲେ ତା'ର କିଛି ବ୍ୟସ୍ତତା ନ ଥିବ। ଯେହେତୁ ସେ ଆମ ଅଫିସ୍‌ରେ ହିଁ ରୁହେ। ସାରାଦିନର ସମୟକୁ ବିତିଯିବାରେ ଅପେକ୍ଷା କରି ରହିବା ତ ତା'ର କାମ।

ଅଫିସ୍ ଦୁଆର ମୁହଁରେ ଗୋଟେ ଉଚ୍ଚା ଷ୍ଟୁଲ୍ ପକେଇ ସେ କେବଳ ଆଗନ୍ତୁକମାନଙ୍କର ଯିବାଆସିବା ଗୋଟେ ଖାତାରେ ଲେଖେ, କାହା ପାଇଁ ଟା ସିଗ୍ରେଟ୍ ଆଣେ, ଆଉ ଏ ସନ୍ଧ୍ୟାକୁ ଖଇନି ଦଳିଦଳି ଅପେକ୍ଷା କରିଥାଏ। ଯେମିତି ଦିନଟିଏ ସହ ମିଶି, ସେ ବି ବସିଥିବା ଜାଗାରୁ ଉଠିଯାଏ।

ଯେତେବେଳେ ମୋ ନିଦ ଭାଙ୍ଗିଲା ଆଉ ମୋ ନିଶା ଟିକେ ଖସିଲା, ଚେୟାର୍‌ରେ ମୋଡ଼ିହୋଇ ପଡ଼ିଥିବା ମୋ ବେକକୁ ଟେକିଲା ବେଳେ ଲାଗିଲା, ଆଉ କିଛି ସମୟ ଏମିତି ଶୋଇ ରହିଥିଲେ, ବେକଟା ମୋର ରକା ଧରି ଯାଇଥାଆନ୍ତା !

ପ୍ରକୃତରେ ମୁଁ ମୋର ହାତଘଡ଼ି ଭୁଲିଯାଇଥିଲି, ଆଉ ମୁଁ ବସୁଥିବା ଅଫିସ୍‌ର ସେ କଣ ଘରଟାରେ କାନ୍ଥଘଣ୍ଟାଟିଏ ବି ନ ଥିଲା । ଆଉ ଅନ୍ୟ ସବୁ କୋଠରିଗୁଡ଼ିକରେ ସେ ସିକ୍ୟୁରିଟି ଗାର୍ଡ ତାଲା ମାରି ସାରିଥିଲା ସେତେବେଳକୁ । ଅଫିସ୍‌ରୁ ବାହାରି ରାସ୍ତାକୁ ଓହ୍ଲେଇଲାବେଳେ ପାଟିରେ ଗୁଡ଼େ ଖଇନିର ଛେପ ଭର୍ତ୍ତି କରି, ସେ ମତେ ଗୋଟେ ସାଲ୍ୟୁଟ୍ ଠୁଙ୍କିଲା । ଭାବିଲି ତାକୁ ପଚାରିବି ସମୟ କେତେ !

ହେଲେ ତା' ପାଟିରେ ଏତେଗୁଡ଼େ ଛେପ ଭର୍ତ୍ତି ହୋଇଥିଲା ଯେ ମୁଁ ବୁଝିଗଲି ସେ ଆଉକିଛି କହିବାର ଅବସ୍ଥାରେ ନାହିଁ । ଏମିତିକି ସବୁଦିନ ଭଳି 'ଗୁଡ୍‌ନାଇଟ୍ ସାର୍' ବି କହିପାରିଲାନି । ତା' ଆଖିକୁ ଦେଖି ଜାଣିଲି, ଉପରଓଳି ପରେ ଗୁଡ଼େ ସମୟ ବିତିସାରିଥିଲା, ଆଉ ସେ କେବଳ ମୋ ଯିବାକୁ ହିଁ ଅପେକ୍ଷା କରି ରହିଥିଲା ।

ଗୁଡ଼ାଏ ହାଇ ମାରି ମାରି ତା' ଆଖି କ୍ଳାନ୍ତ ଦିଶୁଥିଲା । ଆଉ ଝାପ୍‌ସା ଅଥଚ ଡେଙ୍ଗା ଛାଇମାନଙ୍କୁ ଧରି ଅପରାହ୍ଣଟେ ବି ପଦାରେ ଠିଆ କ୍ଳାନ୍ତ ହୋଇ ଫେରିଯାଇଥିବ ଯା' ଭିତରେ ।

ଛୋଟ ସହର ହୋଇଥିବାରୁ ଏଠି ରାତି ଟିକେ ଜଲ୍‌ଦି ଆସେ । ଲୋକମାନେ ନିଜନିଜ ଘରକୁ ଟିକେ ବେଳାବେଳି ଫେରିଯାଆନ୍ତି । ତେଣୁ ନିଶୂନ୍ ରାସ୍ତାରେ କାଁ ଭାଁ ଗୋଟେ ଯୋଡ଼େ ମଟର ସାଇକେଲ, ସ୍କୁଟର୍ ଯା'ଆସ କରୁଥିଲେ । ସେମାନଙ୍କ ଆଲୁଅ ଟିକେ ଅଧିକ ଉଜ୍ଜ୍ୱଳ ଦିଶୁଥିଲା ଏଇ ଶୂନ୍‌ଶାନ୍ ରାସ୍ତାରେ । ମନେହେଲା, ମୁଁ ଗୋଟେ ଡିଟେକ୍ଟିଭ୍ ଗପ ବହିର ପୃଷ୍ଠାରୁ ବାହାରି ଆସିଥିବା ନାୟକ, ସମୟର ସନ୍ଧାନରେ ବୁଲୁଚି ରାଜରାସ୍ତାରେ ।

ଏଇଟା ହିଁ ସହରର ମୁଖ୍ୟ ରାସ୍ତା ହୋଇଥିବାରୁ, ଟିକେ ଅଧିକ ଗହଳି ବାରିହୁଏ ଏଇ ରାସ୍ତାରେ । ତେଣୁ ମୁଁ ଚାଲୁ ଚାଲୁ ଅଧିକ ବାଁ ପଟକୁ ଯିବା ଦରକାର ନ ଥିଲା ଏଇ ଫାଙ୍କା ରାସ୍ତାରେ ।

ଛୋଟ ସହର ହୋଇଥିବାରୁ, ରାସ୍ତା କଡ଼ରେ ମର୍କ୍ୟୁରି ବଦଳରେ ବାଲ୍‌ଲାଇଟ୍ ହିଁ ଜଳୁଥିଲେ । ରାସ୍ତାର କଳା ସାଙ୍ଗେ ଏତକ ଆଲୁଅ ମିଶି ଏକ ନିଷ୍ପ୍ରଭ ଆଉ ପାଣିଚିଆ ଅନ୍ଧାର ତିଆରି କରୁଥିଲେ ।

ହେଲେ ଏତକ ଅନ୍ଧାରରୁ, ରାତି କେତେ ଗାଢ଼ ହେଲାଣି, ଆଉ ଏବେ ସମୟ କେତେ, ଜାଣିବା ମୋ ପାଇଁ ମୁସ୍କିଲ୍ ଥିଲା ।

କିଛିବାଟ ଚାଲିବା ପରେ ମୋ ଭାରୀ ପାଦ ଆଉ ଟିକେ ହାଲୁକା ହେବା ଆରମ୍ଭ କଲେ, ଯେତେବେଳେ ମୁଁ ସାଇକେଲ୍ ପେଲି ଆସୁଥିବା ଲୋକଟାକୁ ପ୍ରାୟତଃ ଅଟକେଇଲା ଭଳି ପଚାରିଲି, "ଆଚ୍ଛା, ସମୟ କେତେ ହବ, କହିବ କି...।''

ମୋ'ଠୁ ଦଶ ପନ୍ଦର ଫୁଟ୍ ଆଗରେ ସାଇକେଲ୍ ଟିକେ ମନ୍ଥର କରି ଲୋକଟା ପଛକୁ ଚାହିଁଲା, ଆଉ କୌଣସି ଏକ ଷ୍ଟାଚ୍ୟୁ ପରି ନିଜର ହାତକୁ ଟେକି ଗିର୍ଜାର ସେଇ ଘଣ୍ଟା ଆଡ଼କୁ ଇସାରା କଲା। ଆଉ ସାଇକେଲ୍ ପେଲି ଚାଲିଗଲା। ଲୋକଟିର ହାବଭାବରୁ, ସେ ବ୍ୟସ୍ତ ଥିଲା ପରି ଲାଗିଲା ।

ବରଂ ଏମିତି ମନେହେଲା, ସତେ ଯେମିତି ଏଇ ଗିର୍ଜାର ଘଣ୍ଟା ହିଁ ଏଇ ଛୋଟ ସହରର ସମୟକୁ ନିୟନ୍ତ୍ରଣ କରେ। ହେଲେ ଗିର୍ଜାର ଏଇ ଘଣ୍ଟାରେ, ସମୟ ସ୍ଥିର ହୋଇ ଲଟକି ଯାଇଥିଲା !

୨

ପ୍ରତି ଘଣ୍ଟାକ ପରେ ଏହି ଗିର୍ଜା ଘର ଘଣ୍ଟାର ଢଙ୍ଗ୍ ଢଙ୍ଗ୍ ଶୁଭେ । ସମୟ କେତେ ହେଲା, ଜଣେଇବା ଅପେକ୍ଷା, ଏହା ବିତୁଥିବା ସମୟ ପ୍ରତି ସମସ୍ତଙ୍କୁ ସଚେତନ କରେଇ ଦିଏ ଯେମିତି !

ଆଗକୁ ବଢୁଥିବା ସମୟ, ଯାହାର ପଶ୍ଚାତଗତି ଅସମ୍ଭବ, ଏମିତି ଏକ ଧାରଣା ଦିଏ ।

"ଆରୋଜ୍ ଅଫ୍ ଟାଇମ୍ ଅବା ସମୟର ତୀର", ଏମିତି ଏକ ବିଷୟକୁ ନେଇ ବର୍ଷେ ଦେଢ଼ ବର୍ଷ ତଳେ ଆମ ଅଫିସ୍‌ରେ ଗୋଟେ ସମ୍ମାନ ହେଉଥିଲା । ଦିନକର ଏଇ ସମ୍ମାନକୁ ଆମ ମୁଖ୍ୟ କାର୍ଯ୍ୟାଳୟରୁ କେହିଜଣେ ବରିଷ୍ଠ କର୍ମଚାରୀ ଆସି, ଆମକୁ ସମୟାନୁବର୍ତ୍ତିତା, ଗାନ୍ଧୀଜୀ ଏବଂ ସ୍ୱାଧୀନତା, ସ୍ୱପ୍ନକୁ ସାକାର କରିବାର କେତୋଟି ସୂତ୍ର ଆଦି ବିଷୟରେ ଏକ ସାରଗର୍ଭକ ଭାଷଣ ଦେଉଥିଲେ । ତାଙ୍କର

ଏହି ଲମ୍ବା ଗାଲୁଗପ ଭିତରେ ପ୍ରଥମାର୍ଦ୍ଧ ଟିକେ କୌତୂହଳ ଲାଗିଲା । ଯେଉଁଠି ସେ ''ସମୟର ତୀର'' ଏବଂ ତା'ର ପ୍ରକାରଭେଦ ବିଷୟରେ କହିଥିଲେ, ଆଉ ଆମେ ଟିକେ ଉତ୍ସାହିତ ଥିଲୁ ଏହି କିଛିକ୍ଷଣ ।

ଯେମିତି ଭାଓଲିନ୍ ବାଦନ ଶୁଣି ଭାଓଲିନ୍ ଶିଖି ହୁଏନା, ଏସବୁ ସେମିତି ନିରର୍ଥକ ବୋଲି ଆମେ ସବୁ କର୍ମଚାରୀ ଜାଣିଥିଲୁ । ସମୟର ଏହି ତିନିଟି ତୀର ମଧ୍ୟରୁ ପ୍ରଥମଟି ଥିଲା ''ଥର୍ମୋଡାଇନାମିକ୍ ଆରୋ ଅଫ୍ ଟାଇମ୍'' । ସେ ବରିଷ୍ଠ ପ୍ରଶିକ୍ଷକ ଜଣକ, ଉଦାହରଣ ଦେବା ଛଳରେ ପିଇ ସାରିଥିବା ଚା କପ୍‌ଟିକୁ ତଳେ ପକାଇ ଦେଇଥିଲେ । ଚା କପ୍‌ଟି ସହିତ ଆମ ଅଫିସ୍ ସେଇ ଛୋଟ ପ୍ରକୋଷ୍ଠଟିର ନିରବତା ମଧ୍ୟ ଭାଙ୍ଗି ଚୂରମାର୍ ହୋଇଯାଇଥିଲା ।

ମଧ୍ୟାହ୍ନ ଭୋଜନ ପରର ଆଳସ୍ୟ ଅବା ଘରକୁ ଫେରିବାର ବ୍ୟଗ୍ରତା, ଏହି କପ୍‌ଟି ଭାଙ୍ଗିଯିବାର ଶବ୍ଦ ସହିତ ମଧ୍ୟ ବିପର୍ଯ୍ୟସ୍ତ ହୋଇ ଯାଇଥିଲା ।

ଏହି ଭଙ୍ଗା କପ୍‌ଟି ଯେକୌଣସି ଦୈର୍ଘ୍ୟର ସମୟ ପରେ ବି ନିଜର ପୂର୍ବ ଅବସ୍ଥାକୁ ଫେରିପାରିବ ନାହିଁ, ଏୟା ହିଁ ଥିଲା କଥାର ମର୍ମ । ଏଇ କଥା ଆମେ ସମସ୍ତେ ଜାଣିଥିଲୁ ଯେ, ବିତିଯାଇଥିବା ସମୟ ଫେରେନା । ସେ, ସେଇ କଥା ହିଁ କହିଥିଲେ, ଚିନାମାଟିର କପ୍‌ଟିକୁ ଭାଙ୍ଗିଦେଇ ଏହାକୁ ଏକ ଏକ୍ସ୍‌ପେରିମେଣ୍ଟ୍ ବୋଲି ଘୋଷଣା କରିଥିଲେ ।

କିନ୍ତୁ ମଜାକଥା ଥିଲା, ଏହି ଘଟଣାଟି ପଦାର୍ଥ ବିଜ୍ଞାନର କୌଣସି ଏକ ନିୟମ ଦ୍ୱାରା ପରିଚାଳିତ । ହଁ, ମରଫିଙ୍କ ନିୟମ । ଯାହା କହେ, ଥିଙ୍ଗ୍ସ ଗେଟ୍ ୱର୍ସ୍ ।

ଓଃ, ଏମ୍‌ତି ବି ଗୋଟେ ନିୟମ ଅଛି !

ଯେ ଆମର ଅବସ୍ଥା ଦିନକୁ ଦିନ ଆହୁରି ସଙ୍କଟାପନ୍ନ ହୋଇପଡ଼ିବ । ମାନେ ସମୟ ସହିତ ସବୁକିଛି ସିଷ୍ଟମ୍‌ର ଅସ୍ଥିରତା ବୃଦ୍ଧି ପାଇବ !

''ଆଶ୍ଚର୍ଯ୍ୟ, ସତେ ନା କ'ଣ, ଏମିତିକା କିଛି ନିୟମ ଅଛି । ସୋ' ଫନି...''

ଆମେ ଆଶ୍ଚର୍ଯ୍ୟ ହୋଇ ହସିଲୁ ।

ପ୍ରକୃତରେ ଏସବୁ ଶୁଣିବାର ଏବଂ ଏସବୁକୁ ବରଦାସ୍ତ କରିବାର କଷ୍ଟରୁ ମୁକୁଳିବା ପାଇଁ ଆମେ ସାତଆଠ ଜଣ କର୍ମଚାରୀ ଭାରି ଅସ୍ଥିର ହୋଇ ପଡୁଥିଲୁ । ଆମର ଅବସ୍ଥା ସଙ୍କଟାପନ୍ନ ହୋଇ ପଡୁଥିଲା । ଲାଗିଲା ଆମେ ଯେମିତି ଏହି ନିୟମ ଦ୍ୱାରା ପରିଚାଳିତ ହେଉଥିଲୁ, ସତସତିକା ।

ମନେହେଲା ଯଦି ମୁଁ ଏହି ବିଷୟଟିକୁ ସ୍କୁଲ୍‌ରେ ଶୁଣିଥାଆନ୍ତି ଅବା ପଢ଼ିଥାଆନ୍ତି, ହୁଏତ କାମରେ ଆସିଥାଆନ୍ତା । ଟିକେ ଗୁରୁତ୍ୱ ଦେଇ ସମୟ ବାବଦରେ ଭାବିଥାଆନ୍ତି ।

ହେଲେ ଏ ବୟସରେ, ଯେଉଁଠି ଅତ୍ୟଧିକ ବାସ୍ତବତା ମଣିଷଟେ ଦେଖିଲା ପରେ, ଚାଲାକ୍ ଚତୁର ହେଲାପରେ, ତା'ର କଳ୍ପନା ବି ତ ଖୁବ୍ ଆକ୍ରାନ୍ତ ହୋଇସାରିଥାଏ ଏହି ବାସ୍ତବତାମାନଙ୍କ ଦ୍ୱାରା। ସବୁକଥା ଆଗରୁ ଜାଣିଥିବା ପରି ମନେହୁଏ। ନିଜକୁ ସୁହାଇଲା ଭଳି ଯୁକ୍ତିଟିଏ ମିଳିଯାଏ।

ସମୟ ବି ଯେମିତି ଗୋଟାଏ ଅଦ୍ଭୁତ ଅହଂକାର ଭରିଦିଏ ମନରେ!

ଆଜି ବନ୍ଦ ଘଣ୍ଟାଟିକୁ ଦେଖି ମୋର ସେହି କଥାଟି ହିଁ ମନେପଡ଼ିଲା। ଆଉ ମୁଁ ଟିକେ ଦାର୍ଶନିକ ପରି ଭାବିବାକୁ ଲାଗିଲି। ସେତେବେଳେ ମୋ ମନକୁ ଗୋଟିଏ ପ୍ରଶ୍ନ ଆସିଲା; ସମୟର ଏଇ ଦୈର୍ଘ୍ୟରୁ ବା ଗତିପଥରୁ ଏଇ ବାଲିଗରଡ଼ା ପରି ମୁହୂର୍ତ୍ତମାନଙ୍କୁ ତ ଗୋଟେଇ ଗୋଟେଇ ଆମେ ନିଜ ପାଖରେ ରଖୁ। ସେଇ ମୁହୂର୍ତ୍ତମାନେ ବି ତ ଆମ ପାଖ ଛାଡ଼ି କେବେବି ଯାଆନ୍ତି ନାହିଁ। ତେଣୁ ସେମାନଙ୍କୁ ଫେରି ନ ପାଇବାର କଥା ଉଠୁଛି କାହିଁକି?

ହୁଏତ ପ୍ରଶ୍ନଟି ଏହିଭଳି ଥିଲା; "ଆମ ପାଇଁ କେଉଁଟି ଗୁରୁତ୍ୱପୂର୍ଣ୍ଣ; ସମୟ ଅଥବା ମୁହୂର୍ତ୍ତ?"

ନିଜ ଇଚ୍ଛା ବିରୋଧରେ ଏ ପ୍ରବଚନ ଶୁଣି ତାକୁ ବରଦାସ୍ତ କରୁଥିବା ମୋର ସହକର୍ମୀମାନଙ୍କୁ, ମୁଁ ଆଉ ଅଧିକ ବିରକ୍ତ କରିବାକୁ ଚାହୁ ନ ଥିଲି। ତେଣୁ ଏ ପ୍ରଶ୍ନରୁ ନିଜକୁ ନିବୃତ୍ତ ରଖିଲି। ସେଦିନ ଗିର୍ଜାର ଘଣ୍ଟା ଶବ୍ଦରେ ସଞ୍ଜ ହୋଇସାରିଥିଲା, ଏ ସମ୍ମାନର ପରିସମାପ୍ତି ବେଳକୁ। ଆମେ ଅତ୍ୟଧିକ କ୍ଲାନ୍ତି ଓ ବିରକ୍ତିର ମିଶାମିଶି ଅବସ୍ଥାରେ ଅଫିସ୍‌ରୁ ଫେରିଲୁ ।

ମୋର ଅଫିସ୍‌ରୁ ଫେରିଲା ବାଟରେ, ବାଁ ପଟରେ ଇଂରେଜ ଅମଳର ଏଇ ଗିର୍ଜା ଘରଟି ପଡ଼େ। ଏଇ ଛୋଟ ସହରର ଏହା ଏକମାତ୍ର ଚର୍ଚ୍ଚ୍। ପ୍ରତ୍ୟେକ ଦିନ ସନ୍ଧ୍ୟାରେ ତା' ଭିତରକୁ ଅତି ବେଶୀରେ ଆଠଦଶ ଜଣ ଲୋକ ଯାଉଥିବେ ପ୍ରାର୍ଥନା ପାଇଁ।

ଯା' ସାମ୍ନାରେ ଗୋଲାପ ବଗିଚା ନ ଥାଏ କି ଛୋଟ ଲନ୍‌ଟେ ବି ନ ଥାଏ। ବରଂ ଯା'ର ହତା ଭିତରୁ ଛୁରିଅନା ଫୁଲ ରାସ୍ତାଯାଏଁ ବାସେ। ଯା'ର ମୁଖ୍ୟ ଫାଟକ ଉପରେ ଏକ ତୋରଣ ଭଳି ମଧୁମାଳତୀ ଲଟା ମାଡ଼ିଥାଏ ଓ ଆରପାଖରେ କାଗଜଫୁଲ ଝଙ୍କାଳିଆ ହୋଇ ପାଚେରି ପରି ଦିଶୁଥାଏ।

ଏଇ ଗଛ ଗହଳି ଭିତରୁ ହିଁ ମୁଁ ରାସ୍ତା ଉପରୁ ଗିର୍ଜାର ଘଣ୍ଟାଟିକୁ ଚାହିଁ ରହିଥିଲି ଓ ସେଇ ବନ୍ଦ ଘଣ୍ଟାଟିକୁ ଦେଖୁଥିଲି।

ସେଇ ଛାପ୍‌ଛାପିକିଆ ଅନ୍ଧାରରେ, ଘଣ୍ଟାଟିକୁ ଧରି ରଖିଥିବା ସ୍ତମ୍ଭଟିର ଛାଇ

ଗୋଟାଏ ଦାନବ ପରି ଛିଡ଼ାହୁଏ। ଦିନବେଳେ ଏ ଛାଇର ଉଚ୍ଚତା କମେ, ବଢ଼େ। ସୂର୍ଯ୍ୟଙ୍କ ହିସାବରେ ବିଭିନ୍ନ ଦିଗକୁ ଘୂରେ। ଆଉ ଏବେ ଜଳୁଥିବା ଷ୍ଟ୍ରିଟ୍ ଲାଇଟ୍ ପାଇଁ ରାସ୍ତାରେ ତା'ର ଏତକ ଅସ୍ପଷ୍ଟ ଛାଇ।

ପିଶାଚ ପରି ଏ ଛାଇ, ସହରର ମୁଖ୍ୟ ରାସ୍ତାକୁ ଦୁଇଫାଳ କରି ଛିଡ଼ାହୁଏ ଅନ୍ଧାରରେ। ବିଲ୍‌କୁଲ୍ ଅବିଚଳିତ, ସ୍ଥିର।

ଏ ଛୋଟ ସହରଟି ବି ଆପାତତଃ ସ୍ଥିର ହୋଇସାରିଥିଲା ଏତେବେଳକୁ। ସମସ୍ତେ ପ୍ରାୟ ନିଜ ନିଜ ଘରକୁ ଫେରି ସାରିଥିଲେ। ଆଉ ମୋର ସମୟ ଜାଣିବାର କୌଣସି ଉପାୟ ନ ଥିଲା!

କିନ୍ତୁ ଏଠି ମୋର ଅପ୍ରାସଙ୍ଗିକ ଭାବେ ମନେପଡ଼ିଲା, ସେ ପ୍ରଶିକ୍ଷକ କହିଥିବା ଆଉ ଏକ ତୀର କଥା, ସମୟର ତୀର। ସେଇଟା ହେଲା "ସାଇକୋଲୋଜିକାଲ୍ ଆରୋ ଅଫ୍ ଟାଇମ୍।

ଏକ ପ୍ରଶ୍ନ ଛଳରେ ସେ ଆମକୁ ପଚାରିଥିଲେ, "ଆମେ ଆମର ଭବିଷ୍ୟତ କାହିଁକି ମନେରଖି ପାରୁନା?"

ଏବଂ ଏକ ସବ୍‌ଜାନ୍‌ତା ସ୍ମିତହାସ୍ୟରେ ସେ ଆଲୋଚନାକୁ ବନ୍ଦ ରଖିଥିଲେ।

କିନ୍ତୁ ଏବେ ମୋର ଭବିଷ୍ୟତ କହିଲେ; ଏବେ କେତେଟା ବାଜିଛି, ଜାଣିବା ଏବଂ ମୋର ସମୟ ଜାଣି ନ ପାରିବାର ଅସହାୟତାରୁ ମୁକ୍ତି ପାଇବା।

୩

ଆକାଶରେ ଆଉ କିଛି ନକ୍ଷତ୍ର ଉଇଁ ସାରିଥିଲେ, ମୋର ଏଇ ଆଳସ୍ୟକୁ ଗୋଟେ ମଟର ସାଇକେଲ୍ ଅତିକ୍ରମ କରି ଚାଲିଗଲା। ମୁଁ ଟିକେ ଅଧିକ ଜୋର୍‌ରେ ଚିଲେଇଲା ପରି ପଚାରିଲି, "ଭାଇ, ସମୟ କେତେ ହବ..."।

ସେ ଲୋକଟା ଟିକେ ପଛକୁ ଫେରି ଚାହିଁଲା। ଆଉ ତା' ହାତ ଉଠାଇ ଘଡ଼ି ଦେଖିଲା।

ଛୋଟ ସହର ହୋଇଥିବାରୁ ହେଲ୍‌ମେଟ୍‌ର ବ୍ୟବହାର ପ୍ରାୟ ନାହିଁ। ସେ ମତେ ସମୟ କହିଲା ବେଳକୁ ହୁଏତ ଟିକେ ଦୂରକୁ ଚାଲିଯାଇଥିଲା। ତା' ସ୍ୱର ମୋ ପାଖରେ ପହଞ୍ଚିବା ଆଗରୁ ଇଥର୍‌ରେ ହଜିଗଲା।

ମୋର ବାଁ ପଟେ, ଏଇ ରାସ୍ତା କଡ଼ରେ ଭିକାରିଟେ ତା'ର ଆସ୍ଥାନ ଜମେଇ ସାରିଥିଲା। ଆଉ ଏକ କାକୁସ୍ଥ

ଅଥଚ ବେପରୁଆ ଢଙ୍ଗରେ ବସି ଗଞ୍ଜେଇ ଟାଣୁଥିଲା। ତା'ର ଆସ୍ଥାନ କହିଲେ, ଛିଣ୍ଡା କନାର ବୁଜୁଲା ଆଉ ତା'ର ତିନିଚକିଆ ହାତବାଲା ରିକ୍ସା। ଯେଉଁଥିରେ ବସି ସେ କେବେ କେବେ ଭିକ ମାଗିବାକୁ ଯାଏ, ଏଇ ଆଖପାଖ ସାହି ବସ୍ତିକୁ। ନ ହେଲେ ସେ ଏଇ ରାସ୍ତା କଡ଼ରେ ହିଁ ବସିଥାଏ।

ବଡ଼ ପାଟିରେ ସେ କ'ଣ ଗୋଟେ ଗୀତ ଗାଉଥିଲା। ପୂରା ଅସ୍ପଷ୍ଟ ସେ ଗୀତରେ କୌଣସି ଭଜନର ସ୍ୱର ନ ଥିଲା। ହେଲେ ସେ ଯେବେ ଏଇ ରାସ୍ତାକଡ଼େ ଭିକ ମାଗେ, ତା' ସ୍ୱର ପ୍ରାର୍ଥନା କଲାପରି ଶୁଭେ।

ଏଇ ପ୍ରାର୍ଥନାରେ ଗୋଟେ ଈଶ୍ୱରୀୟ ସତ୍ୟର ବଖାଣ ଥାଏ। ଯେଉଁ ସତ୍ୟର ଚିରନ୍ତନତା, ମାତ୍ର କିଛି ବର୍ଷର ଆୟୁଷର ଆମ ଜୀବନକୁ ଏକ ବିରାଟ ସତ୍ୟ ବୋଲି ବିବେଚନା କରୁଥିବା ଆମମାନଙ୍କ ମନକୁ ବିଚଳିତ କରି ପକାଏ। ଆମେ ପ୍ରାୟ ଭୟଭୀତ ହୋଇଯାଉ, ସତ୍ୟର ଏ ବଖାଣରେ, ହଁ ଭୟଭୀତ ହିଁ ହେଇଯାଉ।

ନିଜ ଭିତରର ଲୁକ୍କାୟିତ ଏହି ଭୟ, କେବେ କେମିତି କରୁଣାର ରୂପ ନେଇ ପଦାକୁ ଆସେ।

ତା' ଭଜନରେ ସେ ପ୍ରାୟ ଜୀବନର ଅସାରତା ହିଁ ବର୍ଣ୍ଣନା କରେ। ଆମର ଏଇ ମହାର୍ଘ ଜୀବନକୁ ତୁଚ୍ଛ କରିଦିଏ ତା'ର ପଦ, ତା'ର ସ୍ୱର, ଲୟ।

ତା'ର ଅଧାଲେଉଟା ଡୋଳାରେ ସେ ଯେମିତି ସମୟ ବାହାରକୁ ଚାହେଁ। ବେଳେବେଳେ ବିରକ୍ତିରେ ବି ଆମେ କିଛି ପଇସା ଫିଙ୍ଗି ସେଠୁ ମୁକୁଳି ଆସୁ, ପଳାତକ ପରି!

ଅଫିସ୍‌ରୁ ଫେରିଲା ବାଟରେ ମୁଁ ବି ତାକୁ କେବେ କିଛି ପଇସା ଦେଇଚି। ସିଗ୍ରେଟ୍ ପିଇ ସାରିବା ପରେ ବଳିଥିବା ରେଜା ପଇସା।

ହେଲେ ଆଜି ମତେ ସେ ଭିକାରିଟି ଜୁହାର ହେଇ କହିଲା, "ବାବୁ ଏଯାଏଁ ଯାଇ ନାହାନ୍ତି। ଅଫିସ୍‌ରେ କାମ ପଡ଼ିଥିବ ପ୍ରା..."

ମୋ ଉତ୍ତରକୁ ଅପେକ୍ଷା ନ କରି ପୁଣି ତା' ଗୀତ ଗୁଣୁଗୁଣେଇଲା। ଟିକେ ନୀଚା ଆବାଜରେ ଅବଶ୍ୟ।

ତା' କଥାରୁ ମୁଁ ଜାଣିପାରିଲି, ସଞ୍ଜ ବୁଢ଼ା ହେଇ ସାରିଲାଣି ନିଶ୍ଚେ। ଭିକାରିଟିର ବାଲୁ ବାଲୁ ଦାଢ଼ି ପରି ଆକାଶ ଟିକେ ଘଞ୍ଚ ଦିଶିଲାଣି।

ଗତ ବର୍ଷ ୩୧ ଡିସେମ୍ବରରେ ମୁଁ ମଦ ଛାଡ଼ିବାର ଯୋଜନା କଲି। ମୋ ରୁମ୍‌ରେ ଥିବା ଅଧା କ୍ୱାଟ୍‌ଟା ପ୍ରତି ଯଥେଷ୍ଟ ଘୃଣା ଜୁଟେଇଲି ମନରେ, ଆଉ ବୋତଲଟା ଆଣି ଏଇ ଭିକାରିକୁ ଦେଇଥିଲି ଏମ୍‌ତି ଗୋଟେ ସନ୍ଧ୍ୟାରେ। ତେଣୁ ସେ ମତେ

ମନେରଖିଥିଲା ଓ ଚିହ୍ନିଥିଲା । ତା'ପରେ ବି ମୁଁ ଏଇ ଚର୍ଚ୍ଚ୍ ସାମ୍ନା ରାସ୍ତାରେ ବରାବର ଅଫିସ୍ ଯିବାଆସିବା କରେ ।

ସେଦିନ ଚର୍ଚ୍ଚରେ ଆଲୁଅ ଭର୍ତ୍ତିଥାଏ । ଲୋକମାନଙ୍କ ଭିଡ଼ରେ ପରିବେଶ ଟିକେ ଅଧିକ ଜୀବନ୍ତ ଦିଶୁଥାଏ । ତା' ହତା ଭିତର ଓ ଆଖପାଖ ଗଛ ଓ ବୁଦାଗୁଡ଼ିକରେ ଲିଚୁ ଲାଇଟ୍‌ର ମାଳ ଗୁଡ଼ା ହେଇଥାଏ । ବିଭିନ୍ନ ରଙ୍ଗର ଆଲୁଅ ଓ ଚୂନ ସଫେଇତି ହୋଇ ଚର୍ଚ୍ଚ ଖୁବ୍ ତେଜସ୍କ୍ରିୟ ଦିଶୁଥାଏ । ଲୋକଟେ ଚର୍ଚ୍ଚ ସାମ୍ନାରେ ଛିଡ଼ାହୋଇ ନୂଆବର୍ଷର କେକ୍, ଗ୍ରିଟିଙ୍ଗସ୍ ଓ କ୍ୟାଲେଣ୍ଡାର୍ ବିକୁଥାଏ ।

ଯଦିଓ ଚର୍ଚ୍ଚ ସାମ୍ନାରେ ଭିକ୍ଷାବୃତ୍ତି ବାସନ୍ଦ କରାଯାଇଥାଏ, ତଥାପି ଏ ଛୋଟ ସହରରେ, ଏ ଭିକାରିଟିର ଏଇଟା ହିଁ ବାସସ୍ଥାନ ବୋଲି ସମସ୍ତେ ଜାଣନ୍ତି । ମଜାରେ କେହି କେହି ତାକୁ ଈଶ୍ୱରଙ୍କ ପଡ଼ୋଶୀ ବୋଲି କୁହନ୍ତି ।

ସେଦିନ ମୋ'ଠୁ ମଦ ବୋତଲଟି ପାଇ ସେ କୃତକୃତ୍ୟ ହୋଇଯାଇଥିଲା ଏବଂ ସେ ବୋତଲ ପେଟରେ ଏକ ଚୁମା ଦେଇଥିଲା । ଯେମିତି ସେ ତା' ପ୍ରେମିକାକୁ ଜାବୁଡ଼ି ଧରିଚି ନିଜ କୋଳରେ । ବୋତଲଟିକୁ ଶୂନ୍ୟକୁ ଟେକିଧରି, ଅଦେଖା ଈଶ୍ୱରଙ୍କୁ ସମର୍ପଣ କଲା ଚିୟର୍ସ କରିବା ଭଙ୍ଗୀରେ ଓ ତା'ର ଡୋଳା ଲେଉଟାଇ ଦେଲା ।

ସେଥିରୁ ଢୋକେ ପିଇ ମତେ ଶକ୍ତ ଜୁହାରଟେ ମାରିଲା । ଅତି ଖୁସିରେ ଗଦ୍‌ଗଦ୍ ହୋଇ କିଛି କହିପାରିଲାନି । ଆଉ ବୋତଲଟିକୁ ବନ୍ଦ କରି ତା' ବୁଜୁଲା ଢାଙ୍କିଦେଲା ।

ହେଲେ ତା'ର ସେତକ ଆସକ୍ତି, ମୋର ମଦ ପ୍ରତି ଦୁର୍ବଳତା ଅନେକ ଗୁଣରେ ବୃଦ୍ଧି କରିଦେଇଥିଲା ବରଂ !

ମତେ ଲାଗିଲା, ମଦ ଛାଡ଼ିବାର ଏ ନିଷ୍ପତ୍ତି ମୋର ସମୟର ବିରୋଧରେ ଥିଲା ।

କ୍ୟାଲେଣ୍ଡାର୍‌ରେ ଏମିତିକା ଦିନଟିକୁ, ମୁଁ ଆଉ ଜୀବନରେ ଅଧିକ ସ୍ମରଣୀୟ କରିବାକୁ ଚାହିଁଲିନି ।

ବରଂ ମଦ ବୋତଲର ଥଣ୍ଡା କାଚରେ ସେ ଭିକାରିଟିର ଉଷୁମ ଚୁମା ମତେ ଅଧିକ କଠୋର କରିଦେଇଥିଲା, ମୋ ନିଷ୍ପତ୍ତି ବଦଳାଇବାରେ ।

ହେଲେ ଅବିକା ତା' ଚିଲମ ଅଗର ନିଆଁ ଅଧିକ ଜୀବନ୍ତ ହୋଇ ଉଠୁଥିଲା । ଯେତେବେଳେ ସେ ଗଞ୍ଜେଇର ସୋଟା ନେଉଥିଲା ।

ଚର୍ଚ୍ଚ୍‌ର ଛୁରିଅନା ବାସ୍ନା ଟିକକ ଏଯାଏଁ ବି ଲାଖି ରହିଥିଲା ମୋ ନାକରେ ।

ଗଞ୍ଜେଇର ବାସ୍ନା କିନ୍ତୁ ଟିକେ ଅଧିକ କଡ଼ା ଲାଗିଲା ଓ ଛୁରିଅନା ବାସ୍ନାତକ ଧୋଇଗଲା ଯା' ପ୍ରଭାବରେ ।

ତା' ସଙ୍ଗେ ସେ ଗୀତର ଅସ୍ପଷ୍ଟ ଶବ୍ଦମାନଙ୍କୁ ନିଶାସକ୍ତ ହୋଇ ଖୁବ୍ ବେଖାତିର ଭାବେ ପିଙ୍ଗୁଥିଲା, ଅତ୍ୟଧିକ ଉଲ୍ଲାସର ସହିତ। ଯେମିତି ମୋର ଥିବା ନ ଥିବା ପ୍ରତି ତା'ର ଖାତିର ନ ଥିଲା ଜମାରୁ। ଲାଗିଲା, ବିତିଯାଉଥିବା ସମୟକୁ ଅବା ସମୟର ଏଇ ଅଫେରା ମୂର୍ଚ୍ଛନାକୁ ସେ ଛନ୍ଦହୀନ କରିପକଉଚି।

ପ୍ରଥମଥର ପାଇଁ ଭିକାରିଟି ପ୍ରତି ମୋର ଦୟା ବା କରୁଣା ଆସିଲାନି। ଯାହା ଖୁବ୍ ଆଗରୁ ନ ଆସିବାର ଥିଲା। ଏବେ ଗଞ୍ଜେଇର ବାସ୍ନା ଟିକେ ଅଧିକ ଉତ୍କଟ ଲାଗିଲା; ହୁଏତ ଏଥିରେ ମୋର ବିରକ୍ତି ମିଶିଯାଇଥିବାରୁ କି କ'ଣ!

ମୋ ମନକୁ ଅଦ୍ଭୁତ ପ୍ରଶ୍ନ ଆସିଲା, ଏ ଗଞ୍ଜେଇ ଗୋଟାଏ ଫୁଲ ନା ପତ୍ର!

ଯାହାର ଜଳିଯିବା, ଗୋଟିଏ ସନ୍ଧ୍ୟାକୁ ଅସହାୟ କରି ପୋଡ଼ିଦେଇପାରେ ଆଉ ଗୋଟେ ପରିଚ୍ଛନ୍ନ ସଞ୍ଜକୁ ବିପର୍ଯ୍ୟସ୍ତ କରିଦେଇପାରେ! ମୁଁ ଆଉ ଅଧିକ କିଛି ଭାବିପାରିଲି ନାହିଁ।

ହେଲେ ଏ ପ୍ରଶ୍ନର ଉତ୍ତର ଅପେକ୍ଷା, ମୋର ସମୟ ଜାଣିବାର ଆଗ୍ରହ ଟିକେ ଅଧିକ ଥିଲା ନିଶ୍ଚୟ। ମୁଁ ଆଗକୁ ବଢ଼ିଲି ଟିକେ ଓଜନିଆ ପାଦରେ!

୪

କିଛି ଦୂରରେ ଗୋଟେ ଫୁଲ ଦୋକାନ ଖୋଲା ଥିଲା। ହଁ, ଫୁଲମାନଙ୍କୁ ବି ବିକ୍ରି କରାଯାଇପାରେ। ଆଶ୍ଚର୍ଯ୍ୟ !

ଯଦିଓ ଏଥିରେ ଆଶ୍ଚର୍ଯ୍ୟ ହେବାର କିଛି ନାହିଁ।

ସ୍କୁଲ୍‌ରେ ଦିଦି କହିଥିଲେ, "ଆମ ଜୀବନରେ ଏଇ ଫୁଲମାନେ, ଶିଶୁମାନେ, କବିତା ଓ ଗୀତ ସବୁ, ଆମ ସମ୍ପର୍କମାନଙ୍କୁ ମହିମାମଣ୍ଡିତ କରନ୍ତି। ଏ ଫୁଲ, ଶିଶୁ ଓ ଗୀତ କେବଳ ଈଶ୍ୱରଙ୍କ ପାଇଁ ଅନ୍ୟକୁ ଭେଟି ଦେବା ପାଇଁ ନୁହେଁ। ବିକ୍ରି ପାଇଁ ତ ଜମାରୁ ନୁହେଁ। ଈଶ୍ୱର ବି କେବେ କେବେ ଏଇମାନଙ୍କ ରୂପରେ ପ୍ରତିଭାତ ହୁଅନ୍ତି।"

"ଏ କିଣାବିକାର ପୃଥିବୀରୁ ଏମାନଙ୍କୁ ତମେ ସବୁବେଳେ ମୁକ୍ତ ରଖିବ। ଅନେକ ଫୁଲରେ ଗୁନ୍ଥା ଯାଇଥିବା

ଗଜରାରୁ ଯଦି ଗୋଟିଏ ବି ଫୁଲ ଖସିପଡ଼େ, ତେବେ ସେ ଶୂନ୍ୟସ୍ଥଳକୁ ଆଉ କୌଣସି ଏକ ଫୁଲ ପୂର୍ଣ୍ଣ କରିପାରିବ ନାହିଁ।"

"ପ୍ରାର୍ଥନା କ୍ଲାସ୍‌କୁ ଆସି ନ ଥିବା କୌଣସି ଶିଶୁର ସ୍ଥାନ ଆଉ ଏକ ପିଲା ନେଇପାରିବ ନାହିଁ। ସାମୂହିକ ପ୍ରାର୍ଥନାର ସ୍ୱରରେ ତା' ସ୍ୱରର ଅନୁପସ୍ଥିତି କେବଳ ଈଶ୍ୱରଙ୍କୁ ହିଁ ଜଣା। ଆଉ ଗୀତ ବା କବିତାର ଗୋଟିଏ ଧାଡ଼ି ବା ଗୋଟିଏ ଶବ୍ଦ ବିନା ଗୀତର ପୂର୍ଣ୍ଣତା ନାହିଁ। ଏମିତି ତ ଆମେ ସମସ୍ତେ ଓ ଆମର ସମ୍ପର୍କ ସବୁ। ଆମେସବୁ ସମ୍ପର୍କମାନଙ୍କର ଅଦୃଶ୍ୟ ମାଳା ପିନ୍ଧି ବୁଲୁଥାଉ। ଏ ସମାଜରେ ଏବଂ ଆମ ନିଃସଙ୍ଗତାରେ ମଧ୍ୟ, ଅକସ୍ମାତ୍ ଭାଙ୍ଗିଯାଇଥିବା ଅବା ହରେଇଥିବା କୌଣସି ବି ଗୋଟିଏ ସମ୍ପର୍କକୁ ଭରିଦେବା ପାଇଁ ଅନ୍ୟ ଏକ ସମ୍ପର୍କ ଉପଯୁକ୍ତ ନୁହେଁ। ଏଇ ସମ୍ପର୍କର ଶୂନ୍ୟସ୍ଥାନ ଆଉ ଏକ ନୂଆ ସମ୍ପର୍କରେ ଭରିଯାଏନା। ଏହା ସାରାଜୀବନ ଗୋଟାଏ ଶୂନ୍ୟତା ହୋଇ ବେକରେ ଝୁଲୁଥାଏ। ଜାଣିଛ, କେବେ କେବେ ଏଇ ଶୂନ୍ୟତାର ଓଜନରେ ବି ମଣିଷଟେ ଭାଙ୍ଗିଯାଇପାରେ। କୌଣସି ଦୈର୍ଘ୍ୟର ସମୟ ବି ଏ ଶୂନ୍ୟତାକୁ ଭରିପାରେନା।"

"ମହୁଫେଣାର ଶୂନ୍ୟ କୋଠରି ଧରି ଲୋକମାନେ ବଞ୍ଚିରୁହନ୍ତି, ଏମିତି ଅନେକ ଶୂନ୍ୟତାର ବୋଝରେ...।"

ଆମେ ସ୍କୁଲ୍ ବେଳେ ଏସବୁ କଥା କିଛି ବି ବୁଝି ନ ଥିଲୁ। ସ୍କୁଲ୍ ଛାଡ଼ି କଲେଜ ଯିବା ପରେ ଧୀରେଧୀରେ ସମୟ ଆମକୁ ଚାଲାକ୍ କରିଦେଲା।

ପରେ ଆମେ ଏୟା ବୁଝିଲୁ ଯେ, ଦିଦି ସେତେବେଳେ ସାଂଘାତିକ ପ୍ରେମରେ ପଡ଼ିଥିବେ ଓ ଧୋକା ବି ଖାଇଥିବେ। ନ ହେଲେ ଏମିତିକା ନିବିଡ଼ ଅନୁଭବ ଶବ୍ଦ ହୋଇ ପଦାକୁ ଆସି ନ ଥାନ୍ତା।

ହଁ, ଦିଦି ଯେତେବେଳେ କ୍ଲାସ୍‌କୁ ଆସୁଥିଲେ, ସେ ପକାଇଥିବା ଅତରରେ ଆମ ଶ୍ରେଣୀଗୃହ ଫୁଲର ସୁଗନ୍ଧରେ ଭରିଯାଉଥିଲା। ଦିଦି ଆମମାନଙ୍କୁ କୁନିକୁନି ଫୁଲ ନାଁରେ ହିଁ ସମ୍ବୋଧନ କରୁଥିଲେ ଏବଂ କହୁଥିଲେ, ତୁମମାନଙ୍କ ଗହଣରେ ଥିଲେ ମତେ ଫୁଲ ବଗିଚାରେ ବୁଲିବା ଭଳି ଲାଗେ।

ହେଲେ ଆଜି ପ୍ରାୟ ସବୁତକ ଫୁଲ ବିକ୍ରି ପାଇଁ ବଜାରରେ ଝୁଲିଛନ୍ତି। ଆଉ ମୁଁ ସେଇ ସମୟ ପଛରେ ପଡ଼ିଛି, ଯେଉଁ ସମୟ ହିଁ ମୋର ଏତକ ଧାରଣାକୁ ଭୁଲ୍ ପ୍ରମାଣିତ କରିବାରେ ଲାଗିଛି।

ଏ ଫୁଲ ଦୋକାନୀ ଦିଶିଲା, ଯେମିତି ସେ ହିଁ ସବୁ ଫୁଲମାନଙ୍କର ଦଲାଲ୍। ରାସ୍ତା କଡ଼ର ଛୋଟ କ୍ୟାବିନ୍ ବାହାରେ ଶପ ଉପରେ ଲୋକଟା ଚେକା ମାଡ଼ି ବସିଥିଲା। ଆଉ ଫୁଲମାନଙ୍କୁ ଗୁନ୍ଥି ହାର ବନଉଥିଲା।

ମୁଣ୍ଡରେ ଅଳ୍ପ ଉଚ୍ଚରେ ଏକ ୨୦୦ ୱାଟ୍ ବଲ୍‌ବ୍‌ରୁ ହଳଦିଆ ରଙ୍ଗର ଆଲୁଅ ଗଦା ହୋଇପଡୁଥିଲା ଫୁଲମାନଙ୍କ ଉପରେ। ପୋକମାନଙ୍କ ଦାଉରୁ ରକ୍ଷା ପାଇବା ପାଇଁ ସେ ବଲ୍‌ବ୍ ଉପରକୁ ଖଣ୍ଡେ ଦେବଦାରୁ ଡାଳ ବାନ୍ଧି ଦେଇଥିଲା ଓ ଗୋଟାଏ ଛାଇଛାଇକା ଆଲୁଅରେ ବସି ଫୁଲ ଗୁନ୍ଥୁଥିଲା।

ତା' ସାମ୍ନାରେ ବିଭିନ୍ନ ବାଲ୍‌ଟିରେ ଗୋଲାପ, ରଜନୀଗନ୍ଧା ଓ ନାଁ ଅଜଣା ଥିବା କିଛି ଫୁଲ ଓ ତୋଡ଼ା ତିଆରି ହେବା ପାଇଁ ବିଭିନ୍ନ ପତ୍ର ସବୁ ରଖାଯାଇଥିଲା। ଗେଣ୍ଡୁ ହାର ସବୁ ସମାନ୍ତର ଭାବେ ଝୁଲି ରହିଥିଲା ସେ କ୍ୟାବିନ୍ ସାମ୍ନାରେ।

ମୁଁ ସେ ଦୋକାନ ପାଖାପାଖି ପହଞ୍ଚି ସାରିଥିଲି ଓ ବ୍ୟସ୍ତତାର ସହ ପଚାରିଲି, "ଆଚ୍ଛା, ସମୟ କେତେ ହବ?''

ସେ ଦୋକାନୀ ମତେ ଚାହିଁଲାନି। ତା'ପରେ ଗେଣ୍ଡୁ ଫୁଲଟିରେ ଛୁଞ୍ଚିକୁ ଭୁସିଦେଇ ମତେ ଚାହିଁ କହିଲା, "ଉଁଉଉ..., ଆଜ୍ଞା କ'ଣ କହିଲେ, କେତେଟା ବାଜିବ...!" ପାଟିରେ ପାନ ଜାକିଥିଲା। ଗୋଟେ କଡ଼କୁ ପିଚକାରି ପରି ଛେପ ପକେଇ କହିଲା, "ଆମର ଆଜ୍ଞା ସମୟ ସାଙ୍ଗେ କି ମତଲବ! ସଞ୍ଜ ବୁଡୁ ଦି' କପ୍ ଚା ମାରିଦେଇ ବସିଛି ଆଜ୍ଞା। ସକାଳ ଆଗରୁ ଏତକ ଫୁଲ ଗୁନ୍ଥିବାର ଅଛି। ଏ କ୍ୟାବିନ୍ ତଳକୁ ଚାହାଁନ୍ତୁ। ଏ ଝୁଡ଼ିକ ଫୁଲ ସାରିବାକୁ ହବ। ନ ହେଲେ ଯେତକ ଗାଡ଼ି ସବୁ ଭୋରୁ ଭୋରୁ ବସ୍‌ଷ୍ଟାଣ୍ଡରୁ ବାହାରିବେ, ସବୁ ଶଳେ ଆସି ଭିଡ଼ ଜମେଇବେ, ଏ ସାମ୍ନା ରାସ୍ତାରେ। ଟ୍ରେକର୍ ବାଲା ସହିତେ ଆସି ଧାଡ଼ି ଲଗେଇବେ। ଆଙ୍କର ପୁଣି ଗୋଟେ ଦସ୍ତୁର୍, ଶଳେ ଗାଡ଼ିରୁ ଓହ୍ଲେଇବେନି। ସେଇଠୁ ହର୍ଣ୍ଣ ପେଁ ପେଁ କରିବେ...। ମୁଁ ଏକୁଟିଆ ଲୋକ। ସେମାନଙ୍କ ପାଇଁ ଗୋଟେଗୋଟେ ଗଜରା ପ୍ୟାକ୍ କରିଦେଲେ କାମ ଖତମ୍। ସମୟକୁ କିଏ ପଚାରେ? ବାଜୁ ଯେତେଟା ବାଜୁଚି!"

ସେ ପୁଣି ଗୋଟେ ଦେବଦାରୁ ପତ୍ରକୁ ମୋଡ଼ି ଛୁଞ୍ଚିରେ ଭର୍ତ୍ତିକଲା। ଲାଗିଲା, ସେ ଫୁଲମାନଙ୍କର ଘାତକ।

କିଛି ଅଫୁଟା ଗୋଲାପ କଢ଼ିର ପାଖୁଡ଼ାକୁ ସେ ଆଙ୍ଗୁଠିରେ ଖୋଲି ପକାଉଥାଏ ଓ ତା' ଡାଳର କୁନି କୁନି କଣ୍ଟା ସବୁକୁ ନଖରେ ଭାଙ୍ଗି ପକଉଥାଏ।

ହେଲେ ଫୁଲମାନଙ୍କ ମହମହ ବାସ୍ନାରେ, ସେ ଲୋକଟା ବସିଥାଏ ଏକ ଈର୍ଷଣୀୟ ପରିବେଶରେ।

ମୁଁ ଆଉଟିକେ ପାଖକୁ ଘୁଞ୍ଚିଯାଇ ପଚାରିଲି, "ଖାଲି କ'ଣ ଗଜରା ବନଉଛ ନା ଫୁଲ ତୋଡ଼ା ବି ତିଆରି କରୁଛ?''

ସେ ମତେ ବଲବଲ କି ଚାହିଁଲା ଓ ଗୋଟେ ହାରକୁ କଦଳୀପତ୍ରରେ ବାନ୍ଧି

କହିଲା, "ଆଜ୍ଞା ଫୁଲତୋଡ଼ା କେବେ କେମିତି ଅର୍ଡର୍ ମିଳିଲେ ବନାଏ, ନୂଆବର୍ଷ, ପୁଆବର୍ଷ ଟାଇମ୍‌ରେ। ନ ହେଲେ କିଏ ଏଠି ପ୍ରେମରେ ପଡ଼ିଚି ଯେ ଏତେଫୁଲ ଖୋଜିବ! ହଁ ବାହାଘର ଫାଆଘର ଟାଇମ୍‌ରେ କିଏ କାଁ ଭାଁ ଖୋଜନ୍ତି..."

ପ୍ରକୃତରେ ଏ ପ୍ରେମରେ ପଡ଼ିବା, ନ ପଡ଼ିବା ଆଉ ଫୁଲର ଦାୟରେ ପ୍ରେମର ମୁହୂର୍ତ୍ତମାନଙ୍କୁ ସତେଜ ଅବା ସ୍ମରଣୀୟ କରି ରଖିବା ଅପେକ୍ଷା ମୋର ସମୟ ଜାଣିବାରେ ଅଧିକ ଆଗ୍ରହ ଥିଲା ଓ ବ୍ୟସ୍ତତା ବି!

ଆଲ୍‌ବର୍ଟ ଆଇନ୍‌ଷ୍ଟାଇନ୍‌ଙ୍କ ଗୋଟେ ଉକ୍ତି ମୋର ଏଠି ମନେପଡ଼ିଲା; ତୁମ ପ୍ରେୟସୀ ସହ ବିତୁଥିବା ଗୋଟେ ଘଣ୍ଟା, ତୁମକୁ ଏକ ସେକେଣ୍ଡ୍ ପରି ଲାଗିପାରେ। ଆଉ ତତଲା ଆଞ୍ଚ ଉପରେ ବସିଲେ, ଏକ ସେକେଣ୍ଡ୍ ବି ଗୋଟେ ଘଣ୍ଟା ପରି ଲାଗିପାରେ।

ତେଣୁ ପ୍ରେମ ସହିତ ଫୁଲ ଅପେକ୍ଷା ସମୟର ଘନିଷ୍ଠତା ଅଧିକ ଏମିତିକା ଏକ ଧାରଣା ମୋର ଥିଲା। କିନ୍ତୁ ଏ ଫୁଲ ବେପାରୀ ପାଇଁ ସମୟ ଅପେକ୍ଷା ଫୁଲର ମହତ୍ତ୍ୱ ଅଧିକ ହେବା ସ୍ୱାଭାବିକ।

ମୋର ଏ କ୍ଷଣିକ ଅନ୍ୟମନସ୍କତାକୁ ଭାଙ୍ଗିଦେଇ ଫୁଲ ଦୋକାନ ସାମ୍ନା ରାସ୍ତାରେ କଳା ମଚମଚ ଲୋକଟେ ସାଇକେଲ୍ ହେଣ୍ଡଲ୍‌ର ଦି'ପଟେ ଆଠ/ଦଶଟି କୁକୁଡ଼ାକୁ ଦୁଇଟି ମୋଟା ଗଜରା ହାର ପରି ଟାଙ୍ଗି ଚାଲିଗଲା।

ବଞ୍ଚି ଥାଉ ଥାଉ ଏମିତି ନିର୍ଜୀବ ପରି ଝୁଲି ରହିବା ଆଉ ବିତିଯାଉଥିବା ସମୟକୁ ପ୍ରତ୍ୟକ୍ଷ କରିବାର ଅସହାୟତାକୁ ବିଦ୍ରୂପ କରି ସେ ସାଇକେଲ୍ ବାଲା ବଡ଼ ପାଟିରେ କହିଲା ସେ ଫୁଲବାଲାକୁ, "କିରେ ଯିବୁନି କିରେ ଶ୍ଳା, ଖାଲି ବେପାରରେ ମାତି ଥା'। ସେମିତି ବସିବସି କୁର୍ମ ହେଇଯିବୁ ..."।

ତା' ସ୍ୱର ଆମ ପାଖେ ପହଞ୍ଚିଲା ବେଳକୁ, ଲୋକଟା ଅନ୍ଧାରରେ ମିଶିଯାଇଥିଲା। କାଲି କୁକୁଡ଼ାସବୁ ଅନ୍ଧାରକୁ ଚିରି ଦୂରରୁ ଦିଶୁଥିଲେ।

ଫୁଲ ଦୋକାନୀ ବିଡ୍ ବିଡ୍ ହୋଇ କିଛି ବିରକ୍ତିକର ଶବ୍ଦରେ ଅସ୍ପଷ୍ଟ କିଛି ଗୋଟେ କହିଲା ଓ ଫୁଲ ଗୁନ୍ଥିବାରେ ବ୍ୟସ୍ତ ରହିଲା।

ମୁଁ ବୁଝିଗଲି, ସନ୍ଧ୍ୟା ଉଚ୍ଛୁର୍ ହେଲାଣି। ଆଉ ସମୟର ସ୍ଥିରତା ବୋଲି ପ୍ରକୃତରେ କିଛି ନ ଥାଏ।

୪

ଛୋଟ ସହର ହୋଇଥିବାରୁ ଗୋଟେ ଫାଙ୍କା ଜାଗାରେ କିଛି ବସ୍, ଆଉ କିଛି ଟ୍ରେକର୍ ରୁହେ। ଆଉ ଏଇଟା ହିଁ ବସ୍‌ଷ୍ଟାଣ୍ଡ୍। ସବୁ ବସ୍‌ମାନଙ୍କର ଶେଷ ଷ୍ଟପେଜ୍। କାହିଁକି ନା ଏ ସହର ତଳକୁ ଆଉ କିଛି ସ୍ଥଳଭାଗ ନାହିଁ। ଅନ୍ତତଃ ଆଖି ଯେଉଁ ଯାଏ ପାଇବ, ଖାଲି ଦିଶିବ ସମୁଦ୍ର। ବିସ୍ତୀର୍ଣ୍ଣ ବାଲିବନ୍ତ ଓ ଅବହେଳିତ ବେଳାଭୂଇଁ। ଏଠି ଅବହେଳିତର ଅର୍ଥ ହେଲା, ଏ ସହର କୌଣସି ଟୁରିଷ୍ଟ୍ ସ୍ପଟ୍ ନୁହେଁ। ଏଇଟା ଗୋଟେ ସମୁଦ୍ରକୂଳିଆ ଛୋଟ ସହର। ଦୂରରୁ ଗୋଟେ ଷ୍ଟୁଡିଓର ଇନ୍‌ଟେରିଅର୍ ପରି ଦିଶେ। ଆକାଶ ଆଉ ସମୁଦ୍ର ପାଣି ମିଶି ଦୂରରୁ ପ୍ରାୟତଃ ଏକ ନୀଳ ପରଦା ପରି ଦିଶନ୍ତି। ଆଉ ଯା' ସାମ୍ନାରେ ବ୍ରସ୍ ଷ୍ଟ୍ରୋକ୍‌ରେ ତିଆରି ରାସ୍ତା, ଗଛ, ଘର।

ଏଇ ଘରମାନଙ୍କ ଭିତରୁ ବାହାରି ଷ୍ଟୁଡିଓର ଆଇନା ସାମ୍ନାରେ ପାଉଡର୍ ମାଖି, ଫିରେଇ ପକେଇ, ଆଲୁଅର ଛିଟାରେ ଅଳ୍ପ ହସ ପିନ୍ଧି ଚାଲ୍‌ବୁଲ୍ କରୁଥିବା କିଛି ଲୋକ। ଗୋଟାଏ ବଡ଼ ଗ୍ରୁପ୍ ଫଟୋ ହିଁ ଏଇ ସହର। ଯାହାର ଲୋକମାନେ କେବେ ବି କ୍ୟାମେରାର ଫ୍ରେମ୍‌ରୁ ବାହାରିଯିବାକୁ ହୁଏତ ଚାହିନାହାନ୍ତି। କି ଏ ସହରର ଦିନରାତି ଆଲୁଅରୁ ମୁହଁ ଫେରେଇ ନାହାନ୍ତି।

ଯେମିତିକି ଚିରାଚରିତ ଢଙ୍ଗରେ ବିତୁଥିବା ସମୟକୁ ହୁଏତ ମନ୍ଥର କରିବା ଏମାନଙ୍କ କାମ।

ଏଠି ଦୁଇଟି ମୁଖ୍ୟ ରାସ୍ତା। କିଛିବାଟ ସମାନ୍ତର ଓ ତା'ପରେ ଧୀରେ ଧୀରେ ତେରେଛା ହୋଇ ନିକଟକୁ ଆସି ସମୁଦ୍ର କୂଳରେ ଯାଇ ମିଶନ୍ତି। ରାସ୍ତାକଡ଼େ ଦୁଇଧାଡ଼ିଆ ଘର। ପ୍ରାୟତଃ ଏକ ମହଲା, ନ ହେଲେ ଦୁଇ ମହଲା ବିଶିଷ୍ଟ ହାତଗଣତି ଘର।

ଖୁବ୍ ବଡ଼ ବଡ଼ ଚୌହଦି, ଆଉ ତା' ଭିତରେ ଅବହେଳିତ ଭାବେ ବଢ଼ି ଉଠିଥିବା ଗଛବୃଛକୁ ନେଇ ଅଳ୍ପ କିଛି ସରକାରୀ ଅଫିସ୍।

ଗୋଟାଏ ପୁରୁଣାକାଳିଆ ଚର୍ଚ୍ଚ ଇଂରେଜ ଅମଳର। ନିରାପଦ ଦୂରତାରେ ଗୋଟେ ପଥର ମନ୍ଦିର। ତା' ବେଢ଼ାରେ ଗୁଡ଼େ କୁନି କୁନି ସିମେଣ୍ଟର ମନ୍ଦିର। ଆଉ ଗୋଟେ ଛୋଟ ମସ୍‌ଜିଦ୍। ଯାହାର ଶୀର୍ଷରେ ଲାଗିଥିବା ଗୋଟେ ଲମ୍ୱା ଫନେଲ୍ ସମୁଦ୍ର ଆଡ଼କୁ ମୁହେଁଇଥାଏ। ଯେକୌଣସି ସହର ଭଳି ଏଠି ବି ଧର୍ମାନୁଷ୍ଠାନମାନଙ୍କ ଭିତରେ ନିରାପଦ ଦୂରତା ରଖାଯାଇଥାଏ। ଯଦିଓ ଏଠି ଲୋକମାନଙ୍କ ଭିତରେ ଦୂରତା ବେଶୀ ନ ଥାଏ।

ସମୟ ସହ ତାଳ ଦେଇ ଏଇ ସହରଟି ଆଗକୁ ବଢ଼ି ପାରିନାହିଁ।

ଗୋଟେ ସରକାରୀ ସ୍କୁଲ୍, ଗୋଟେ ଦେଶୀ ମଦଭାଟି, ଯାହା ସାମ୍ନାରେ ଏକମାତ୍ର ପୁରୁଣା କାଠ ବେଞ୍ଚରେ କେହି ନା କେହି କାନ୍ଥକୁ ଆଉଜି, ବେକକୁ ଅଧା ଭାଙ୍ଗି ବସିଥିବାର ଦିଶେ ନ ହେଲେ ଯା'ର ଅଣଓସାରିଆ ପିଣ୍ଡାରେ ଲମ୍ବହୋଇ କେହି ଜଣେ ଶୋଇଥିବାର ଦେଖିବାକୁ ମିଳେ, ଦିନର ଯେକୌଣସି ସମୟରେ।

ଯା' ବାଦ୍ ଗୋଟେ ବିଦେଶୀ ମଦ ଦୋକାନ, ଗୋଟାଏ ପଞ୍ଚତିରିଶ ଏମ୍.ଏମ୍.ର ପୁରୁଣା ସିନେମା ହଲ୍, ସପ୍ତାହକୁ ଥରୁଟିଏ ବସୁଥିବା ହାଟ, ଯେଉଁଠି ପନ୍ଦର କୋଡ଼ିଏଟି ଚାଳିଆ ଦୋକାନ ଘର, ମୋଟ୍‌ରେ ଚାରି, ପାଞ୍ଚଟି ହୋଟେଲ୍ ମଧ୍ୟାହ୍ନ ଭୋଜନ ପାଇଁ ଏବଂ ତିନି, ଚାରିଟି ଜଳଖିଆ ଦୋକାନ। ସକାଳ ଓ ସଞ୍ଜରେ ସେଠି ଚା ଜଳଖିଆ ମିଳେ।

ଗୋଟେ ଡାକଘର, ଚାରିଜଣ କର୍ମଚାରୀଙ୍କୁ ନେଇ ଗୋଟେ ବ୍ୟାଙ୍କ୍, ଦଶ

ପନ୍ଦରଟି ରିକ୍ସା, ରିକ୍ସାବାଲାଏ ପାଲ ଟାଣନ୍ତି ନାହିଁ। ସମୁଦ୍ର କୂଳ ପବନରେ ରିକ୍ସା ଟାଣିବା ଯେହେତୁ କଷ୍ଟ ହେଇପଡ଼େ। ହଁ, ଆଉ ଗୋଟେ ବ୍ୟାଣ୍ଡ୍‌ପାର୍ଟିକୁ ନେଇ ଏଇ ସହରର ସାମାଜିକ ଅବସ୍ଥିତି।

ଏତେ ଛୋଟ ସହର ଯେକୌଣସି ଗପରେ ସ୍ଥାନ ପାଇବା ବି ମୁସ୍କିଲ୍। ଆମେ ପଢ଼ିଥିବା ଆର୍.କେ. ନାରାୟଣଙ୍କ ମାଲ୍‌ଗୁଡ଼ି ସହରଠୁ ବି ଛୋଟ ହବ।

ହଁ ସହରକୁ ବୋଧେ ସବୁଠୁ ସୁନ୍ଦର କରନ୍ତି, ହାତଗଣତି ଅଳ୍ପ ଉଚ୍ଚତା ବିଶିଷ୍ଟ କିଛି ଲ୍ୟାମ୍ପ୍ ପୋଷ୍ଟ୍। ସଞ୍ଜ ଆଗରୁ ଜଳି ଉଠୁଥିବା ବାର୍‌ଲାଇଟ୍‌ର ସଫେଦ୍ ଆଲୁଅ। କଳା ମଚମଚ ରାସ୍ତା ଆଉ ଯା' ପଛରେ ଘେରି ରହିଥିବା ଅସରନ୍ତି ଚଉଡ଼ାର ଦିଗ୍‌ବଳୟ ଓ ସମୁଦ୍ରକୂଳିଆ ପବନ।

ଏ ଲୁଣି ପବନ ଦେହକୁ ଯଦିଓ ଟିକିଏ ଅଠାଳିଆ ଲାଗିପାରେ, ହେଲେ ଯା'ର ପ୍ରତିଟି ସଞ୍ଜ ଅତ୍ୟଧିକ ମନୋରମ ନ ହେଲେ ବି, କୁହୁକିନୀ ଲାଗେ, ଆଉ ଅନେକ କ୍ଳାନ୍ତି ଓ ବ୍ୟସ୍ତତାରୁ ମୁକ୍ତି ଦେଇପାରେ।

ଯଦିଓ ଏ ବେଶ୍ କିଛିବାଟ ଚାଲିବାରେ ମୋର ଅତ୍ୟଧିକ କ୍ଳାନ୍ତି ନ ଥିଲା, ସମୟ ଜାଣିବାର ବ୍ୟସ୍ତତାରୁ ମୁଁ କିନ୍ତୁ ମୁକ୍ତ ନ ଥିଲି ଏ ପର୍ଯ୍ୟନ୍ତ।

ଏ ସହରକୁ ଶେଷ ବସ୍‌ଟି ସନ୍ଧ୍ୟା ପାଖାପାଖି ହିଁ ପହଞ୍ଚି ସାରିଥିଲା। କାହିଁକିନା ଯେଉଁଦିନ ମୁଁ ଅଫିସ୍‌ରେ ଟିକେ ଡେରିଯାଏଁ ଥାଏ, ଏ ବସ୍‌ଟିର ବିକୃତ ହର୍ଣ୍ଣ ରାସ୍ତାରୁ ହିଁ ବାରିହୋଇଯାଏ।

ମୁଁ ଯେଉଁ ଫୁଲ ଦୋକାନଟିକୁ ଏଇ ଏବେଏବେ ଅଳ୍ପ ପଛରେ ଛାଡ଼ିଦେଇ ଆସିଲି, ସେଇ ଫୁଲ ଦୋକାନ ସାମ୍ନା ରାସ୍ତା ଓ ଗୋଟେ ଗୋଲେଇ ଛକ ଦେଇ ସବୁ ବସ୍ ସହରରୁ ବାହାରିଯାଆନ୍ତି।

ଏବେ ମୁଁ ମୁଖ୍ୟ ରାସ୍ତାରେ ନ ଯାଇ, ବସ୍‌ଷ୍ଟାଣ୍ଡ୍‌କୁ ଯାଇଥିବା ସେ ରାସ୍ତା ସହ ସମାନ୍ତରାଳ ଭାବେ ତଳକୁ ଗଡ଼ିଯାଇଥିବା ଗୋଟାଏ ସଂକୀର୍ଣ୍ଣ ଗଳିରେ ପଶିଲି।

ଏଇ ଗଳିଟି ଗୋଟେ ବସ୍ତିର ମଝି ବାଟ।

ଦି'ପଟେ ଝୁମ୍ପୁଡ଼ି, ଝାଟିମାଟି କାନ୍ଥ, ଉପରେ ନଡ଼ା ଛପର ଓ ଠା' ଠା' କଳା ତାର୍ପୋଲିନ୍।

ସହରର ଅନ୍ୟ ରାସ୍ତା ଅପେକ୍ଷା ଏ ଗଳିଟା ଟିକେ ଅଧିକ ଅନ୍ଧାରିଆ। ଏ ବସ୍ତିକୁ ଆଲୁଅ ଟଣାଯାଇ ନ ଥିଲା। ପ୍ରାୟତଃ ଝୁମ୍ପୁଡ଼ି ଭିତରୁ ଲଣ୍ଠନ ଅବା ଡିବିରି ଆଲୁଅ ଦିଶୁଥିଲା।

ପରିବେଶ ସେମିତି କିଛି ଭୌତିକ ଲାଗୁ ନ ଥିଲା ଯଦିଓ, ଘୁ ଘୁ ସମୁଦ୍ର ପବନ

ଏ ଗଳିରେ ପଶି ମୁଖ୍ୟ ରାସ୍ତାକୁ ବାହାରି ଯାଉଥିଲା, ବେଳେବେଳେ ହ୍ୱିସିଲ୍ ମାରିଲା ପରି ଗୋଟାଏ ଶବ୍ଦରେ। ଝୁମ୍ପୁଡ଼ି ଉପର କଳା ତାର୍ପୋଲିନ୍ ଫୁଲି ଉଠୁଥିଲା ଏହି ପବନରେ, ଗୋଟାଏ ଫଡ଼ଫଡ଼ ଶବ୍ଦରେ।

ଏମିତିକା ପରିବେଶରେ ହିଁ ଗୋଟେ ଦେହ, ଆଉ ଗୋଟେ ଦେହ ଖୋଜେ, ପ୍ରେମ ଖୋଜେ, ଆଶ୍ଳେଷ ଖୋଜେ; ଯେଉଁଠି ସମୟରେ ଉପସ୍ଥିତି ନିହାତି ନିରର୍ଥକ ଲାଗେ।

ସେତେବେଳକୁ ମୋ ପ୍ରେମିକା ମତେ ଛାଡ଼ି ଅନ୍ୟଠି ବାହା ହେଇସାରିଥାଏ। ବଡ଼ ଚାକିରି କରିଥିବା ଗୋଟେ ଟନ୍ଦା ବୟସ୍କ ଲୋକଟାକୁ।

ପ୍ରେମିକା ମୋର, ମତେ, ଅବା ଆମ ସମ୍ପର୍କ ଅପେକ୍ଷା, ତା' ସମୟକୁ ନେଇ ପଜେସିଭ୍ ଥିଲା। କହେ; ''ଜୀବନର ସବୁକିଛି ଠିକ୍ ସମୟରେ ହେବା ଦରକାର। ନ ହେଲେ ଘଟଣା ସବୁ, ଦୁର୍ଘଟଣା ହୋଇଯା. କେବଳ ଉଚିତ ସମୟ ଅଭାବରେ। ମଞ୍ଜି ପୋତିବା, ଚାରା କଅଁଳିବା, ଫୁଲ ଧରିବା, ଫଳ ଫଳିବା, ପାଚିବା ଓ ଝଡ଼ିଯିବା ପାଇଁ ବି ଠିକ୍ ସମୟ ଦରକାର। ତମେ ଜାଣ ମୁଁ ପଦାର୍ଥ ବିଜ୍ଞାନର ଛାତ୍ରୀ, ସମୟର ଗତିଶୀଳତା, ସମୟର ରୁକ୍ଷତା ମତେ ବେଶୀ ଜଣା, ଅନ୍ତତଃ ତୁମଠାରୁ। ତେଣୁ ମୁଁ ଅଧିକ ବାସ୍ତବବାଦୀ। ତୁମପରି ତୁଚ୍ଛା କଳ୍ପନାପ୍ରବଣ ନୁହେଁ...।

ଏମିତି ଗୁଡ଼େ ଗପି ଗପି ସବୁତକ ସମୟ ସେ ସାରିଦବ। ସେ ଜାଣେନା ଯେ ସମୟ ଅତିକ୍ରାନ୍ତ ହେବା, ଆଉ ସମୟ ସରିଯିବା ଏକାକଥା ନୁହେଁ। ମୁଁ ତା' କଥାର ଧାର୍ ଧାରେନି। ବରଂ ଚୁପ୍ ରହିରହି ମୁହୂର୍ତ୍ତମାନଙ୍କୁ ସାଉଁଟୁଥାଏ। ତା'ର ଆଖି ଶେଷ ଦି'ଟୋପା ମଦପରି ଢଳଢଳ ଦିଶେ ଆଉ ମୁଁ ନିଶାସକ୍ତ ହେଇଯାଏ ଯେମିତି। ମୁଁ କେତେଥର ତାକୁ କହିଥିବି, "ଚାଲ ପୁରୀ ଯିବା, ଚିଲିକା ଯିବା, ଦିଘା ଯିବା। ହୋଟେଲ୍‌ରେ ରାତି ବିତେଇବା। ସମୁଦ୍ରକୂଳରେ ବସିବା ରାତିସାରା। ଓଦା ବାଲିରେ ମୁଁ, ଆଉ ମୋ କୋଳରେ ତମେ...।''

ସେ କିଛି ବୁଝେନା।

କହେ ସବୁ ଠିକ୍ ସମୟରେ ହବ। ତମେ ଆଗ ସେଟେଲ୍ ହେଇଯାଅ। ଡେରି ହେଇଯିବ ନ ହେଲେ। ଏ ଶସ୍ତା ରୋମାଣ୍ଟିସିଜମ୍ ଛାଡ଼। ମୁଁ ବୁଝିପାରୁଛି ତମେ କ'ଣ ଚାହୁଁଚ, ହେଲେ...।

: ''ଦେହର ଭୋକ ପାଇଁ ସମୟ ଗୋଟେ କ'ଣ ଯେ ! ଏହା କ'ଣ ପ୍ରାର୍ଥନା ହେଇଛି ଯେ, ଗାଧେଇ ସାରି ନିର୍ମାଲ୍ୟ ପାଇ, ଜପତପରେ ବସିବ ଆଉ ଆଖିବୁଜି ଆଲୁଅର ଗୋଟେ ବିନ୍ଦୁକୁ ଚାହିଁବ। ଧୂପ ବୁଲେଇବ, ଚନ୍ଦନ ଘୋରିବ, ସଞ୍ଜବୁଡ଼େ

ଘିଅବତି ଜାଳିବ। ହୁଏତ ତା' ଆଷ୍ଟ୍ରୋ–ଫିଜିକ୍ସରେ କୌଣସି ଗ୍ରହ ନକ୍ଷତ୍ରର ଉପସ୍ଥିତି ଆମ ଭାଗ୍ୟରେଖା ବୁଲେଇ ବଙ୍କେଇ ଦେଇପାରନ୍ତି ହେଲେ....।''

ଆମ ଦିହିଁଙ୍କର ଏଇ 'ହେଲେ' ଖାପ ଖାଏନି; ବରଂ ଦୁଇଟି ସମାନ୍ତର ସରଳରେଖା ପରି ଛେଦ ନ କରିବାର ଆଶଙ୍କା ନେଇ ଗତିଶୀଳ ହୁଏ। କିନ୍ତୁ ଦୁଇଟି ସମାନ୍ତରାଳ ସରଳରେଖା ପରସ୍ପରକୁ ଅସୀମ ଦୂରରେ ଛେଦ କରିବାର ସମ୍ଭାବନା ଅଛି, ପଢ଼ିଥିବା ଏତକ କଥାକୁ ବୁଝିବା ପାଇଁ ଆମ ପାଖେ ସମୟ ନ ଥାଏ, କି ସମ୍ପର୍କର ଆୟୁଷ ନ ଥାଏ। ଅନ୍ୟପଟୁ ଦେଖିଲେ, ସେ ଦୁଇଟି ସରଳରେଖା ଗୋଟିଏ ବିନ୍ଦୁରୁ ହିଁ ବାହାରିଥାଆନ୍ତି, ଏତକ ମୁଁ ତାକୁ ବୁଝେଇ ପାରେନା।

ହେଲେ ଦେହର କ୍ଷୁଧା ତ ଅନ୍ତରୀକ୍ଷରେ ଜଳି ଜଳି ଖସୁଥିବା ଉଲ୍‌କା ପରି। ବାସ୍ ଟିକେ ନିରୋଳା ଦରକାର, ଅନ୍ଧାର ଦରକାର ପରସ୍ପରକୁ ଜାବୁଡ଼ି ଧରିବାରେ, ଆଖିବୁଜି ଦେବାରେ, ଉତ୍ତାପକୁ ସମର୍ପି ଦେବାରେ। ସେଇ କ୍ଷଣିକ ସୁଖରେ ତ ସମୟ ବିତେନା। ସମୟ ବାହାରକୁ ଯାଇହୁଏ। ଏ ଦେହର ହୁଲି ଡଙ୍ଗାରେ ସମୟକୁ ତୁଚ୍ଛ କରିଦେଇ। ସମୟକୁ କ୍ଷଣିକ ଅଟକେଇ ଦେଇ, ଚିରାଚରିତ ଜୀବନକୁ ପଜ୍ ମାରିଦେଇ ଚାଲିଯାଇ ହୁଏ।

ଆଉ ଫେରିଲା ବେଳକୁ ସେ ସମୟ ପୁଣି ସୁରୁ, ତା' ଘଡ଼ିର ଟିକ୍ ଟିକ୍‌ରେ, ଘଣ୍ଟାର ଢଙ୍ଗ୍ ଢଙ୍ଗ୍‌ରେ ।

ହଁ, ପ୍ରେମଟା ବୋଧେ ତା' ପାଇଁ ଗୋଟେ ପ୍ରାର୍ଥନା ଥିଲା। ଗୋଟେ ମନ୍ଦିର ଥିଲା। ଯେଉଁଠି ସବୁ ରୀତିନୀତି ପାଞ୍ଜି ଦେଖି ଉଚିତ ଦିନ, ଉଚିତ ବେଳାରେ ପାଳନ ହୁଏ। ତିଥି, ବାର, ମାହେନ୍ଦ୍ର ବେଳାରେ ସମୟ ଆବଦ୍ଧ ହୋଇଥାଏ। ଯେଉଁଥିପାଇଁ ସେ ମତେ ନୁହେଁ, ବରଂ ସମୟର ଜଗୁଆଳିଟେ ହିଁ ଖୋଜୁଥିଲା।

ହେଲେ ଏ ବସ୍ତି ଭିତରେ ନା ଥିଲା ସମୟର ଜଗୁଆଳି, ନା ସେ ଜଗୁଆଳିର ହୁଇସିଲ୍। ଏଠି ଖାଲି ନିରୋଳା ସାମୁଦ୍ରିକ ପବନ, ଝୁମ୍ପୁଡ଼ି ଭିତରେ ପଶି କିଳିକିଳା ଶବ୍ଦ କରି ବାହାରି ଯାଉଥିଲା। ଆଉ ଏ ପବନ, ବାଲିରେ ହାମୁଡ଼େଇ ପଡ଼ିଥିବା ନୀଚା ନୀଚା ଏ ଝୁମ୍ପୁଡ଼ିଗୁଡ଼ିକୁ ଟିକେ ଆଉଁଶି ଦେଇ ତାଙ୍କ ଉପରେ ଗୋଟେ ଖେପା ଡିଆଁ ମାରି ଚାଲିଯାଉଥିଲା।

ହେଲେ ଏ ପବନ ସାଙ୍ଗରେ ଖାଲି ଯାହା ଆଣିପାରେ ସୁ ସୁ ଗର୍ଜନ। ଲୁଣମିଶା ଆର୍ଦ୍ରତା। ହେଲେ ଆଣିପାରେନା ଆଲୁଅ। ଆଉ ଆଲୁଅ ଆଣି ନ ପାରିବାର ଏ ଅପାରଗ ପଣିଆ ହିଁ ଏ ବସ୍ତିର ଝୁମ୍ପୁଡ଼ିମାନଙ୍କ ପ୍ରତି ଆଶୀର୍ବାଦ। ନିଜ ନିଜ ମିଞ୍ଜିମିଞ୍ଜି ଆଲୁଅର ଉଷ୍ମତା ହିଁ ଏ ବସ୍ତିର ଚୁମ୍ବକ।

୬

ଅବଚେତନରେ ଏ ଗଳି ରାସ୍ତା ପ୍ରତି ମୋର ଗୋଟେ ଚୁମ୍ବକୀୟ ଆକର୍ଷଣ ଥିଲା। ସେଥିପାଇଁ ବୋଧେ ମୁଁ ଏଇ ଛାପ୍‌ଛାପିକା ଅନ୍ଧାରିଆ ଗଳିରାସ୍ତାରେ ପଶିଆସିଲି ସମୟର ତଲାସ୍‌ରେ।

କିନ୍ତୁ ଏ ଝୁମ୍ପୁଡ଼ିମାନଙ୍କ ଭିଡ଼ରେ କେହି କ'ଣ କେବେ ସମୟକୁ ଭେଟେ!

ଲାଗିଲା ମୁଁ ନିଜେ ଗୋଟେ ବିସ୍ମୟ ସୂଚକ ଚିହ୍ନ ହେଇ, ଅଜାଣତରେ ହେଉ ଅବା ମୋର ଇନ୍ଦ୍ରିୟମାନଙ୍କର ଅଜଣା ଆବେଦନରେ ପରିଚାଳିତ ହୋଇ ଏହା ଭିତରକୁ ପଶିଆସିଛି। ହେଲେ ଏମିତି କିଛି ଅନାବନା ଗୋଲାକଧନ୍ଦା ପରି ରାସ୍ତା ଧରିଲେ, ଏ ବସ୍ତି ଭିତରେ ପଶି ମୁଁ ଆରପଟ ସମୁଦ୍ର ବାଲିକୁ ବାହାରିଯାଇ ପାରିବି।

ହୁଏତ କାହାକୁ କେବେ ଅପେକ୍ଷା କରୁ ନ ଥିବା ଏ ଛୋଟ ସହରର ବେଳାଭୂଇଁ ଆଉଗୋଟେ ଫର୍ଚ୍ଚା ରାତିର ଆକାଶ, ମତେ ସମୟ ଜାଣି ନ ପାରିବାର ସାମୟିକ କ୍ଳାନ୍ତିରୁ ଟିକେ ମୁକ୍ତି ଦବ। ତା' ବାଆଦେ ମଦ ନିଶା ଖସିଆସୁଥିବା ବେଳେ ଏମିତିକା ଦଲକା ଦଲକା ଥଣ୍ଡା ପବନ, ଦେହକୁ ଟିକେ ହାଲ୍‌କା କରିଦିଏ। ସମୁଦ୍ରରେ ଗାଧେଇଲା ବେଳେ, ଲହଡ଼ି ଯେମିତି ପାଦତଳୁ ବାଲି ପୋଛିନେଇ, କିଛିକ୍ଷଣ ଟେକିଧରେ। ନିଜର ବୋଝ ନିଜକୁ ବି ଏତେ ବେଶୀ ଭାରୀ ଲାଗେନା। ଏମିତିକା ଇଫେକ୍ଟକୁ ଲେଭିଟେସନ୍ କୁହାଯାଏ; ମୁଁ ପଢ଼ିଥିଲି।

କିଛି ସାଧୁ ସନ୍ନ୍ୟାସୀ ପ୍ରାର୍ଥନା ବା ତପସ୍ୟା କଲାବେଳେ ଏମିତି ବି ଲେଭିଟେଟ୍ ହୋଇଯାଆନ୍ତି ବୋଲି ତାଙ୍କର ଚେଲାମାନେ ପ୍ରଚାର କରନ୍ତି।

ହେଲେ ମୁଁ ଏତିକି ଜାଣେ, ଏହା ମାଧ୍ୟାକର୍ଷଣର ପ୍ରଭାବକୁ କମ୍ ବି ଅନୁଭବ କରାଏ। ଗୋଟେ ବସ୍ତୁ ମାଧ୍ୟାକର୍ଷଣର ବିପରୀତ ଦିଗରେ। ଉପରକୁ ଅଳ୍ପ ଉଚ୍ଚା ଉଠିଯାଇପାରେ।

କିନ୍ତୁ ଏ ଲେଭିଟେସନ୍‌କୁ ମୁଁ ଅନୁଭବ କରିଛି, ମୋ ଓଜନକୁ କମ୍ ଅନୁଭବ କରିଛି, ଯେତେବେଳେ ମୋ ପ୍ରେମିକା ପାଖରେ ଥାଏ; ମାନେ ଥିଲା। କିମ୍ୱା ଅତ୍ୟଧିକ ଖୁସି ଏବଂ ଉଲ୍ଲାସ ସମୟରେ ମତେ ଏମିତି ଲାଗିଛି, ଖଣ୍ଡି-ଉଡ଼ା ଦେଲାପରି। ଯାଦୁକର ଶୂନ୍ୟରେ ଯେମିତି ଭାସିବୁଲେ, ସେହିପରି।

ଦୁଃଖ, ବିଷାଦ କବଳରୁ କ୍ଷଣିକ ମୁକ୍ତି ମିଳିଲା ପରି ଲାଗେ, ହାଲ୍‌କା ଲାଗେ।

ଏଇମିତି ଲେଭିଟେଟ୍ ହୋଇ ମୁଁ କିଛିବାଟ ଯାଇଛି ସେ ଗଳିରାସ୍ତାରେ, ଶୁଭିଲା; "ବାବୁଉଉ ... ଇଆଡ଼େ ଆଉନ ...", କିଏ ଡାକିଲା।

ଶୂନ୍‌ଶାନ୍ ପରିବେଶରେ ଏ ସୁ ସୁ ପବନକୁ ପେଲି ଏ କର୍କଶ ନାରୀ ସ୍ୱରଟେ ଶୁଣି ମୁଁ ଚମକିପଡ଼ିଲି।

ଦେଖିଲି ଅଧା ଅନ୍ଧାରରେ ଗୋଟେ ଝୁମ୍ପୁଡ଼ି ବାହାରେ ଛିଡ଼ା ହେଇଛି ସେ ଦାରୀ।

ଯାହା ପାଖକୁ ମୁଁ ସମୁଦାୟ ତିନିଥର ମାତ୍ର ଆସିଛି। ମୁଁ ଆଶ୍ଚର୍ଯ୍ୟ ହେଲି, "ଶଳା ମତେ ଚିହ୍ନିପାରିଲା ନା କ'ଣ!''

ଏତେଗୁଡ଼େ ଦିନପରେ, ପ୍ରାୟ ଦେଢ଼ବର୍ଷ ହବ ଯା' ଭିତରେ ମୁଁ ଏ ଏରିଆ ବି ମାଡ଼ିନି।

ସେତେବେଳେ ମୋ ପ୍ରେମିକା ମତେ ଛାଡ଼ି ଅନ୍ୟଠି ବାହାହେଇଯାଇଥାଏ, ବଡ଼ ଚାକିରି କରିଥିବା ଟିକେ ବୟସ୍କ ଲୋକଟାକୁ। ଯାହା ଚେହେରାରେ ସମୟ

ଟିକେ ଅଧିକ ବିତିଥିଲା ପରି ମନେହେଉଥିଲା। "ଆହା ବିଚରା ଧନୀ ଲୋକଟା!" କହି ମୁଁ ମନେ ମନେ ନିଜକୁ ସାନ୍ତ୍ୱନା ଦେଇଥିଲି।

ମୋ ପ୍ରେମିକା ଉପରେ ପ୍ରତିଶୋଧ ନେବା ପାଇଁ ମୁଁ କେତେଥର ଏ ବେଶ୍ୟା ପାଖକୁ ଆସିଛି।

ମୋ ପ୍ରେମିକାର ଯେଉଁଦିନ ଚଉଠି ଥିଲା, ପ୍ରଥମକରି ସେହିଦିନ ରାତିରେ।

ମୋ ଦେହରେ ଖୁବ୍ ପାଶବିକତା ଭରି ରହିଥିଲା ସେଦିନ। ପ୍ରେମିକା ପ୍ରତି ଗୁଡ଼ାଏ କ୍ରୋଧ, ନିଜର ବିଫଳତା ଏବଂ ନୈରାଶ୍ୟ ଅବା ଅସନ୍ତୋଷ, ଯେ ସେ ମତେ ଧୋକାଦେଲା। ଆଉ କିଛି ସମୟ ବି ତ ସେ ଅପେକ୍ଷା କରିପାରିଥାଆନ୍ତା।

ହେଲେ ମୋର ଭଣଭଣ ମଦ ଗନ୍ଧ ପାଟିକୁ ଏ ଦାରୀ ସେଦିନ ରାତିରେ ଟିକେ ବି ଘୃଣା କରି ନ ଥିଲା।

ଖୁବ୍ ଯତ୍ନର ସହିତ ମୋ ମନର ଓ ଦେହର କ୍ଳାନ୍ତି ଦୂର କରିବାର ପ୍ରୟାସ କରିଥିଲା।

ସତେ ଯେମିତି ତା' ଦେହର ପ୍ରାଚୀନ ଆଳସ୍ୟ କେବଳ ମୋରି ଅପେକ୍ଷାରେ ହିଁ ଥିଲେ। ଏମିତି ଛଳନା କରି ସେ ମତେ ଖୁସି କରିବାକୁ ଚେଷ୍ଟା କରିଥିଲା। ଯେମିତି ଏଇ ପ୍ରଥମଥର ପାଇଁ ହିଁ ସେ ରମଣରେ ମାତିଛି!

ଏମିତିକି ମୁଁ ତାକୁ ଜାବୁଡ଼ି ଧରିଲାବେଳେ ସେ ଆଖି ବୁଜିଦେଇ ମୋ ବାହୁରେ ନିଜକୁ ଢାଳିଦେଇ, ଆମ ଦିହିଁଙ୍କ ଚାରିପଟେ ଏକ କାଳ୍ପନିକ ଦୁନିଆ ସୃଷ୍ଟି କରିଥିଲା। ଗୋଟେ ସତସତିକା ସମୟହୀନ ଦୁନିଆ। ଖୁବ୍ ଜୋରରେ କମ୍ପୁଥିଲା ତା'ର ଦୁଇ ଓଠ, ଯେମିତିକି ତା'ର ସତୀତ୍ୱକୁ ମୋରି ପାଇଁ ସାଇତି ରଖିଥିଲା।

ଆଉ ଆୱାରଗ୍ଲାସ୍ ପରି ତା'ର ନିତମ୍ବକୁ ଚିପିଧରି ଯେମିତି ମୁଁ, ସେଥିରୁ ଝରିପଡୁଥିବା କ୍ଷୀଣ ବାଲିର ସ୍ରୋତକୁ ଅଟକାଇ ଦେଉଥିଲି। ସମୟର ବିତିବାକୁ ବନ୍ଦ କରିଦେଉଥିଲି ଆମ ଚାରିପାଖେ, ସେଦିନ ରାତିରେ।

ସତରେ ଯେମିତି ଗୋଟେ ତନ୍ଦ୍ରାକୁ ସେ ମତେ ନେଇଯାଇଥିଲା।

ହେଲେ ଆଜି ତା' ଡାକରେ ମୋର ତନ୍ଦ୍ରା ଭାଙ୍ଗିଗଲା। ତଥାପି ଏତେଦିନ ଧରି ଜଣକୁ ତନ୍ଦ୍ରାରେ ବୁଡାଇ ରଖିବାର କଳା କେବଳ ତାକୁ ହିଁ ଜଣାଥିଲା।

ଗୋଟାଏ ସମ୍ମୋହନ ଥିଲା ତା' ଡାକରେ!

ମୁଁ ତା' ଝୁମ୍ପୁଡ଼ିର ନୁଆଁଣିଆ ଓଳିତଳକୁ ଟିକେ ଘୁଞ୍ଚିଗଲି।

ଓଠରେ ଗୋଟାଏ ମଳିନ ହସ ପିନ୍ଧି, ତା' ତଳିପେଟରେ ହାତବୁଲାଇ କହିଲା, "ବାବୁଉଉ ... ଆଉ ଆସୁନ ଆମଆଡ଼େ ... କ'ଣ ଭୁଲିଗଲିଅଥ...।''

ତା' ଦେହକୁ ନେଇ ମୋର କିଛି ଉତ୍ତେଜିତ ମୁହୂର୍ତ୍ତମାନଙ୍କୁ ମନେପକେଇବା ମୋର ବନ୍ଦ ହୋଇଗଲା। କାହିଁକିନା, ସେ କହିଥିବା ଏଇ "ଭୁଲିଗଲ'' ଶବ୍ଦଟା ହିଁ ମୋ ମନରେ ବିରକ୍ତି ଭରିଦେଲା। ମୁଁ ତାକୁ ଭୁଲି ନ ଥିଲି, ଏତେଗୁଡ଼ା ଦିନ ଭିତରେ। ତା'ର କଥା ଯଦିଓ ମତେ ନିରୀହ ଶୁଭିଲା, ତଥାପି ମୋ ନିଜ ପ୍ରତି ଗୋଟାଏ ତାଚ୍ଛଲ୍ୟ ଆସିଲା।

ତା'ପରେ ସେଥିରୁ ମୁକୁଳିବା ପାଇଁ ଯୁକ୍ତି ଯୋଗାଡ଼ କରିଦେଲି ମନ ଭିତରେ, "ହଅ...ମ, ଦାରୀଗୁଡ଼ାଙ୍କୁ କିଏ କୋଉଠି ମନେରଖେ ଯେ।''

ପ୍ରକୃତରେ ମୁଁ ତା' ନାଁ ଭୁଲିଯାଇଥିଲି। କିମ୍ବା ମଦ ନିଶାରେ ମନେପଡ଼ିଲାନି! କିନ୍ତୁ ସେ ଜାଣିପାରିଲା ଯେମିତି !

ହଁ ଏବେ ମନେପଡ଼ିଲା। ସେ କୌଣସି ଏକ ପୌରାଣିକ ଚରିତ୍ରର ନାଁ ଥିଲା। ଯେମିତିକି ଦମୟନ୍ତୀ, ଆମ୍ରପଲ୍ଲୀ ଅବା ଶକୁନ୍ତଳା ଏମିତି କିଛି, ଚାରି ଅକ୍ଷରିଆ ନାଁ।

ଆଉ ବେଶୀ ମନେପକାଇ ପାରିଲିନି।

ଗୋଟେ ବେଶ୍ୟାର ନାଁ ମନେପକାଇବା ନିହାତି ଜରୁରୀ ବି ନୁହେଁ।

ପୁଣି ଅନ୍ଧାରରେ ଚିହ୍ନା ପଡ଼ିଯାଇଥିବାର ବିରକ୍ତିରେ ମୁଁ ପଚାରିଲି, "ଆଚ୍ଛା ସମୟ କେତେ ହବ କହିପାରିବ...?" ମୋ ସ୍ୱରରେ ଜିଜ୍ଞାସା ଅପେକ୍ଷା ମୁକୁଳିବାର ବ୍ୟସ୍ତତା ଅଧିକ ଥିଲା।

ସେ ତା' ତଳିପେଟରୁ ହାତ କାଢ଼ି ଗଭା ସଜାଡ଼ିଲା। ମତେ ଆକର୍ଷିତ କରିବା ପାଇଁ, ତା' ଅଧାଫୁଙ୍ଗୁଳା ଛାତିରେ ଟିକେ ଲୁଗା ଢାଙ୍କିଲା।

ତା' ଫାଳିକିଆ ପିଣ୍ଡାରେ ଥୁଆ ହୋଇଥିବା ଅଧାକଳା ଲଣ୍ଠନ ଆଲୁଅରେ, ତା'ର ଛାଇ ମୋ ସାରାଦେହ ଲେସିହୋଇଯାଉଥିଲା ଓ ମତେ ଆହୁରି ଅନ୍ଧାରକୁ ନେଇଯାଉଥିଲା।

ସେ ଟିକେ ହସ ହସ ସ୍ୱରରେ କହିଲା, "ବାବୁ, ଏଇଥିନାଗି ମତେ ତେମେ ଭଲନାଗ। ନ ହେଲେ କୋଉ ଗରାଖ ମତେ, ତେମେ କହିବାର ମୋର ଖିଆଲ୍ ନାହିଁ। ସବୁଶଳେ ତୁ-ତା', ବେ-ବା, ଭାଷା-ଅଭାଷା କହିବେ। ରାଣ୍ଡୀ, ଖଣ୍ଡି କେତେକଥା କହିବେ। ଦେହରୁ ତାଙ୍କର ତାତି ଓହ୍ଲେଇଗଲେ ଯୋଉ ଦର ଛିଣ୍ଡେଇଥେବେ, ପୁଣି ଥରେ ଦର କଷିବେ। ପଇସା ବାକି ରଖିବେ, କହିବେ, ରହିଲା ଆର ଥରକୁ ନବୁ, କୋଉ ଧନ୍ଦା ଛାଡ଼ି ପଳଉଚୁ ନା କ'ଣ!

ସେ ପୁଣି କ'ଣ ଗପିବା ଆରମ୍ଭ କରୁଥିଲା, ମୁଁ "ହଉ ହଉ...'' କହି ଚାଲିବାକୁ ଆରମ୍ଭ କଲି।

ସେ ବୁଝିଗଲା ଯେ ମୁଁ ତା' କଥା ଶୁଣିବାକୁ ଚାହୁଁନାହିଁ। ତେଣୁ ସେ ମୋ ପ୍ରଶ୍ନକୁ ଫେରିଗଲା ଓ ତା' ଲୁଗାର ଘେରକୁ ଆଉଟିକେ ତଳକୁ ଖସେଇ କହିଲା, "ବାବୁଉଉ... ଆମର ଫେଏଣେ ଗୋଟାଏ ସମୟ କ'ଣ! ଦିନରାତି କ'ଣ! ଯେତେବେଳେ ଗରାଖ ଆଇଲେ ଆମ ଧନ୍ଦା ସୁରୁ। ଆଉ କୋଉ ବେପାର ଅଛି ଯେ ଆଗଭଳି।

ଆସୁନ ବାବୁ ରାତି ତ ରାତି। ଯେତେଟା ବାଜୁଚି ବାଜୁ। ଝଅଟି କାମ ତୁଟେଇ ଚାଲିଯିବ। ଯା' ଦବ, ଦବ ଆସ...।'' ଏତକ କହି ସେ ତା' ଚୁଟି ମୁକୁଳା କରିଦେଲା।

ବେଶ୍ୟାର ମୁକୁଳା କେଶ, ଅନ୍ଧାରକୁ କେତେ ବା ଅଧିକ ଗହଳ କରନ୍ତା!

: ହଉ ହଉ ... ଠିକ୍ ଅଛି।" ମୁଁ ତରତର ହୋଇ ଆଗକୁ ବଢ଼ିଲି। ଏ ବେଶ୍ୟାଠୁ ମୁକୁଳିବା ପାଇଁ।

ଆଉ ଚଟି ଘୋଷାରି ନ ଚାଲି, ମୁଁ ଟିକେ ଜୋର୍‌ରେ ଚାଲିଲି ମୋ ଅଜାଣତରେ, ଏଇ ବସ୍ତିରୁ ପଦାକୁ ବାହାରିବା ପାଇଁ ପଛକୁ ବି ଚାହିଁଲିନି।

୭

"ଓହୋ, ଫସିଯାଇଥିଲା ମଣିଷ । କଷ୍ଟରେ ମୁକୁଳିଲା ଏ ଦାରୀଠାରୁ !"

ବୋଝ ଓହ୍ଲେଇଗଲା ପରି ଲାଗିଲା । ମୁଁ ଟିକେ ମନେ ମନେ ଥକା ମାରିଲି ।

ସତ କହିବାକୁ ଗଲେ ଏ ବେଶ୍ୟାର ଆଶ୍ଲେଷରେ ଥିଲେ, କିଛି ବିଷାଦ ନ ଥାଏ । ଅବଶ୍ୟ କୌଣସି ବେଶ୍ୟାର ସାନ୍ନିଧ୍ୟକୁ ଏକ ସ୍ୱର୍ଗୀୟ ସୁଖ ସହ ତୁଳନା କରିବା, ଛୋଟ ହେଉ ଅବା ବଡ଼, ଯେକୌଣସି ସହରରେ ଏକ ଅସାମାଜିକ କାର୍ଯ୍ୟ ।

ହେଲେ ତା' ଭିତରେ ନିଜକୁ ସଙ୍କୁଚିତ କରି ଅପେକ୍ଷା କରିବା ପ୍ରକୃତରେ ସମୟର ଊର୍ଦ୍ଧ୍ୱରେ । ଜ୍ୟୋତ୍ସ୍ନାରେ ଗୋଟାଏ ପକ୍ଷୀରାଜ ଘୋଡ଼ା ଚଢ଼ିଲାପରି ।

ମନଇଚ୍ଛା, ଅକ୍ଷାଂଶ ଦ୍ରାଘିମା ସବୁ ଅତିକ୍ରମ କଲାପରି। ହେଲେ ଏତେସବୁ ତୁଚ୍ଛା କଳ୍ପନା ଆଉ କେବେ।

ତାକୁ ମୋର ସମୟ ପଚାରିବାର ନ ଥିଲା କି ତା' ପ୍ରତି ମୋର ସମବେଦନାର କିଛି କାରଣ ନ ଥିଲା।

ତା'ପରେ ଆଜି ନାହିଁ ତ କାଲି ତା' ବେପାର ଜୋର୍ ଧରିବ। ଦେହରୁ ଊର୍ଦ୍ଧ୍ୱକୁ କୋଉ ମଣିଷ ଚାଲିଯାଇ ପାରିବ ନା କ'ଣ!

ଯେତେ ପ୍ରେମ ଥାଉ, ଟିକେ ମତାନ୍ତର ହେଲେ ବି ତ ସ୍ୱାମୀ ସ୍ତ୍ରୀ ପରସ୍ପରକୁ ଛୁଇଁବାକୁ ଇଚ୍ଛା କରନ୍ତିନି। ପରସ୍ପରକୁ ପିଠିକରି ଶୁଅନ୍ତି।

ହେଲେ ଏ ଧନ୍ଦାବାଲୀର କ'ଣ ନିଜର ଗୋଟାଏ କିଛି ମତ ଅଛି! ଗରାଖ ଯେତେ ଯାହା କହିଲେ ବି ଶୁଣିବାକୁ ପଡ଼ିବ। ବେପାର କଥା। ଗରାଖଙ୍କୁ ଈଶ୍ୱର ମଣିବାକୁ ହେବ।

"ଈଶ୍ୱରଙ୍କ ସହ ରମଣରେ ଲିପ୍ତ ହେବାର ମଜା ଓ ସୌଭାଗ୍ୟ ଆଉ କାହାର ନାହିଁ ତା'ହେଲେ!"

ସତେ ତ ମୁଁ ଆଗରୁ କେବେ ଭାବି ନ ଥିଲି ଏମିତି।

ଛାଇଛାଇକା ଅନ୍ଧାର ଓ ନୁଆଁଣିଆ ଚାଳ। ଝଟିମାଟି କାନ୍ଥ, ମିଞ୍ଜିମିଞ୍ଜି ଡିବିରି ଆଲୁଅ। ଘୁଷୁରିଆ ପଟି ଓ ଫୁଟିକିଆ ଗୋଟେ ମଳିଚିଆ ତେଲିଆ ତକିଆ ...।

ତା' ପୁରୁଣା କସ୍ତା ଶାଢ଼ିର ସଳିତା କିରାସିନିରେ ବୁଡ଼ି ଜଳିଯାଉଥିବାର ଗନ୍ଧ ଆଉ ବାହାର ପବନକୁ ବେଖାତିର କରି ସମୟ ପରି ସ୍ଥିର ଏ ଡିବିରିର ଶିଖା...। ପୁଣି ଏ ସମୟର ପଞ୍ଝାରୁ ମୁକୁଳି ଆସିବାଲାଗି, ହଲେ ସ୍ତନ ଓ ହଲେ ଜଙ୍ଘକୁ ଅସ୍ଥିର କରି ପକଉଥିବା ଗୋଟେ ଈଶ୍ୱରଙ୍କ ଲଙ୍ଗଳା ବେଶ।

ହଁ ତ ଏମିତି ଜଣଙ୍କ ଆଗରେ ଉଲଗ୍ନ ହେବା ବି ତ ଗୋଟାଏ ବେଶ!

ନା ଆଜି ମୋର ଏ ବେଶ ପିନ୍ଧିବାର ଥିଲା, ନା ସେ ଡିବିରି ଆଲୁଅର ଧୂଆଁରେ ଈଶ୍ୱର ହେବାର ଥିଲା, ବା ସ୍ଥିର ସମୟକୁ ସାକ୍ଷ୍ୟ କରିବାର ଥିଲା।

ବାସ୍ ମୋର ଏ ପରିବେଶରୁ ମୁକୁଳିବାର ଥିଲା ଓ ନିଜକୁ ଏକ ପ୍ରବହମାନ ସମୟ ସହିତ ସାମିଲ୍ କରିବାର ଥିଲା। ତେଣୁ ମୁଁ ଟିକେ ଜୋର୍‌ରେ ଚାଲିଚାଲି, ଏ ବସ୍ତି ଭିତର ଗଳି ରାସ୍ତାରୁ ପ୍ରାୟତଃ ପଦାକୁ ବାହାରି ଆସିଥିଲି।

ଏ ଗଳିମୁଣ୍ଡରେ ଗୋଟେ ପାନ ଦୋକାନ ଖୋଲାଥିଲା। ଟିକେ ଧଇଁସଇଁ ହୋଇ ସେଠି ପହଞ୍ଚିଲା ପରେ ପଛକୁ ଚାହିଁ ଦେଖିଲି, ସେ ଝୁମ୍ପୁଡ଼ିଠୁ ମୁଁ ନିରାପଦ ଦୂରତାରେ ଥିଲି। ପ୍ରକୃତରେ ସେ ବେଶ୍ୟାଠୁ ମୁଁ ନିରାପଦ ଶାରୀରିକ ଦୂରତାରେ ଥିଲି।

ତା' ପିଣ୍ଡାର ଲଣ୍ଠନ ଆଲୁଅ ଆଉ ଦିଶୁ ନ ଥିଲା। ଦୁଇ ଚାରିଟି ମୋଡ଼ ବୁଲି ମୁଁ ଠିଆ ହେଇଥିଲି ପାନ ଦୋକାନ ଆଗରେ।

ପାନ ଦୋକାନ ସାମ୍ନାକୁ ତା'ର ଟିଣ ଛାତଟା ବାହାରି ରହିଥିଲା। ସେଇଟା ହିଁ ତା'ର କବାଟ। ତାକୁ ପକେଇଦେଲେ ଛୋଟ କ୍ୟାବିନ୍‌ଟି ବନ୍ଦ ହୋଇଯିବ।

ଏ ପାନ ଦୋକାନୀ ଟୋକା ରେଡିଓ ଶୁଣୁଥିଲା। ଗୀତ ବାଜୁଥିଲା ସିଲୋନ୍ ସେଣ୍ଟରରେ, "କଭି ଖୁଦ୍ ପେ, କଭି ହାଲାତ୍ ପେ ରୋନା ଆୟା; ବାତ୍ ନିକ୍‌ଲି ତୋ ହର୍ ଇକ୍ ବାତ୍ ପେ ରୋନା ଆୟା...।" ମହମ୍ମଦ ରଫିର। ଏହା ମୋର ଗୋଟେ ପ୍ରିୟ ଗୀତ ହେଲେବି, ସିନେମା ନାଁଟା ମନେପଡ଼ିଲାନି।

''ହମ୍ ତୋ ସମ୍‌ଝେଥେ କେ ହମ୍ ଭୁଲ୍ ଗୟେ ହେଁ ଉନ୍ କୋ, ଆଜ୍ ଫିର୍ କିସି ବାତ୍ ପେ ୟେ ରୋନା ଆୟା ... କଭି ଖୁଦ୍‌ପେ...''

ନିଜ ପ୍ରିୟ ଗୀତର ସାନ୍ନିଧ୍ୟ ବି ପ୍ରିୟ ମଣିଷର ସାନ୍ନିଧ୍ୟ ପରି ଆଶ୍ୱସ୍ତି ଦିଏ।

ଏଇ ଗୀତ ସହିତ ପ୍ରାୟ ତାଳଦେଇ ସେ ଅଠର କୋଡ଼ିଏ ବର୍ଷର ଟୋକା, ଦୋକାନର ଛୋଟ ସୋ'କେସ୍ ଉପରେ ଗୁଆ କାଟୁଥିଲା। ତାବ୍‌ଲାର କିଡ୍‌କିଡ୍ ତାଳ ସାଙ୍ଗ ମିଶିଯାଉଥିଲା ଗୁଆକାତିର ଶବ୍ଦ।

ସମୁଦ୍ରକୂଳିଆ ସୁ ସୁ ପବନ ସାଙ୍ଗରେ ଏ ରେଡିଓ ଗୀତର ଧୁନ୍ ବି ଗୋଟାଏ ଅବାଞ୍ଛିତ ବାସ୍ତବତାକୁ ଟିକ୍ ଟିକ୍ କରି କାଟିଦେଇପାରେ ଆଉ ମଣିଷକୁ ଏକ ଭିନ୍ନ ସମତଳକୁ ନେଇଯାଇପାରେ। ଯେଉଁଠି ଗୋଟାଏ ହୁକ୍ ପରି ମୁଣ୍ଡକୁ ଭିଡ଼ି ଧରିଥିବା ପ୍ରଶ୍ନ ଚିହ୍ନଠୁ କ୍ଷଣିକ ମୁକ୍ତି ମିଳେ।

''ଗୋଟେ ସିଗ୍ରେଟ୍ ଦେଲୁ...", ମୋ ପ୍ରିୟ ଗୀତର ମୂର୍ଚ୍ଛନାରେ ମୋର ସ୍ୱର ଭାରି ବେଖାପ୍ ଓ ବେସୁରା ଶୁଭିଲା।

କେବଳ କ୍ୟାଭେଣ୍ଡର୍ ସିଗ୍ରେଟ୍ ହିଁ ତା' ପାଖେ ଥିଲା ବୋଧେ। କିନ୍ତୁ ତା' କ୍ୟାବିନ୍‌ର ଭିତର କାନ୍ଥରେ ତିନି ଚାରି ପ୍ରକାର ସିଗ୍ରେଟ୍‌ର ବିଜ୍ଞାପନ ପୋଷ୍ଟର୍ ମରାହେଇଥିଲା।

ମତେ କିଛି ନ ପଚାରି ସେ ଗୋଟେ ସିଗ୍ରେଟ୍ ଓ ସିଗ୍ରେଟ୍ ଖୋଳକୁ ବି ପତଳା କରି କଟାଯାଇଥିବା ଖଣ୍ଡ କାଗଜ ବଢ଼ଉଇଦେଲା। ଗୋଟାଏ କୋଣକୁ ଜଳୁଥିଲା ଡିବିରିଟେ। ସମୁଦ୍ରକୂଳିଆ ଘୁ ଘୁ ପବନରେ ବି ତା' ଶିଖାକୁ ଗୋଟିଏ ମାତ୍ର ଜର୍ଦା ଡବା ନିର୍ଲିପ୍ତ ଭାବେ ଜଳାଇ ରଖିଥିଲା।

ସିଗ୍ରେଟ୍‌ରେ ନିଆଁ ଧରଉ ଧରଉ ମୁଁ ପଚାରିଲି, "ଆଚ୍ଛା କେତେଟା ବାଜିବ...।"

କାଳେ ଧୂଆଁ ପରି ମୋର ସ୍ୱର ଅସ୍ପଷ୍ଟ ଅଥଚ ଗମ୍ଭୀର ଶୁଭିଥିବ ନିଶ୍ଚେ। ପିଲାଟା ମୋ କଥା ଶୁଣିପାରିଲାନି ବୋଧେ। ଗୀତର ଧୁନ୍‌ରେ ବୁଡ଼ି ରହିଲା।

ମୁଁ ଦୋହରେଇଲି, "ଟାଇମ୍ କେତେ ହବରେ... ?"

: ''ଆଜ୍ଞା। ଏ ରେଡ଼ୁଓ ମୋର ବନ୍ଦ ହୁଏନା। ନନ୍‌ଷ୍ଟପ୍ ବାଜେ। ଏଲିମିନେଟର୍‌ରେ ବାଜୁଛି ନା! ଯା'ରି ଆବାଜ୍ ସାଥିରେ ମୋର ସଞ୍ଜାବୁଢ଼ ଆଉ ରାତି ବିତେ। ଦିନବେଳା କାମକୁ ଯାଏ, ଆଉ ସଞ୍ଜାବୁଢ଼େ ଦୋକାନ ଖୋଲେ। ଏମ୍‌ତି ଦୋକାନ ଖୋଲାଥିବ। ଗୀତ ଶୁଣି ଶୁଣି ମୋ ଆଖି ନାଗିଯାଇଥିବ। ଗୀତ ତା'ର ବନ୍ଦ ହେଇ ରେଡିଓ ସଁ ସଁ ହଉଥିବ। ଦିନେ ଦିନେ ଉପାସ୍ ଶୋଇପଡ଼େ। ମଝିରାତିରେ ଉଠି ପୁଣି ଷ୍ଟୋଭ୍ ପେଲେ। ଭାତ ରାନ୍ଧିଦେଇ ଯାଇଥାଏ କାମକୁ, କ'ଣ ଦି'ଟା ଭାଜିଦେଇ, ଢୁଳେଇ ଢୁଳେଇ ଦି'ଟା ଗିଳିଦିଏ। ପୁଣି ଅନ୍ୟ ସେଣ୍ଟର୍ ନଗେଇବି ନ ହେଲେ। ଗୀତ କିନ୍ତୁ ବାଜୁଥିବ ନନ୍‌ଷ୍ଟପ୍। ହେଏଏ ବାଜୁ ତା'ର ଯେତେଟା ବାଜୁଛି...।'', ସେ ପୁଣି ଗୁଆ କାଟିବାରେ ବ୍ୟସ୍ତ ରହିଲା।

ଏତେ ଗପିଲା ଯେ ଗୀତଟା ବି ଠିକ୍ କି ଶୁଣେଇ ଦେଲାନି। ମୋର ତା'ଠୁ ମୁକୁଳିବାର ଥିଲା। ଯା' ବକର୍ ବକର୍ ଶୁଣି ମୁଁ ମୋ ସିଗ୍ରେଟ୍ ଓ ମୋ ପ୍ରିୟ ଗୀତର ହ୍ୟାଙ୍ଗ୍‌ଓଭର୍‌କୁ ନଷ୍ଟ କରିବାକୁ ଚାହୁଁ ନ ଥିଲି।

ମତେ ଜଣା ନ ଥିଲା, ମୁଁ ଚାଲିଚାଲି ଯା' ଭିତରେ ସମୁଦ୍ରକୂଳ ପାଖାପାଖି ହୋଇ ସାରିଥିଲି।

ଏ ବସ୍ତି ମୁଣ୍ଡରେ, ଅଳ୍ପ କିଛି ଦୂରରେ ହିଁ ସମୁଦ୍ର ଆଉ ବାଲିଚର। କହିବାକୁ ଗଲେ ଡାକେ ବାଟ।

ସମୁଦ୍ରର ଡାକ ସ୍ପଷ୍ଟ ଶୁଭୁଛି।

ସିଗ୍ରେଟ୍ ଅଗର ନିଆଁ ଟିକେ ଜୋର୍‌ରେ ଜଳି ଉଠିଲା ଏଇ ସମୁଦ୍ର ପବନରେ। ମୋ ସିଗ୍ରେଟ୍ ସେୟାର୍ କରି, ସତେ ଯେମିତି ସମୁଦ୍ର ଗୋଟାଏ ବଡ଼ ସୋଟ୍ଟା ନେଲା।

ଅନ୍ଧାରରେ ଚାହିଁଲି। ତାରା ଆଲୁଅରେ ଥାକ ଥାକ ଲହଡ଼ିରେ ସମୁଦ୍ରର ପିଠି ଧଳା ଚକ୍‌ଚକ୍ ଦିଶିଲା।

ଶରତ ପବନରେ କାଶତଣ୍ଡୀ ବଣ ବି ଏମିତି ହିଁ ଦିଶେ।

ମତେ ପ୍ରବଳ ପରିସ୍ରା ଲାଗୁଥିଲା। ହେଲେ ଏ ସମୁଦ୍ରକୂଳେ ମୂତିବାବେଳେ ଯେଉଁ ଦିଗକୁ ଚାହିଁ ମୂତିବ, ଭାବିବାକୁ ପଡ଼େ। ଯେହେତୁ ସମୁଦ୍ର ପବନ ପରିସ୍ରାର ଧାରକୁ ଆମରି ଉପରକୁ ଫିଙ୍ଗିଦିଏ। ବାଛବିଚାର ନ କରି ଏମିତି ଫିଙ୍ଗିଦେବା ସମୁଦ୍ରର ଆଦତ୍।

ହେଲେ ସମୁଦ୍ରକୁ ଚାହିଁ, ଅବା ପୂର୍ବ ଦିଗକୁ ଚାହିଁ ପରିସ୍ରା କରିବା, ନିୟତିର ଅପମାନ ବୋଲି କୁହାଯାଏ। କିନ୍ତୁ ସମୟ ପ୍ରବାହର କ'ଣ କିଛି ଦିଗ ଥାଏ ଯେ! ଯାହାବି ହେଉ ମୋ ତଳିପେଟ ଟିକେ ହାଲ୍‌କା ଲାଗିଲା।

ଏଠି ମୋ ଆଖପାଖରେ ଭର୍ତ୍ତି ଅନ୍ଧାର ଓ ପଛରୁ ସମୁଦ୍ରର କୁହାଟ। ଛୋଟ ସହର ହୋଇଥିବାରୁ ଏଠି ସମୁଦ୍ର କାହାର ବେଶୀ କିଛି କାମରେ ଆସେନି।

ଛୋଟଛୋଟ ଦୁଇ ତିନିଟି ନୋଳିଆ ବସ୍ତି ଯା'ରି କୂଳରେ। ପ୍ରାୟତଃ ବାଙ୍ଗଲାଦେଶୀ ନ ହେଲେ ଆନ୍ଧ୍ରର କିଛି ପରିବାର। ମାଛ ମାରିବା ପାଇଁ ଦଶ ପନ୍ଦରଟି ହୁଲି ଡଙ୍ଗା ପଡ଼ିଥାଏ ଯା'ରି କୂଳରେ, ଏଇ ବାଲିବନ୍ତ ଡେଇଁଲା ପରେ।

ନିଜ ପେଟରେ ଆହୁଲାକୁ ଭୁସି ଲମ୍ବଝାଲ୍ ହୋଇ ପଡ଼ିଥିବା ଏଇ ହୁଲିଡଙ୍ଗାମାନଙ୍କୁ ଦେଖିଲେ ଲାଗେ, ଏମିତି ଅବହେଳିତ ଓ ନିରର୍ଥକ ଭାବରେ ପଡ଼ିରହିବା ବି ନିଃସଙ୍ଗତାର ଗୋଟାଏ ସୌନ୍ଦର୍ଯ୍ୟ। ଏମିତି ଧୂଳି କାକର ଖାଇ ଆର୍ଦ୍ରତା ଓ ଆଇଁଷିଣିଆ ଗନ୍ଧରେ ପଡ଼ିରହିବା!

୮

ଏ ଲହଡ଼ିମାନଙ୍କ ନାଚର ବି ଗୋଟାଏ ତାଳ ଥାଏ। ଆଉ ଏ ତାଳ ଛାଁକୁ ଛାଁ ବଦଳୁଥାଏ। କାନ୍ଧରେ ହାତ ପକେଇ ଏତେଗୁଡ଼େ ଲହଡ଼ି ନାଚିନାଚି କୂଳ ଆଡ଼କୁ ମାଡ଼ି ଆସୁଥାଆନ୍ତି ଓ ପଛକୁ ସେଇ ଛନ୍ଦରେ ଫେରିଯାଉଥାଆନ୍ତି। ବେଢ଼ି ରହିଥିବା ଦିଗ୍‌ବଳୟ, ଆକାଶ, ସମୁଦ୍ର ମତେ ଟିକେ ଦାର୍ଶନିକ କରିଦେଇଥିଲେ ବୋଧହୁଏ। ତେଣୁ ମୁଁ ଏତେସବୁ ଆବୁରୁଜାବୁରୁ ଭାବୁଥିଲି।

ସମୁଦ୍ରକୁ ଚାହିଁଲି। ତା'ର ଘୁ ଘୁ ପବନ ସାଙ୍ଗେ ମିଶିଯାଉଥିଲା। ମତେ ଟିକେ ହାଲ୍‌କା ଲାଗିଲା, ଏତେଗୁଡ଼େ ବାଟ ଚାଲିବାର କ୍ଲାନ୍ତିରୁ। ଦୂରରେ ସମୁଦ୍ର ଭିତରେ ଦୁଇଟି ମାଛଧରା ଡଙ୍ଗାର ମିଞ୍ଜି ମିଞ୍ଜି ଆଲୁଅ ଭାସୁଥିଲା। ଆଉ ଗୋଟେ ଆଲୁଅ ଟିକେ ଅଧିକ ଉଜ୍ଜ୍ୱଳ ଦିଶୁଥିଲା। ବୋଧେ କୌଣସି ଟ୍ରଲର୍‌ରୁ ଆସୁଥିଲା ଏତକ ଆଲୁଅ।

ଏଠି କେହି ଜଣେ ବି ନଥିଲେ ଯାହାକୁ ମୁଁ ସମୟ ପଚାରିପାରିବି !

ଏ ବାଲିଚର ଟିକେ ଅପରିଷ୍କାର ଥିଲା। ତେଣୁ ମୁଁ ଆଗକୁ ଗଲିନି ମୋର ଫେରିବାର ଥିଲା।

ସମୁଦ୍ରକୁ ପଛକରି ଫେରିବା ଏତେ ସହଜ କଥା ନୁହେଁ। ତା'ର କୁହାଟ ଧୀରେଧୀରେ ଗର୍ଜନରେ ବଦଳିଯାଏ। ଯେମିତି ଧମକ ଦେଇ କହେ, "ସେଇଠି ଛିଡ଼ା ହ'... ଆଗକୁ ବଢ଼ିବୁ ତ...''

ସତ କହିବାକୁ ଗଲେ ମତେ ଟିକେ ଭୟ ଲାଗିଲା। ଛାତିତଳ ଦବିଗଲା ଟିକେ।

ଏତେ ବଡ଼ ବେଳାଭୂଇଁ, ସହରଠୁ ଦୂର, ଆଉ ମୁଁ ପୁଣି ଏକା। ବେଶୀ ଚିହ୍ନା ବି ନୁହେଁ ଏ ସମୁଦ୍ରକୂଳ। ଲାଗିଲା ମୋ ପଛରୁ ଖୁବ୍ ଉଚ୍ଚା ଉଚ୍ଚା ଢେଉ ମାଡ଼ି ଆସୁଛନ୍ତି ଆଉ ମୋ ପାଖାପାଖି ହେଇସାରିଲେଣି ବୋଧେ। ଆଉ ଟିକକ ପରେ ମତେ ମାଡ଼ିମକଚି ଦେଇ ସମୁଦ୍ର ଚାଲିଯିବ।

ଟିକେ ଜୋର୍‌ରେ ମୁଁ ଆଗକୁ ଚାଲିବା ଆରମ୍ଭ କଲି। ପାଦ ବାଲିରେ ଟିକେ ଅଧିକ ପୋତି ହୋଇଗଲା ପରି ଲାଗିଲା। ଚାଲୁଚାଲୁ ପଛକୁ ଚାହିଁଲି; ନା ଲହଡ଼ିମାନେ ଯଥେଷ୍ଟ ଦୂରେ ଥିଲେ।

"ଆଜ୍ଞା, ଏତେବେଳେ ଏଠି କ'ଣ କରୁଛନ୍ତି...", ହଠାତ୍ ଏକ ରୁକ୍ଷ ଏବଂ କର୍କଶ ସ୍ୱର ଶୁଣି ମୁଁ ଚମକିପଡ଼ିଲି। ଯେମିତି ମୁଁ ଏକ ନିଷିଦ୍ଧ ଇଲାକାକୁ ପଶିଆସିଛି ! ମୋ ସାମ୍ନାରେ ଗୋଟାଏ ବୁଢ଼ା ପ୍ରେତ ପରି ଛିଡ଼ା ହେଇଥିଲା। ଟିକେ ସନ୍ତ୍ରମ ହେଇ ଦେଖିଲି; ପଶି ଯାଉଥିବା ପେଟ, ହାଡୁଆ ଛାତି, ବେକରେ ଗୋଟାଏ ଗାମୁଛା ଗୁଡ଼େଇ, ଡୋରିଆ ଲୁଙ୍ଗିଟେ ଫାଲ୍‌ଟା ମାରି ବୁଢ଼ା ଲୋକଟା ଛିଡ଼ା ହେଇଥିଲା ମୋ ଆଗରେ। ଅନ୍ଧାରରେ ପ୍ରାୟ ମିଶିଯାଉଥିଲା ତା' ଶରୀର। ଅବିକଳ ଗୋଟାଏ ପ୍ରଶ୍ନବାଚକ ଚିହ୍ନ ପରି ଟିକେ ଆଗକୁ ନହକି ପଡୁଥିଲା।

ତା' ରୂପ ଭେକରୁ ଜାଣିଲି, ଏଇ ନୋଳିଆ ବସ୍ତିର ହିଁ ହୋଇଥିବ।

: ''ହଁ କ'ଣ ହେଲା ? ଏମିତି ବୁଲୁଚି। ହାୱା ଖାଉଚି ସମୁଦ୍ରକୂଳରେ। କ'ଣ ହେଲା। ତମେ ...!''

: "ମୁଁ ଆଜ୍ଞା ବାହାଦୁର, ସିକ୍ୟୁରିଟି ଗାର୍ଡ୍ ପଇଁତରା ମାରୁଛି।",

ସନ୍ତ୍ରମ ହୋଇ ବୁଢ଼ା କହିଲା, "ନାଇଁ ଆଜ୍ଞା ମୁଁ ଏଠି ଦରୱାନ୍ କାମ କରେ। କେବଳ ନାଇଟ୍ ଡ୍ୟୁଟି। ଦିନବେଳା ମୂଲ ଲାଗେ, ନ ହେଲେ ଏ ନୋଳିଆଙ୍କ ଜାଲ ବୁହେ। ପୂନେଇଁ, ଅମାସ୍ୟାରେ ଜୁଆର ଆସିବା ଆଗରୁ ଡଙ୍ଗାସବୁ ପେଲାପେଲି କରି ହେଃ... ସେ ଟାପୁକୁ ଉଠେଇ ଦଉ। ଦି' ପଇସା ମିଳେ ଆଜ୍ଞା...।"

ବୁଢ଼ା ପୁଣି ଗପିଲା, "ଆଜ୍ଞା ଜାଲ ମରାମତି କରି ଶିଖିଛି। ଡଙ୍ଗା ମରାମତି ବି କରୁଥିଲି ଆଗୁରୁ। ହେଲେ କାଠ କାମ କରିବାକୁ ଆଉ ବଳ ପାଉନି।''

: "ଏଠି କ'ଣ ଚୋରିଚାରି ହୁଏ ଯେ ତମେ ଦରୱାନ୍ ଅଛ। କାହାକୁ ଜଗିଛ? ଏଠିକି ତ କେହି ବି ଆସୁ ନ ଥିବେ। ଏଇଟା କୋଉ ଟୁରିଷ୍ଟ୍ ସ୍ପଟ୍ ଯେ!"

: "ନାଇଁ ଆଜ୍ଞା ଆମ ସେ ଭିତରେ ମାର୍କେଟ୍ ପଛରେ ଯୋଉ ଉପକୂଳ ଅଫିସ୍ ଅଛି; ସେମାନେ ମତେ ଜଗୁଆଳି ରଖିଛନ୍ତି। ଏନ୍.ଏମ୍.ଆର୍. ଚାକିରି।

ଏଠିକୁ ପ୍ରା ଆଗରୁ ସବୁ ଆତ୍ମହତ୍ୟା କରିବାକୁ ନୋକ ଆଉଥେଲେ। ଆଉ ତା' ପରଦିନ ସକାଳକୁ ସମୁଦ୍ରକୂଳରେ ଶବ ଭାସିବ। ପୁଲିସ ଆସିବ। ପୋଷ୍ଟ୍‌ମର୍ଟମ୍ ହବ।

ନ ହେଲେ ଲଘୁଚାପ ଟାଇମ୍‌ରେ ଜୁଆର ଉଠି ମାଡ଼ିଆସିବ। ଏ ଶଳେଙ୍କର ତ ସମୁଦ୍ରକୁ ଖାତିର୍ ନାହିଁ। ନୋକସବୁ ମଲେ। ଭାସିଗଲେ, ଗଲେ। ଏଇ ତ ନୋଳିଆ ବସ୍ତିର ଦି'ଟା ଛୁଆଙ୍କୁ ଗଲା ସନ ସମୁଦ୍ର ଟାଣିନେଲା।

ସେପଟେ ରେଡ୍ଡୁଅରେ ସିଗ୍‌ନାଲ୍ ଆସିବ। ଲଘୁଚାପ ହେଇଚି, ବାତ୍ୟା ଆସୁଛି। ମୁଁ ଆସି ହୁଇସିଲ୍ ବଜେଇ ଏ ନୋଳିଆ ବସ୍ତିରେ ଆଲାଉନ୍‌ସ୍ କରିବି। ମନା କରିବି ଯାଆନା ଝଡ଼ ତୋଫାନ ଆଉଚି। ଏତିକି ବେଗରେ ପବନ ବୋହିବ, ସମୁଦ୍ର ଅଶାନ୍ତ ରହିବ, ଜୁଆର ଉଠିବ। ଭଲ ଦଶା ଅଛି ତ, ଶଳେ ଯାଆନା ମାଛ ମାରି।

ଏ ଶଳେ କାଁ ଶୁଣିବେ! ଡଙ୍ଗା ପେଲି ପେଲି ପଶିଯିବେ! ଆଜ୍ଞା କେତେ ନୋକ ଯାଇସନ୍ତି। କିଏ ଫେରିବ ପନ୍ଦର ଦିନ, ମାସେ ପରେ, କିଏ ହପ୍ତାକ ପରେ ଆସିବ ଝଡ଼ କମିଲେ। ଏଠି ସେତେବେଳକୁ କାନ୍ଦବୋବାଳି ସରିବଣି।

ଆଜ୍ଞା ଏ ଚତୁର୍ମାସ୍ୟାରେ ଚାରି ଛଅଟା ଝଡ଼ ତୋଫାନ ହବ। ସର୍‌କାର ସିନା କହିଦଉଚି, ସମୁଦ୍ରକୁ ଯାଆନା। ଏଠି ପେଟକୁ ଦାନା କିଏ ଦବ ଏ ନୋଳିଆଙ୍କୁ! ଏ ସମୁଦ୍ର ଆଜ୍ଞା ବାପ ମା'!"..., ବୁଢ଼ା ପ୍ରଗଲ୍‌ଭ ହୋଇ କହିଗଲା।

: "ଆଚ୍ଛା, ତମେ ଜାଣକି, ଆଜି କିଛି ଝଡ଼ ଆସିବାର ଅଛି! କେତେ ବେଗରେ ପବନ ବୋହିବ, ଏମିତିକା ଖବର କିଛି ପାଣିପାଗ ଅଫିସ୍‌ରୁ ଆସିଛି କି?" ମୁଁ ଟିକେ ଗମ୍ଭୀର ହୋଇ ପଚାରିଲି, ଯେହେତୁ ମୋର ଫେରିବାର ଥିଲା। ତଥାପି ବୁଢ଼ାଠାରୁ ଉତ୍ତର ଅପେକ୍ଷାରେ ପଚାରିଲି।

ଯଦିଓ ପାଣିପାଗ ଅପେକ୍ଷା ମୋର ସମୟ ଜାଣିବାରେ ଅଧିକ ଆଗ୍ରହ ଥିଲା। ହେଲେ ବୁଢ଼ା ପୁଣି ସୁରୁ ହେଇଗଲା।

: ''ନାଇଁ ଆଜ୍ଞା ଆଜି ଝଡ଼ଫଡ଼ କିଛି ନାହିଁ। ହେଇ ଦେଖୁନାହାନ୍ତି। ଯାତ୍ରା

ପେଣ୍ଡାଲ୍‌ରେ ସିନ୍ ଉଠିବା ଆଗରୁ ଯେତିକି ଆଲୁଅ ପଛରୁ ଦିଶେ, ଦିଗ୍‌ବଳୟଟା ସେମିତିକା ଫର୍ଚ୍ଚା ଦୁଶୁଚି।

ଆଉ ହୋଓଇ, ସେ କଣକୁ, ଆକାଶ କେମିତି ଟିକେ ଗାଢ଼ କଳା ଦୁଶୁଚି। କଳା ବଉଦ ପୁଳେ ଢାଙ୍କିକି ରଖିଚି। ଶ୍ରାବଣ ମାସ, ବର୍ଷା ହେଇପାରେ।

ଏସନ ବି ସେମିତି କୋଉ ବଡ଼ ବର୍ଷା ହେଇଚି ଯେ! ଆଗଭଳିଆ ଆଉ କ'ଣ ସେ ଝଡ଼ ଅଛି! ଶଃ... ଝଡ଼ ନାଗିବ ଯେ ନାଗିବ। ଦଶ, ବାର ଦିନ ନେଖାଏ, କି ଦିନ କି ରାତି। ଗୋଟେ ଯୋଡ଼େ ଡଙ୍ଗା ଯେମିତି ହେଲେ ଯିବ, ନିଖୋଜ ହବ ଏ ଦରିଆରେ। ଯିଏ ପାରିବେ ପହଁରିକି ଆସିବେ, ଅଧାମରା ହେଇକି ଭୋକ ଉପାସରେ। ଆଉ ଗୋଟେ ଯୋଡ଼େ ସମୁଦ୍ରରେ ଯିବାଟା ଥୟ।

ପୁଣି ସେଇ କାନ୍ଦବୋବାଳି ନାଗିବ।

ଝଡ଼ ସରିବ ତ ତିଆରି ହବ ନୂଆ ଡଙ୍ଗା। ମାହାଜନଠୁ ଟଙ୍କା ଉଧାର ଆସି ଜାଲ ବରାଦ ହବ। ପୂଜାପୂଜି ହେଇ, ନଡ଼ିଆ ବାଡ଼ିଆ ହେଇ ନୂଆ ଡଙ୍ଗା ପୁଣି ଫିଟିବ। ଦେଶୀ ମଦ, ଶୁଖୁଆ ପୋଡ଼ାରେ ଭାସିବ ଏ ନୋଳିଆ ବସ୍ତି, ଯୋଉଦିନ ଭଲ ମାଛ ମରିବେ...।

ଆଜ୍ଞା କହିବାକୁ ଗଲେ, ଏ ଟଲର୍ ବେପାରୀ ପଶିଲା ପରେ, ଏ ନୋଳିଆଙ୍କ ଦାନା ମଲା।

ଅଧେ ଯାଇ ଟଲର୍‌ରେ ଉଠିବେ ପନ୍ଦର ଦିନ୍ ନେଖା, ମଜୁରିରେ। ଆଉ ଦଳେ, ଶଳେ ଠିକା କାମ କଲେ, ଦଲାଲି କଲେ ଯାଇ ମାଛଗଦିରେ।'' ବୁଢ଼ା ସ୍ୱରରେ ସମ୍ବେଦନା ଥିଲା।

ସତକୁ ସତ ବୁଢ଼ା କଥାରେ ଝିପିଝିପି ବର୍ଷା ଆରମ୍ଭ ହେଇଗଲା। ସାଙ୍ଗେ ସାଙ୍ଗେ ଟିକେ ବଡ଼ବଡ଼ ଟୋପା ବି ପଡ଼ିବା ଆରମ୍ଭ କଲା।

ସମୁଦ୍ର ବାଲିରେ ପୋତିହୋଇ ଯାଉଥିବା ବର୍ଷାଟୋପା ସବୁର ଗୋଟାଏ ନିଆରା ସ୍ୱର ଅଛି। ନ ଦିଶିଲେ ବି, ବାଲି କଙ୍କଡ଼ା ପରି ଏ ବର୍ଷାଟୋପା ସବୁ ଆଖି ପିଛୁଳାକେ ଭେଦି ଯାଆନ୍ତି।

ଆମର ଏ ଗପସପ ଭିତରେ କଳା ବାଦଲଟା ଦିଗ୍‌ବଳୟର ସେ କୋଣୁ ଉଡ଼ିଆସି ଆମ ମଥା ଉପରକୁ ଚାଲିଆସିଥିଲା। ଲାଗିଲା ବର୍ଷାଟୋପା ପଡ଼ିଲା ପରେ ସମୁଦ୍ର ଢେଉ ସବୁ ଯେମିତି ଟିକେ ଥମିଯାଇଥିଲେ। କମିଆସିଥିଲା ସେମାନଙ୍କ ଅଥୟପଣ।

: "ଏ ଆଜ୍ଞା ଉଡ଼ା ବର୍ଷା। ଏଇ ଚେନାଏ ବାଦଲ ହଟି ଯିବନି ଯେ! ଆସନ୍ତୁ

ମୋ ସାଙ୍ଗେ", କହି ବୁଢ଼ା କୂଳଆଡ଼େ ଚାଲିଲା। ଭିଜିଯିବା ଭୟରେ ମୁଁ ବି ତା' ପଛେପଛେ ଚାଲିଲି ଅନ୍ଧାରରେ। ଅନ୍ଧାରିଆ ଆକାଶ ଓ ଝାପ୍‌ସା ଦିଶୁଥିବା ବେଳାଭୂଇଁ ଆମ ଦିହିଁଙ୍କୁ ନେଇ ଦୂରରୁ ଅବିକଳ ଗୋଟାଏ ଫଟୋ ନେଗେଟିଭ୍ ପରି ହିଁ ଦିଶୁଥିବ। ଅଳ୍ପ ଦୂରରେ ଅଣ୍ଟା ଉଚ୍ଚାର ଚାଳିଆଟେ ହିଁ ଦିଶୁଥିଲା। ବୁଢ଼ା ନଇଁ ନଇଁ ତା' ଭିତରକୁ ଗଳିଗଲା ଓ ତା' ପଛେ ପଛେ ମୁଁ ଯାଇ ତା' ଭିତର ବାଲିଗଦା ଉପରେ ଲଥିକି ବସିପଡ଼ିଲି ଆଉ ପକେଟ୍‌ରୁ ରୁମାଲ୍ ଅଣ୍ଡାଳିଲି। ବେକରୁ ଗାମୁଛା କାଢ଼ି ଏ ବୁଢ଼ା ମୁହଁ ପୋଛିହେଲା।

ଏ ବର୍ଷା ରାତିର ସମୁଦ୍ର ପ୍ରକୃତରେ ଭାରି ଅଲଗା ଦିଶୁଥାଏ। ତା' ଲହଡ଼ିର ଧଳା, ଏ ଅନ୍ଧାରରେ ଅଧିକ ପରିଷ୍କାର ଦିଶୁଥାଏ। ଗୋଟାଏ ବିରାଟ ସାପ, ହୁଏତ ପୁରାଣରେ ଥିବା ଲମ୍ବାସାପ, କାତି ଛଡ଼ଉଇଲା ପରି।

: "ମୁଁ ଆଜ୍ଞା ରାତିସାରା ଏଇଠି ରୁହେ। ମଝିରେ ମଝିରେ ଉଠି ଏ ଶୂନ୍‌ଶାନ୍ ସମୁଦ୍ରକୁ ଅନାଏ। ବିଶ୍ୱାସ କରିବେନି ଆଜ୍ଞା ସବୁ ରାତିର ସମୁଦ୍ର ଅଲଗା। ତା' କୁହାଟ ଅଲଗା, ରୂପ, ଭେକ ଅଲଗା। ଦେଖିବେ ଆଜ୍ଞା ଉଚ୍ଛୁର୍ ରାତିରେ ଆକାଶରୁ ଗୋଟାଏ ଲମ୍ବା ନୀଳ ଆଲୁଅ ଓହ୍ଲେଇବ। ଆଉ ଚକ୍ ଚକ୍ କରି ଏ ଲହଡ଼ି ଗୁରାଙ୍କୁ ଛୁଇଁ ଛୁଇଁ ଚାଲିଯିବ। ଯା'ରି ଛୁଆଁରେ ବଦଳିଯିବ ଏ ଢେଉମାନଙ୍କ ନାଚ। ସୁର ବଦଳିଯିବ, ତାଳ ବଦଳିଯିବ। ଇଏ ଗୋଟାଏ ଅଲଗା ଦୁନିଆ ଆଜ୍ଞା। କେବେ ଆସନ୍ତୁ, ରାତିସାରା ବସିବେ ଏ ଚାଳିଆରେ, ଜାଣିବେ... ।

ବୁଢ଼ା ଦି' ଆଖୁ ଜାକି ସମୁଦ୍ରକୁ ଚାହିଁ ରହିଲା। ବର୍ଷାର ତେର୍ଚ୍ଛା ଧାର ସବୁ ପବନରେ ଏପାଖ ସେପାଖ ଅଳ୍ପ ଦିଶିଯାଉଥିଲେ।

: ''ହଉ ହଉ। ଆଉ କେବେ। ଆଜି ଆଉ ଟାଇମ୍ ନାହିଁ। ବର୍ଷା ବି କମି ଆସିଲାଣି। ମତେ ଫେରିବାକୁ ହେବ। ଆଚ୍ଛା ସମୟ କେତେ ହବ କହିଲ...''; କାଲୁଆ ପବନ ଦଲକାଏ ଏ ଚାଳିଆର ଛାତକୁ ଉପରକୁ ଜୋର୍‌ରେ ଭିଡ଼ିଧରିଲା।

ନଇଁ ନଇଁ ଚାଳିଆ ଭିତରୁ ବାହାରି ମୁଁ ଟିକେ ଅଣ୍ଟା ସଳଖି ଠିଆହେଲି। ବର୍ଷା ପ୍ରାୟ ଛାଡ଼ି ଯାଇଥିଲା। ବାଲି ଝାଡ଼ିଲା ବେଳେ ଜାଣିଲି ମୋ ପ୍ୟାଣ୍ଟ୍‌ର ସିଟ୍ ଅଧା ଓଦା ହେଇଯାଇଥିଲା। ବୁଢ଼ା ବି ବାହାରକୁ ଆସି ବାଲିରେ ପାହୁଣ୍ଡ ପୋତି ଠିଆହେଇ, ମହାକାଶ ବିଜ୍ଞାନୀ ପରି ଆକାଶକୁ ଚାହିଁ ବିଡ଼୍‌ବିଡ଼୍ ହେଇ କହିଲା, ''ଏଠି ଆଜ୍ଞା ଟାଇମ୍, ଫାଇମ୍ କିଛି ନାହିଁ। ଏଠି ତ ପୁର୍ଥିବୀ ଆଉ ଆକାଶ୍ ବୋରାବୋରି ମିଶିଯିବାର। ବୋଇଲେ ଦିଗ୍‌ବଳୟ। ଦେଖୁନାହାନ୍ତି, ଆକାଶ୍, ସମୁଦ୍ର, ବାଲି ସବୁ ଏକାଠି। ଏଠି ସମୟ କାହୁଁ ଆଇବ ! ହେଇ, ମେଘ ଛାଡ଼ିଗଲା, ଆଉ ଏ ଦରିଆ ପୂରାପୂରି ଅଲଗା,

ଲକ୍ଷ୍ୟ କରୁନାହାନ୍ତି। ଏଠି ସମୟ କାହୁଁ ଆଇଲା! ସମୟ ସେପଟେ ସେ ସହରରେ ଥିବା ଏଠି ମିଳିବନି। ଯିଏ ଆଜ୍ଞା ଏଠାକୁ ଆଇବ, ସମୟ ତା' ପଛରେ ରହିଯିବ...।'' ବୁଢ଼ା ଅଧିକ ଉତ୍ସାହିତ ଦିଶିଲା।

ଯଦିଓ ମୁଁ ଯିବାଲାଗି ତରତର ଥିଲି, ଭାରି ଅଜବ ଲାଗିଲା ବୁଢ଼ାର କଥା। ଗୋଟିଏ ସ୍ଥାନରୁ ସତରେ କ'ଣ ସମୟ ଉଭେଇ ଯାଇପାରେ! ଅବା ଏଠି କ'ଣ ଏମିତି ଏକ ଅଦୃଶ୍ୟ ପ୍ରାଚୀର ଅଛି ଯିଏ ସମୟକୁ ଦୂରେଇ ରଖିଛି! ଗୋଟିଏ ସମତଳରେ ଥିବା ଦୁଇଟି ସ୍ଥାନ ମଧ୍ୟରୁ କ'ଣ ଗୋଟିକରେ ସମୟ ଅନୁପସ୍ଥିତ ରହିପାରେ!

ବୁଢ଼ା ସହିତ ବିତିଥିବା ମୁହୂର୍ତ୍ତତକ କ'ଣ ସତରେ ସମୟହୀନତାର! ସେଠି ତ ଆୟୁଷ ବିତେନା। ମାନେ ଅମରତ୍ୱ!

ଏଇ ଅମରତ୍ୱ କଥା ହଠାତ୍ ମୋ ମୁଣ୍ଡରୁ ଓହ୍ଲେଇଗଲା। ଅନ୍ଧାରରେ ମୁଁ ଗୋଟେ ମଲା କଇଁଛ ଉପରେ ପ୍ରାୟ ପାଦ ପକେଇ ସାରିଥିଲି। ସମୟହୀନ ଦୁନିଆରେ ଜନ୍ମ ନେଇ ମୃତ୍ୟୁ ଭୋଗିଥିବା ଏ କଇଁଛ, ମୋର ଅନ୍ୟମନସ୍କତାକୁ ଭାଙ୍ଗିଦେଲା ଓ ମୁଁ ଟିକେ ବାଟଭାଙ୍ଗି ଉପରକୁ ଚାଲିଲି। ମତେ ଲାଗିଲା, "ନା, ଏ ନିହାତି ଦେଶୀ ମଦର କମାଲ୍। ନ ହେଲେ ବୁଢ଼ାର ଏ ପ୍ରବଚନ ବାହାରିବନି। ହୁଏତ ଏ ପବନ ଓ ମୋର ବ୍ୟସ୍ତତା ଯୋଗୁଁ ମଦର ବାସ୍ନା ବାରିପାରି ନ ଥିଲି।

ମୁଁ ପଛକୁ ଫେରି ଚାହିଁଲି। ଦେଖିଲି ବୁଢ଼ା ଗୋଟାଏ କଇଁଛ ପରି ସେ ଚାଳିଆ ଭିତରକୁ ଗୁରୁଣ୍ଡି ଗୁରୁଣ୍ଡି ପଶିଗଲା। ଆଉ ଦିଶିଲାନି।

କଳା ବାଦଲ ଉଭେଇ ଯାଇଥିଲା। ଜହ୍ନ ସ୍ଥିର ଥିଲା ସମୁଦ୍ର ଉପରେ। ବନ୍ଦ ଘଣ୍ଟାର ପେଣ୍ଡୁଲମ୍ ପରି ବିଲକୁଲ ସ୍ଥିର। ମୁଁ ଗୋଟାଏ ବାଲିଗରଡ଼ା ଉଠେଇ ସମୁଦ୍ରକୁ ଫିଙ୍ଗିଲି, ଆଉ ବାହାରି ଆସିଲି ସେ ବାଲିରୁ।

୯

ଏ ବାଲିରେ ଚାଲି ଚାଲି, ମୋ ଜଙ୍ଘରେ ବି ଟିକେ କ୍ଳାନ୍ତି ଆସୁଥିଲା। ଏ ବେଳାଭୂଇଁକୁ ଡେଇଁ ମୁଁ ଆରପଟ ପିଚୁ ରାସ୍ତାକୁ ଉଠିଲି। ସମୁଦ୍ରକୂଳ ରାସ୍ତା ହୋଇଥିବାରୁ ଏ ପିଚୁ ଉପରେ ବି ପ୍ରବଳ ବାଲି ବିଞ୍ଚିହୋଇ ପଡ଼ିଥାଏ। ଏ ଟିକକ ପୂର୍ବରୁ ଯେଉଁ ବର୍ଷା ଓ କୋହଲା ପବନ, ଏ ଓଦାବାଲିର ଆସ୍ତରଣ ଟିକେ ଅଧିକ ବହଳ ଦିଶୁଥିଲା। ଆଉ ରାତି ଅଧିକ ଗାଢ଼ ଦିଶୁଥିଲା ଏ ପିଚୁ ରାସ୍ତାରେ।

ଏଇଟା ସହର ମୁଣ୍ଡର ଶେଷ ରାସ୍ତା, ଯାହା ସହରକୁ ବାହାରପଟୁ ବେଢ଼ି ରହିଥାଏ। ଏଇ ରାସ୍ତା ଡେଇଁଲେ ହିଁ ବିସ୍ତୀର୍ଣ୍ଣ ବେଳାଭୂଇଁ।

ଛୋଟ ସହର ହୋଇଥିବାରୁ ଏବଂ ଏକ ଅଲୋଡ଼ା ସମୁଦ୍ରକୂଳ ହୋଇଥିବାରୁ, ଏ ଶେଷରାସ୍ତା କଡ଼ରେ ବେଶୀକିଛି ଦୋକାନ ନ ଥାଏ।

ଗୋଟେପଟେ ଦିଗ୍‌ବଳୟ, ସମୁଦ୍ର, ବାଲିଚର ଓ ଆରପଟେ କିଛି କାଁ ଭାଁ ଦୋକାନ, ପ୍ରାୟତଃ କ୍ୟାବିନ୍।

ଗୋଟେ ଏସ୍.ଟି.ଡି. ବୁଥ୍ ଖୋଲା ଥିଲା ଆଉ ସେ କ୍ୟାବିନ୍‌ର ଫାଳେ କବାଟ ବନ୍ଦ ଥିଲା।

ଫାଳଫାଳ କାଠ ପଟାରେ ଯୋଡ଼େଇ ସେଇ କବାଟ ଫାଙ୍କରୁ ଦିଶୁଥିଲା, ହଳଦିଆ ବଲ୍‌ବର ଅଳ୍ପ ଆଲୁଅ। ଗୋଟେ ମଧ୍ୟମ ବୟସ୍କ ଲୋକ ସେ ସୋ'କେସ୍ ଉପରେ ହାମୁଡ଼େଇ ଶୋଇପଡ଼ିଥିଲା କି କ'ଣ! ଇଏ ସେ ଟେଲିଫୋନ୍ ବୁଥ୍‌ର ଅପରେଟର୍।

କିଛି ଏସ୍.ଟି.ଡି. କଲ୍ ଓ ଟ୍ରଙ୍କ୍ କଲ୍ ପାଇଁ ସନ୍ଧ୍ୟା ପରେ ଲୋକମାନେ ଏଠାକୁ ଆସନ୍ତି।

କ୍ୟାବିନ୍ ବାହାରେ ଦୁଇ ଫୁଟ୍‌ରେ ଦୁଇ ଫୁଟ୍‌ର ଗୋଟେ ଡେଙ୍ଗା କମ୍ପାର୍ଟମେଣ୍ଟ୍ ଥୁଆ ହୋଇଥାଏ। ତା' ଭିତରେ ଥିବା କାଠ ଷ୍ଟୁଲ୍‌ରେ ମୁଁ ବସିଲି ଓ ସାମ୍ନାରେ ଲାଗିଥିବା କାଚ ଦେଇ ପୁଣିଥରେ ସମୁଦ୍ରକୁ ଚାହିଁଲି।

ହେଲେ ମେଞ୍ଚାଏ ବହଳ ଅନ୍ଧାର ଛଡ଼ା ଆଉକିଛି ଦିଶିଲା ନାହିଁ। ହଁ ଗୋଟାଏ ଦୀର୍ଘ ବିଜୁଳିର ଧାର ଦିଗ୍‌ବଳୟକୁ ଦି'ଫଡ଼ା କରିଦେଲା। ସେତକ ଆଲୁଅରେ ଝାପ୍‌ସା ଦିଶିଗଲା ସମୁଦ୍ର ଓ ଥାକଥାକ ଢେଉ।

ମୁଁ ଫୋନ୍‌ର ରିସିଭର୍ ଉଠେଇ ଗୋଟାଏ ନମ୍ବର୍ ଡାଏଲ୍ କଲି।

ବେଳେବେଳେ କିଛି ଲୋକ ଆମ ଜୀବନରେ ଏକ ସଂଖ୍ୟାକୁ ରୂପାନ୍ତରିତ ହୋଇଯାଆନ୍ତି। ଯଦିଓ ଆଶ୍ଚର୍ଯ୍ୟଜନକ ଭାବେ ସେମାନେ ଆମ ଜୀବନ ଗଣିତରୁ ବାହାରି ଯାଇଥାଆନ୍ତି ଓ ଗୋଟେ ପୁରୁଣା କଏନ୍ ପରି ଡ୍ରୟର୍‌ର କୋଣରେ ପଡ଼ିରହିଥାଆନ୍ତି।

ତାଙ୍କ କଥା ଭାବିଲେ, ତାଙ୍କ ରୂପର ଜ୍ୟାମିତି ସହ ଏହି ସଂଖ୍ୟାଟି ଦିଶିଯାଏ। ତାଙ୍କ ପରି ଏହି ସଂଖ୍ୟାଟିକୁ ବି ଭୁଲିହୁଏନା, ଯେତେ ଚାହିଲେ ବି।

ସେମିତି ଦେଖିବାକୁ ଗଲେ ଶବ୍ଦ ଆଉ ସଂଖ୍ୟା ଭିତରେ ବେଶୀ ଫରକ ଅବା କ'ଣ! କୁହାଯାଏ ଶବ୍ଦମାନେ ଭାବପ୍ରବଣତା ବ୍ୟକ୍ତ କରିପାରନ୍ତି ଆଉ ସଂଖ୍ୟାମାନେ ଆମକୁ ବେଶୀ ବାସ୍ତବତାକୁ ନେଇଯାଆନ୍ତି, ଅବା ମାପ୍‌ଚୁପ୍ କରିବାର ସାମର୍ଥ୍ୟ ଦିଅନ୍ତି। କିନ୍ତୁ କେବଳ ସଂଖ୍ୟାଟିଏ ହିଁ ଆମକୁ ସମୟ ଜଣେଇଦିଏ। ଆୟୁଷ ଜଣେଇଦିଏ। ଆଉ ମାହେନ୍ଦ୍ର ବେଳା, ଏବଂ ଅଶୁଭ ବେଳା ବି।

ନମ୍ବରଟି ସଂଯୋଗ ହୋଇସାରିଥିଲା। ଗୋଟେ ଲମ୍ବା ରିଙ୍ଗ୍ ହେଲା...

ମୁଁ: ହ୍ୟାଲୋ... ହ୍ୟାଲୋ...

ସେ: ହୁଜ୍ ସ୍ପିକିଂ ?

ମୁଁ: ହଁ... ଆଚ୍ଛା ତମେ କେମିତି ଅଛ ?

ସେ: ଓଃ... ତମେ... ହୁଁ... କାହିଁକି ଫୋନ୍ କଲ...

ମୁଁ: ଭଲ ଅଛ ତଃ !

ସେ: ଓଫ୍‌ଫ୍... ପଚାରୁଛି ପ୍ରା, କାହିଁକି ଫୋନ୍ କଲ ?

ମୁଁ: ହାଃ... ତମକୁ ବ୍ଲାକ୍‌ମେଲ୍ କରିବା ପାଇଁ...

ସେ: ସେ ଫାଲ୍‌ତୁ କଥା ବନ୍ଦ କର... ଇଏ ଅଛନ୍ତି। ଏ ସାଇଡ୍‌ରେ ଶୋଇଛନ୍ତି....

ମୁଁ: ସୋ' ହ୍ୱାଟ୍ ଆରପଟେ ଶୋଇବା ପାଇଁ ମୁଁ ରାଜି। ଭାବୁଛି ତମର କିଛି କମ୍‌ପ୍ଲେନ୍ ନାହିଁ। ଆଉ ତମେ ଜମାରୁ ମନା କରିବନି। ମୁଁ ଜାଣେ।

ସେ: ସଟ୍ ଅପ୍....

ମୁଁ: ଆଚ୍ଛା, ଯଦି ଆଖପାଖ ଅନ୍ଧାର ଅଛି ତ ମୋ ପାଇଁ ଯଥେଷ୍ଟ। ତମେ ତ ଜାଣ ଅନ୍ଧାର ମୋର ପ୍ରିୟ.. !

ସେ: ଦେଖ...

ମୁଁ: ହେଃ... କ'ଣ ଦେଖିବି ଯେ ! ସବୁ ତ ଦେଖିଛି। ପ୍ରକୃତରେ ଅନ୍ଧାରରେ ହିଁ ଆଲୁଅ ଅପେକ୍ଷା ଅଧିକ ଦିଶେ। ଆଖି ଖୋଲା ରଖିବା ଅପେକ୍ଷା, ଆଖି ବୁଜିଲେ ହିଁ ଅଧିକ ଦିଶେ। ନିଜ ମନମୁତାବକ ସବୁକିଛି ଦେଖିହୁଏ। କଳ୍ପନା ପରି ଅନ୍ଧାରର କୋଉ ବାଡ଼ବତା ଅଛି ଯେ ! ହେଲେ ଏ ଆଲୁଅ କେବଳ ଗୋଟାଏ ଚୌହଦି, ଗୋଟାଏ କାରାଗାର...।

ସେ: ଷ୍ଟପ୍ ଇଟ୍। ହ୍ୱାଏ ୟୁ ଆର୍ ସୋ ଇନ୍‌ଟରେଷ୍ଟେଡ୍ ଇନ୍ ମାଇଁ ବେଡ୍‌ରୁମ୍। ସୋ କ୍ରେଜି !

ବାସ୍ ଏତିକି ଜାଣ ଯେ ଏଠି ଗୋଟେ ବେଡ୍ ଲ୍ୟାମ୍ପ୍ ଜଳୁଛି। ତୁମଭଳି, ଇଏ ଅନ୍ଧାରକୁ ଏତେ ଭଲପାଆନ୍ତି ନାହିଁ। ହି ଲଭ୍‌ସ୍ ରିଏଲିଟିଜ୍...

ମୁଁ: ଓଃ... ତାଙ୍କ ପସନ୍ଦରେ ମୋର ବେଶୀ ରୁଚି ଅଛି ନା ନାହିଁ ସେଟା ଅଲଗା କଥା। ହେଲେ ଯେବେ ଆଲୁଅ ତିଆରି ହୋଇ ନ ଥିଲା, ସେତେବେଳର ପ୍ରାଚୀନ ଅନ୍ଧାର କଥା ମୁଁ କହୁଚି। ଯଦିଓ ମୁଁ ଜାଣେନାହିଁ ଅବା ଜାଣିବାର ଆଗ୍ରହ ନାହିଁ, ଯେ ଆଲୁଅରୁ ଅନ୍ଧାର ଅବା ଅନ୍ଧାରରୁ ଆଲୁଅର ସୃଷ୍ଟି ! ହଁ ତୁମ ଫିଜିକ୍ସ୍ ବହି ଖେଳେଇ କେବେ ଗୋଟେ ଦେଖିଥିଲି ଲାଇଟ୍ + ଲାଇଟ୍ = ଡାର୍କ୍‌ନେସ୍...।

ସେ: ହଁ.. ଦିସ୍ ଫିନମେନନ୍ ଇଜ୍ ଇନ୍‌ଟରଫରେନ୍‌ସ୍

ମୁଁ: ରିଅଲି... ! ଅତ୍ୟଧିକ ଆଲୁଅରୁ କ'ଣ ଏ ଅନ୍ଧାର। ହଁ ହଁ ତୁମ ଫିଜିକ୍ସ୍‌ରେ କ'ଣ ସବୁ ଡାର୍କ ମ୍ୟାଟର୍ ଡାର୍କ ଏନର୍ଜି ସବୁ ମତେ ଅଜଣା। ତମେ ବି ବାହାସାହା ହେଲା ପରେ, ଆଉ ଆଲୁଅର ଚରମ ବାସ୍ତବତା ଭୋଗିଲା ପରେ, ଏସବୁ ଭୁଲିଯିବଣି, ନୁହେଁ ? କିନ୍ତୁ ମୋର ମନେଅଛି ସେ ପ୍ରାଚୀନ ଅନ୍ଧାର...।

ସେ: ଦେଖ ତ...

ମୁଁ: ସେଦିନ ସନ୍ଧ୍ୟାରେ ତମେ ମୋ ଉପରେ ଅଶ୍ଲୀଳ ଭାବେ ବସି ରହିଥିଲ। ଦୁଇଗୋଡ଼ ମୋର ଦୁଇପଟକୁ କରି ତୁମ ଡ୍ରଇଂରୁମ୍ ସୋଫା ଉପରେ। ତୁମ ପାଇଁ ଆଣିଥିବା ଗୋଟେ ନାଲି ଗୋଲାପକୁ ସୋଫାର ଗୋଟେ କୋଣକୁ ଅବହେଳିତ ଭାବେ ଫିଙ୍ଗି ଦେଇଥିଲ। ଶୁଣ ସେଦିନ ତୁମ ଆଶ୍ଲେଷରେ ଥିଲା ପ୍ରଚୁର ଅନ୍ଧାର ଆଉ ଉତ୍ତାପ। ଏମିତି ନିଃଶ୍ୱାସ ଫିଙ୍ଗୁଥିଲ ଯେ ମୁଁ ଅଣନିଃଶ୍ୱାସୀ ହୋଇଯାଉଥିଲି। ଏବେ ବି ତୁମ ଦେହର ଓଜନ ମୁଁ ଅନୁଭବ କରିପାରୁଚି, ମୋ ଦୁଇ ଜଙ୍ଘ ଉପରେ।

ମୋର ଗୋଟେ କାନରେ ତୁମେ ମନ୍ତ୍ର ଫୁଙ୍କିଲା ପରି କ'ଣ ଗୁଡ଼େ କହିଯାଉଥିଲ। ଆଉ ମୁଁ ଖୁବ୍ ଜୋର୍‌ରେ ମୋ ମୁହଁକୁ ଭିଡ଼ି ଧରିଥିଲି ତୁମ ଛାତିରେ। ପ୍ରକୃତରେ ସେ ଅନ୍ଧାର ମୁଁ ଆଉ କେବେ ଦେଖିନାହିଁ। ଅନେକ ରହସ୍ୟ ଲୁଚିରହିଥିଲେ ସେ ନିବିଡ଼ ଅନ୍ଧାରରେ...

ସେ: ଦେଖ, ଆଇ ଆମ୍ ନଟ୍ ଏ ମିଷ୍ଟେରିୟସ୍ ଲେଡି...

ମୁଁ: ଆଚ୍ଛା ତମେ ମୋ କାନରେ କ'ଣ ସବୁ କହୁଥିଲ ଆଉ ଥରେ କୁହ ତ। ନିରବତା ସେ ସମୟରେ ଏତେ ପ୍ରଖର ଥିଲା ଯେ, ମତେ କିଛି ବି ଶୁଭୁ ନ ଥିଲା। ଆଉ ସେ ନିରବତା ବିରୋଧରେ ଷଡ଼ଯନ୍ତ୍ର କରୁଥିଲେ ତୁମ ଛାତିତଳର ଧମ୍ ଧମ୍ ଶବ୍ଦ। ନା ଶବ୍ଦ ନୁହେଁ, ଧମ୍ ଧମ୍ ଧ୍ୱନି। ଏ ଧ୍ୱନିର କ'ଣ କିଛି ଅର୍ଥ ଥାଏ ଯେ !

ଆଚ୍ଛା ତମେ କ'ଣ ସବୁ କହୁଥିଲ !

ତୁମ ସ୍ତନ ଫାଙ୍କ ଓ ମୋ ଗାଲକୁ କିଛି ଗୋଟେ ଅଠାଳିଆ ପଦାର୍ଥ ଏକାଠି ଲଗେଇ ରଖିଥିଲା। ଏହା ଝାଳ ନୁହେଁ, କି ଚୁମ୍ବକ ବି ନୁହେଁ। ଆଚ୍ଛା ଦୁଇଟି ଦେହକୁ ସମ୍ପୂର୍ଣ୍ଣ ରୂପେ ଏକାଠି କରିଦେବାର ଏମିତି କିଛି ଆଡ୍‌ହେସିଭ୍ ବାହାରିଲାଣି ?

ମୁଁ ଏତେ ରୋମାଣ୍ଟିକ୍ ନୁହେଁ ଯେ, ଗୋଟାଏ ସମ୍ପର୍କର ନିବିଡ଼ତାକୁ ଆଡ୍‌ହେସିଭ୍ କହି ତୁମକୁ ଭାବପ୍ରବଣ କରେଇଦେବି, ଅଥବା ତୁମର ବାସ୍ତବତାକୁ ଟିକେ ଆଞ୍ଜୁଡ଼ି ଦେବି।

ହଁ ମୋର ଆରକାନରେ ତୁମ ଡ୍ରଇଂରୁମ୍ କାନ୍ଥଘଣ୍ଟାର ଟିକ୍ ଟିକ୍ ଖୁବ୍ ଜୋର୍‌ରେ

ଆଘାତ କରୁଥିଲା। ପ୍ରଥମ କିଛିକ୍ଷଣ ତ ମତେ ଏ ଟିକ୍ ଟିକ୍, କାନ୍ଥରେ କେଉଁଠି ଝୁଲିରହିଥିବା ଝିଟିପିଟିର ''ସତ୍ ସତ୍'' ପରି ଶୁଭିଲା।

ମୁଁ ଖାଲି ଏତିକି ବୁଝୁଥିଲି ଯେ ସମୟ ବିତିଯାଉଛି ପଦାରେ। ଆମ ସମ୍ପର୍କର ଆୟୁଷ ବିତିଯାଉଛି ଆମ ଛାତିତଳେ।

ଘଣ୍ଟା କଣ୍ଟା, ମିନିଟ୍ କଣ୍ଟାର ହ୍ୱିଲ୍ ମଧ୍ୟରେ ଆଖୁ ପରି ଚିପିହୋଇ ମରିଯାଉଛି ସେଇ ଝିଟିପିଟି, ଆଉ ତା'ର ସତ୍ ସତ୍...। ମୁଁ ପ୍ରାୟ ନିଃଶେଷ ହୋଇଯାଉଛି ତୁମ ଆଶ୍ଳେଷରେ, ଗୋଟାଏ ପ୍ରାଚୀନ ଅନ୍ଧାରରେ...

ସେ: ରଖୁଚି...

ମୁଁ: ପ୍ଲିଜ୍, ପ୍ଲିଜ୍... ଆଚ୍ଛା ମତେ ଗୋଟେ କଥା କହିପାରିବ ?

ସେଦିନ ବି ଏମ୍ତି ମୋର ଦୁଇ ହାତକୁ ତୁମ ଅଣ୍ଟାରୁ ହୁଗୁଳା କରି ତମେ କହିଥିଲେ, "ଛାଡ଼ ତ, ଆଇ ଆମ୍ କମ୍ପ୍ଲିଟ୍ଲି ୱେଟ୍।''

ମୁଁ କିଛି କହିପାରୁ ନ ଥିଲି, ତୁମର ମୁକୁଳା ବାଳ କିଛି ମୋ ପାଟିରେ ଲାଖି ରହିଥିଲା। ତାକୁ ସନ୍ତର୍ପଣରେ ଏକାଠି କରି ତମେ ଖୋଷା କଲ, ମୋରି ଜଙ୍ଘ ଉପରେ ବସିବସି କହିଲ, "ମୋର ହୁକ୍ ଦିଅ..., ଘରଲୋକ ଆସିବା ସମୟ ହେଇଗଲାଣି, ଏବେ ଯାଅ।"

ଏମିତି ଗୋଟେ ସମୟର ଜଗୁଆଳିଟେ ଧରି ତମେ ବୁଲୁଥାଅ। ଏଯାଏଁ ବି କୋଉ ବୁଝିଲ ଯେ, ଘଣ୍ଟାର ଟିକ୍ ଟିକ୍‌ରେ ଛାତିର ଦୁକ୍ ଦୁକ୍ ମପାଯାଏନା। ମୁଁ ଯାହା ଅନୁତପ୍ତ ହୋଇ ଫେରିଲି, ସେତିକି ସମୟରେ ମୁଁ ଅଧିକ କିଛି କରିପାରିଥାଆନ୍ତି ହୁଏତ ... ଆଉ ସେଦିନ ତମେ ମତେ ମନାକରି ନ ଥାନ୍ତ।

ହେଲେ ତୁମର ଉତ୍ତେଜନାକୁ ମୁଁ ବୁଝିବା ଆଗରୁ ଗୋଟେ ଅଲଗା ଜାଗାକୁ ଚାଲିଯାଇଥିଲି। ଯେଉଁଠି ଘଣ୍ଟା ନ ଥିଲା, ସମୟ ନ ଥିଲା...। ହେଲେ ତୁମର ସମୟ ସରିଯାଇଥିଲା, ଯେତିକି ସମୟରେ ଗୋଟେ ଆଡ୍‌ହେସିଭ ତା' ଯୋଡ଼େଇ କରିବାର କ୍ଷମତା ହରାଏ।

ସେ: ଏବେ କାହିଁକି ଏସବୁ, ପୁଣି...

ମୁଁ: ତୁମ ଥିଓରି ଅଫ୍ ରିଲେଟିଭିଟି ନୋଟ୍ ଯାହା ମୋର ବୁଝିବାର ସାମର୍ଥ୍ୟ ବାହାରେ, ସେଥିରେ ଟାଇମ୍ ଡାଇଲେସନ୍ ବୋଲି କିଛି ଗୋଟେ ଥିଲା। ଯାହା ସମୟର ଦୈର୍ଘ୍ୟକୁ ନେଇ ଅଧିକ ବିଭ୍ରାନ୍ତ କରେ। ଦୁଇଟି ଘଣ୍ଟାରେ ସମୟ ସମାନ ଭାବେ ବିତି ନ ପାରେ, ଗୋଟେ ସ୍ଥିର ଏବଂ ଆଉ ଗୋଟେ ଗତିଶୀଳ ଘଣ୍ଟାର ସମୟ। ଦୁଇଜଣ ଲୋକଙ୍କ ଆୟୁଷ ସମାନ ଭାବେ ବଢ଼ି ନ ପାରେ। ଦୁଇଜଣଙ୍କର ଆୟୁଷ

ଯଦି ଶହେ ବର୍ଷ ହୁଏ ତେବେ କ୍ଷିପ୍ର ବେଗରେ ଯାଉଥିବା ଲୋକଟିର ଶହେ ବର୍ଷର ଆୟୁ, ସ୍ଥିର ଲୋକଟିର ଶହେବର୍ଷଠୁ ଅଧିକ ! ଏସବୁ ଗୋଳମାଳିଆ ପାଠ ମତେ ବୁଝାପଡ଼େନା। କିନ୍ତୁ ଏହି କ୍ଲକ୍ ପାରାଡକ୍ସ୍‌ରୁ ଏତିକି ଜାଣେ, ଆମ ପାଇଁ ସମୟର ପ୍ରବାହ, ଏକା ନ ଥିଲା ସେଦିନ ସନ୍ଧ୍ୟାରେ, ଯଦିଓ ଆମେ ଦିହେଁ ସ୍ଥିର ଥିଲେ। କହିବା ବାହୁଲ୍ୟ ଏକ ଅଶ୍ଳୀଳ ମୁଦ୍ରାରେ।

ସେ: ଆଚ୍ଛା, ତୁମ ପ୍ରବଚନ ସରିଲା। ମୁଁ ଫୋନ୍ ରଖୁଛି ଏଥର... ମୋ ବାଁ ହାତ ପାପୁଲି ଏଯାଏଁ ବି ତାଙ୍କ ହାତମୁଠାରେ ଅଛି।

ମୁଁ: ହଁ, ସେ ତୁମ ପାପୁଲି ନୁହଁ ବରଂ ତୁମ ହାତରେଖାମାନଙ୍କୁ ଜାବୁଡ଼ି ଧରି ଶୋଇଛନ୍ତି। ଏମିତିକି ତୁମ ଭାଗ୍ୟରେଖାକୁ ବି...।

ଯଦିଓ ତୁମେ ଭାଗ୍ୟରେ ବିଶ୍ୱାସ କରୁ ନ ଥିଲ ସେତେବେଳେ, ଏବେ କରୁଛ ନା ନାହିଁ ମୁଁ ଜାଣେନା...।

ଆଚ୍ଛା ମତେ ଗୋଟେ କଥା କହିପାରିବ ? ମୋ ପ୍ରଥମ ପ୍ରଶ୍ନର ଉତ୍ତର ବି ତ ମୁଁ ପାଇଗଲି ଯେ ତମେ ଭଲ ଅଛ। ଆଉ ଗୋଟେ କଥା କହିପାରିବ ?

ସେ: ଜଲ୍‌ଦି କୁହ...

ମୁଁ: କହିପାରିବ, ଏବେ ସମୟ କେତେ !

ସେ: ଓଫ୍‌ଫ୍ (ତା' ଦୀର୍ଘଶ୍ୱାସର ଆଘାତ ସ୍ପଷ୍ଟ ବାରିହେଲା, ଟେଲିଫୋନ୍‌ର ଇଅର୍ ପିସ୍‌ରେ)

ଦେଖ ତମେ ନିଶାରେ ଅଛ । ତମକୁ ଟାଇମ୍ ବତେଇବାକୁ ମୋ ପାଖେ ଟାଇମ୍ ନାହିଁ। ବାସ୍ ଏତିକି ବୁଝ ଯେ, ଏବେ ଆମ ଦିହିଁଙ୍କ ସହର ସମ୍ପୂର୍ଣ୍ଣ ଅଲଗା, ଆମ ଦିହିଁଙ୍କ ସମୟ ବି ସମ୍ପୂର୍ଣ୍ଣ ଅଲଗା। ଦି' ସହରର ସମୟର ବ୍ୟବଧାନ ବି ଅଧିକ।

ଏଠି ଏବେ ସାଢ଼େଛଅଟା ବାଜିବ। ମାନେ ସକାଳ ସାଢ଼େଛଅଟା। ଆଉ କ୍ୟାଲେଣ୍ଡାର୍‌ରେ ଜୁଲାଇ ୧୭ ତାରିଖ। ତମର ସେଠି ଆଜି ଜୁଲାଇ ୧୬ ତାରିଖ। ସମାନ ମାସ ଜୁଲାଇ। ହେଲେ ଅଲଗା ଋତୁ। ତମର ସେଠି ଏବେ ବର୍ଷାଋତୁ। ଆମର ଏଠି ଅଟମ୍। ଆଉ ସମୟର ବ୍ୟବଧାନ ତ ତମେ ଜାଣ, ଆମ ଦିହିଁଙ୍କ ଦେଶ ମଧ୍ୟରେ। ନିଶା ଖସିଲେ ହିସାବ କରିନବ...।''

ଏତିକିବେଳେ କ୍ରିଂ କ୍ରିଂ... ବିକଟାଳ ଶବ୍ଦ କରି, ଆଲାର୍ମ୍ ବାଜି ଉଠିଲା ସେପଟେ। ସେ ବୋଧେ ସାଢ଼େ ଛଅଟାରେ ଆଲାର୍ମ୍ ଦେଇଥିଲା।

ଆଲାର୍ମର ଚିତ୍କାରକୁ ନିସ୍ତବ୍ଧ କରି ସେ ଉଚ୍ଚ ସ୍ୱରରେ କହିଲା, "ଆମର ଉଠିବାର ସମୟ ହୋଇଗଲାଣି। ରଖୁଛି, ବାଏ...''

ଫୋନ୍ କଟିଗଲା ସେପଟୁ।

ଚର୍‌ଚର୍ ଶବ୍ଦ କରି ବିଲ୍‌ର କାଗଜଟା ବାହାରିଆସିଲା କ୍ୟାବିନ୍ ଭିତରେ ଥିବା ପ୍ରିଣ୍ଟର୍‌ରୁ ଓ ମୁଁ ସେ ଛୋଟ କବାଟ ପେଲି ବାହାରି ଆସିଲି ପଦାକୁ।

ମୋ ବାହାରିବା ସାଙ୍ଗେ କୁକୁର ଦି'ଟା ସେ କ୍ୟାବିନ୍ ତଳୁ ଝାଡ଼ିଝୁଡ଼ି ହେଇ ବାହାରିଗଲେ।

ଏ ସବୁତକ ଶବ୍ଦରେ ସେ ଅପରେଟର ନିଦ ଭାଙ୍ଗିଗଲା। ସେ ଟିକେ ଟାଙ୍ଗା ଦିଶିଲା। ଦୁଇ ଆଙ୍ଗୁଠିରେ ବିଲ୍‌ଟାକୁ ଚିରି, ନିଦ ମଳମଳ ଆଖିରେ ନିରେଖି ଦେଖିଲା, "ଆଜ୍ଞା, ଅଡ଼ଚାଳିଶ ଟଙ୍କା ସତୁରି ପଇସା। ଆଇ.ଏସ୍.ଡି. କଲ୍ ଥିଲା ନା!"

ମୁଁ ଖଣ୍ଡେ ପଚାଶ ଟଙ୍କିଆ ନୋଟ୍ ବଢ଼େଇଦେଇ କହିଲି, "ଯଦି ଚେଞ୍ଜ୍ ନାହିଁ, ସିଗ୍ରେଟ୍ ଖଣ୍ଡେ ଦେଇଦେଲେ ଚଳିବ।''

ସେ ତା' ଡ୍ରୟର୍ ଖୋଲି ରେଜା ପଇସାତକ ମତେ ଫେରେଇଲା ଆଉ ତା' ଛାତି ପକେଟ୍‌ରୁ କାଢ଼ି ସିଗ୍ରେଟ୍ ପ୍ୟାକେଟ୍‌ଟା ମୋ ଆଡ଼କୁ ଖୋଲିଧରି ଗୋଟେ ନିଦୁଆ ହସଟେ ହସି କହିଲା, "ମୁଁ ସିଗ୍ରେଟ୍ ବିକେନା। ଆପଣ ଚାହିଲେ ଖଣ୍ଡେ ଟାଣି ପାରନ୍ତି।''

୧୦

ପ୍ରକୃତରେ ମୋର ଖଣ୍ଡେ ସିଗ୍ରେଟ୍ ଟାଣିବା ନିହାତି ଦରକାର ଥିଲା । ସମୟ ଜାଣି ନ ପାରିବାର ଅସହାୟତାରୁ ମୁକ୍ତି ପାଇଁ ଯଦିଓ ନୁହେଁ, ବରଂ କାନପାଖେ ଲାଖି ରହିଥିବା ଗୋଟେ ଆଲାର୍ମ୍‌ର ବିକଳ ଚିତ୍କାରରୁ ନିସ୍ତାର ପାଇବା ପାଇଁ ।

ମୁଁ ଆପାତତଃ ମୋ ପ୍ରେମିକାର ବେଡ୍‌ରୁମ୍‌କୁ ପଶିସାରିଥିଲି କହିଲେ ଚଳେ । ତା' ଏ.ସି.ର ଥଣ୍ଡା ପରିବେଶ ଆଉ ମୋର ଏଠିକାର ମେଘୁଆ ଓ ଶୀତଳ ପାଣିପାଗ ନିହାତି ଏକାଭଳି ଥିବ ଯଦିଓ ସମୁଦ୍ରକୂଳ ସହର ହୋଇଥିବାରୁ ଏଠି ଆର୍ଦ୍ରତା ଟିକେ ଅଧିକା ।

ତା'ର ବେଡ୍‌ଲ୍ୟାମ୍ପ୍‌ର ଧିମା ଆଲୁଅ ବି ମୋର ଏ ଟେଲିଫୋନ୍ କମ୍ପାର୍ଟମେଣ୍ଟ୍‌ରେ ଜଳୁଥିବା ଜିରୋ ୱାଟ୍ ବଲ୍‌ବର ଆଲୁଅ ପରି ନିଷ୍ପ୍ରଭ । ହେଲେ ଫରକ ଏତିକି,

ତା' ବେଡ୍‌ରୁମ୍‌ରେ ଲଟକିଥିବ ଗୋଟେ କାନ୍ଥଘଣ୍ଟା ଅବା ତା' ବିଛଣା ଦାଢ଼ରେ ଥିବ ଗୋଟେ ଟେବୁଲ୍ କ୍ଲକ୍।

ଆଉ ମୋର ଏଠି ସମୟହୀନତା।

ମୁଁ ଯଦି ଏଠିକାର ସମୟହୀନ ଦୁନିଆକୁ ମୋ ସାଙ୍ଗେ ନେଇଯାଆନ୍ତି ତ, ଆମେ ଆୟୁଷ ଊର୍ଦ୍ଧ୍ୱକୁ ଚାଲିଯାଇଥାଆନ୍ତୁ।

ଘଣ୍ଟାବିହୀନ ଗୋଟେ କାଳ୍ପନିକ ଦୁନିଆକୁ।

ହେଲେ ତା' ଆଲାର୍ମ୍‌ର ରଡ଼ି ଆମ ଦିହିଁଙ୍କୁ ଅଲଗା କରିଦେଲା।

ସତରେ କ'ଣ ଗୋଟାଏ ଶବ୍ଦ, ଶବ୍ଦ ନୁହେଁ ତ ଗୋଟେ ଘଣ୍ଟାର ଚିତ୍କାର, କାଳ୍ପନିକ ଦୁନିଆରେ ଏକାଠି ଥିବା ଦି' ଜଣଙ୍କୁ ଦି' ଫାଳ କରି ଫିଙ୍ଗିଦେଇପାରେ ଆଉ ସେମାନଙ୍କର ଅବସ୍ଥିତିକୁ ବି!

ଏ ଆଲାର୍ମ୍ ମତେ ଫେରେଇ ଆଣିଲା ପୁଣିଥରେ ଏ ସମୁଦ୍ରକୂଳିଆ ଛୋଟ ସହରକୁ ଓ ମତେ ଧରେଇଦେଲା ଗୋଟେ ସିଗ୍ରେଟ୍।

ସେ ଅପରେଟର୍ ତା' ନିଦ ଖରାପ କରିବାକୁ ଚାହୁ ନ ଥିଲା, ସେ ସିଗ୍ରେଟ୍ ପିଇଲାନି। ପୁଣି ଢୁଳେଇବା ଆରମ୍ଭ କଲା। ତା' ସୋ'କେସ୍ ଉପରେ ଦିଆସିଲିଟା ଥୋଇଦେଇ ମୁଁ ବାହାରି ଆସିଲି ରାସ୍ତାକୁ।

ଏତକ ଅନ୍ଧାରରେ ସିଗ୍ରେଟ୍ ଧୂଆଁର କୁଣ୍ଡଳୀ ସ୍ପଷ୍ଟ ବାରିହେଉଥିଲା ଓ ମୁଁ ପହଞ୍ଚି ସାରିଥିଲି ଅଳ୍ପଦୂରରେ, ସମୁଦ୍ରଆଡ଼କୁ ମୁହଁକରି ଖୋଲାଥିବା ଆଉ ଗୋଟେ କ୍ୟାବିନ୍‌ରେ।

ଏ କ୍ୟାବିନ୍ ଗୋଟେ ଘଣ୍ଟା ମରାମତି ଦୋକାନ, ଯାହାର ଆଖପାଖ ଚାରି ପାଞ୍ଚଟି ଦୋକାନ ବନ୍ଦ ଥିଲା।

ଦୋକାନୀ ଜଣକ ଟିକେ ବୟସ୍କ। ପାଖାପାଖି ପଚାଶ ବର୍ଷ ହବ। ଟେବୁଲ୍ ଲ୍ୟାମ୍ପ୍ ଲଗେଇ ସେ ଘଣ୍ଟା ସଜାଡ଼ିବାରେ ବ୍ୟସ୍ତ ଥିଲା। ତା'ର ଅଧାପାଚିଲା ବାଳ ଏ ଟେବୁଲ୍ ଲ୍ୟାମ୍ପ୍ ଛାଇରେ ଏକ ଅଦ୍ଭୁତ ରଙ୍ଗର ଦିଶୁଥିଲା, ଠିକ୍ ଠିକ୍ ତମ୍ବା ରଙ୍ଗର ତା' ଗୋରା ମୁହଁ ଦିଶୁଥିଲା ଗୋଟେ ମସିଆ ଡାଏଲ୍ ପରି।

ଗୋଟେ ହାତଘଡ଼ିକୁ ଖୋଲାଖୋଲି କରି ବିଛେଇ ରଖିଥିଲା ଟେବୁଲ୍ ଉପରେ ଓ ତା' ଉପରକୁ ଝୁଙ୍କି ପଡ଼ିଥିଲା। ଘଡ଼ିର କ୍ରାଙ୍କ୍, ହ୍ୱିଲ୍, କଣ୍ଟା ଓ ସ୍ପ୍ରିଙ୍ଗ୍ ଇତ୍ୟାଦି ଖୋଲାମେଲା ହୋଇ ପଡ଼ିଥିଲେ ଗୋଟେ ଧଳା ପ୍ଲେଟ୍ ଉପରେ।

ସତେ ଅବା ସିଜର୍ ଓ ସ୍କାଲ୍‌ପେଲ୍ ଧରି ଡାକ୍ତର ଜଣଙ୍କ ଅଛନ୍ତି ଅପରେସନ୍ ଥିଏଟରରେ।

ଆଉ ଅପରେସନ୍ ଟେବୁଲ୍‌ରେ ପଡ଼ି ରହିଛି ସମୟ, ଅତି ଅସହାୟ ଭାବରେ।

ନିଶ୍ଚେତକ ପ୍ରଭାବରୁ ନିସ୍ତେଜ ହୋଇ ଆସୁଥିବା ସମୟର ଶରୀର। ହେଲେ ଏହାର ଧମନୀର ଟିକ୍ ଟିକ୍ ସହ ତାଳ ଦେଇ ବାହାରେ ଘଟିଯାଉଥିବ ଘଟଣା, ଦୁର୍ଘଟଣା।

ଗ୍ରହମାନଙ୍କରେ ପରିକ୍ରମଣ, ବ୍ରହ୍ମାଣ୍ଡର ସମ୍ପ୍ରସାରଣ, ଭ୍ରୂଣରେ ଚେତନାର ଉଦ୍ରେକ, ଆହୁରି କେତେ କ'ଣ!

ଗୋଟେ ଛାୟାପଥ ନିଜର ତା'ର ଗ୍ରହ, ଉପଗ୍ରହମାନଙ୍କୁ ନେଇ ମହାକାଶରେ ଭାସିବୁଲିବା, ଯେମିତି ଗୋଟେ ରଙ୍ଗିନ ମାଛ ପେଟରେ ଅସଂଖ୍ୟ ଅଣ୍ଡାଧରି ସମୁଦ୍ରର ଅତଳ ଗର୍ଭର ଶୈବାଳ ଫାଙ୍କରେ ସ୍ଥିର ମୁଦ୍ରାରେ ଭାସିରହିବା।

ପୁଣି ପ୍ରତିଟି ମୁହୂର୍ତ୍ତରେ ଅନେକ ବିସ୍ଫୋରଣରୁ ସୃଷ୍ଟି ହେଉଥିବା ଅନେକ ସୂର୍ଯ୍ୟ, ସେ ସୂର୍ଯ୍ୟରୁ ସରି ଆସୁଥିବା ଶକ୍ତିର ଉତ୍ସ। ସେ ସୂର୍ଯ୍ୟର ମୃତ୍ୟୁ ଓ ନୂଆ ଏକ ବ୍ଲାକ୍‌ହୋଲ୍। ଯାହା କବଳରୁ ଆଲୋକର ବି ମୁକ୍ତି ନାହିଁ, ଯିଏ ଆଲୁଅକୁ ବି ଗିଳିଦେଇ ପାରେ।

କିନ୍ତୁ ତା' ଭିତରେ ଗୁମୁରୁଥିବା ଆଦିମ ଅନ୍ଧାର ପୁଣି ମୁକ୍ତ ନୁହେଁ ଏ ସମୟର ପ୍ରଭାବରୁ!

ସମୟର ଏହି ପ୍ରବାହର ଗତିପଥରେ ପୁଣି ଏକ ବ୍ରହ୍ମାଣ୍ଡର ମୃତ୍ୟୁ ଆଉ ସମୟର ମୃତ୍ୟୁ!

ଆଶ୍ଚର୍ଯ୍ୟ!

ଯଦି ସମୟ ଜନ୍ମ ନେଇଥିଲା କେବେ, ତେବେ ଏହାର ମୃତ୍ୟୁ ଅନିବାର୍ଯ୍ୟ! ଏ ସମୟର ବି ତ ଗୋଟେ ଆୟୁଷ ରହିବା କଥା!

ତା' ଫିଜିକ୍ସ ବହିର ପାଠରେ ସମୟ ଜନ୍ମନେଲା ବିଗ୍‌ବ୍ୟାଙ୍ଗ୍‌ରୁ। ଏହି ମହାବିସ୍ଫୋରଣରେ ସୃଷ୍ଟି ହେଲା ସମୟ, ଆଉ ତା'ପରେ ପଦାର୍ଥ।

ତା' ଆଗରୁ ଯାହା ଥିଲା ଖାଲି ଶକ୍ତି।

ସେଦିନ ମୁଁ ତାକୁ ଉତ୍ସୁକତାର ସହ ପଚାରିଥିଲି, ''ତା' ମାନେ ଏ ଶକ୍ତିରୁ କ'ଣ ସମୟର ସୃଷ୍ଟି ?"

ସେ କହିଲା, "ମୁଁ ଜାଣେନା। ଏତିକି ଜାଣେ ଶକ୍ତିରୁ ପଦାର୍ଥର ସୃଷ୍ଟି। ପ୍ରଥମତଃ ନିର୍ଜୀବ ପଦାର୍ଥ, ପଥର, ମାଟି, ବାଲି, ପାଣି ଏବଂ ତା'ପରେ ଅୟୁତ ଅୟୁତ ବର୍ଷ ପରେ ନିର୍ଜୀବ ପଦାର୍ଥରେ ପ୍ରାଣର ପ୍ରବେଶ।

ଏହି ବିବର୍ତ୍ତନ ଏବେ ବି ଚାଲିଛି। ତୁମ ଭିତରେ, ମୋ ଭିତରେ ଆମ ସମ୍ପର୍କର ବି ଇଭୋଲ୍ୟୁସନ୍ ଚାଲିଛି। ଏଥିରୁ ଏ ବ୍ରହ୍ମାଣ୍ଡ ବି ମୁକ୍ତ ନୁହେଁ।''

ମୁଁ ତାକୁ ପଚାରିଲି, "ଆଚ୍ଛା, ତେବେ ସମୟର ବି କ'ଣ ବିବର୍ତ୍ତନ ଚାଲିଛି ? ମାନେ ଟାଇମ୍‌ର ବି କ'ଣ ଇଭୋଲ୍ୟୁସନ୍ ଚାଲିଛି ? ଯେମିତି ସମୟର ବିତିଯିବା,

ସମୟର ଗତି, ଏଥିରେ ବି କିଛି ବିବର୍ତ୍ତନ ହୋଇଛି ଏ ଅୟୁତ ଅୟୁତ ବର୍ଷରେ ?”

ସେ ପ୍ରାୟତଃ ବିରକ୍ତ ହୋଇ ସେଦିନ କହିଥିଲା ଯେ, ଦେଖ ତମେ ବିଜ୍ଞାନର ଛାତ୍ର ନୁହେଁ। କାହିଁକି ଏଥିରେ ମାତିଛ। ଏସବୁ ବାଜେ ପ୍ରଶ୍ନ, ନା ତୁମ ପାଇଁ, ନା ମୋ ପାଇଁ, କାହା ପାଇଁ ବି ଦର୍କାର ଆସିବନି। ଖାଲି ଗୁଡ଼େ ଅଯଥା ପ୍ରଶ୍ନ !

ସେ ଠିକ୍ କହୁଥିଲା; ‘‘ସମୟର ବିତିଯିବା ହିଁ ସମୟର ନିୟତି। ଆଉ ଅଧିକ କିଛି କୁହାଯାଇପାରେନା ଏ ବାବଦରେ। କିନ୍ତୁ ମୁଁ ଏତିକି ଜାଣେ ଯେ ପୋଜିସନ୍ ଆଣ୍ଡ୍ ଟାଇମ୍ ଆର୍ ଇଣ୍ଟିମେଟ୍। ସ୍ଥିତି ଓ ସମୟ, ଖୁବ୍ ଘନିଷ୍ଠ। କାହାରିକୁ କାହାଠୁ ଅଲଗା କରାଯାଇପାରିବନି, ବାସ୍ ...’’, ସେ ନିଷ୍ଠୁର ଭାବେ କହିଥିଲା ଏତକ, ଉତ୍ତର ଛଳରେ, “କିନ୍ତୁ ଆମର ଅଲଗା ହେବା ମତେ ଜଳଜଳ ଦିଶୁଛି !”

ହଁ, ସତରେ ସେ ଯେମିତି ଭବିଷ୍ୟତ ଦେଖି ପାରୁଥିଲା। ଛାଡ଼ ସେକଥା ! ହେଲେ ମୋର ଏବେ ଯେଉଁ ଅସହାୟତା, ମତେ ଲାଗିଲା, ଈଶ୍ୱର ଯଦି କେହି ଥିବେ; ତାଙ୍କ ବୈଠକଖାନାରେ ରଖାହୋଇଥିବା ଗୋଟେ ଆକ୍ୱାରିୟମ୍ ଯେମିତି ଏ ବ୍ରହ୍ମାଣ୍ଡ। ଆଉ ତା’ ଭିତରେ ପ୍ରବାହିତ ପାଣିର ବୁଦ୍‌ବୁଦ୍ ପରି ଏ ସମୟର ଟିକ୍ ଟିକ୍।

ଯାହାକୁ ମରାମତି କରିବାର ଆସ୍ପର୍ଦ୍ଧା କରିପାରୁଛି ଏ ବୁଢ଼ା ଘଣ୍ଟାଦୋକାନୀ। ତା’ କ୍ୟାବିନ୍‌ର ପଛ କାନ୍ଥରେ ଝୁଲା ହୋଇଥିଲା କୋଡ଼ିଏ, ପଚିଶଟି ଘଣ୍ଟା। ମଧୁର ଟିକ୍ ଟିକ୍ ସ୍ୱରରେ ପ୍ରାୟ ସବୁତକ ଘଣ୍ଟା ଚାଲୁଥିଲେ। କିଛି ଘଣ୍ଟା ପୂରା ବନ୍ଦ ଥିଲେ ଓ ଆଉକିଛିର ପେଣ୍ଡୁଲମ୍ ନିର୍ଜୀବ ହୋଇ ଝୁଲିରହିଥିଲେ। ମୋର ସମୟ ଜାଣିବାର କୌଣସି ବାଟ ନ ଥିଲା। ସବୁ ଘଣ୍ଟାରେ ଥିଲା ଭିନ୍ନ ଭିନ୍ନ ସମୟ।

ଯେମିତି ପୃଥିବୀର ସବୁ ଦେଶର ସମୟ ଘଣ୍ଟାହୋଇ ଝୁଲି ରହିଥିଲେ ମୋ ସାମ୍ନାରେ, କେବଳ ଏ ଛୋଟ ସହରର ସମୟକୁ ଛାଡ଼ି।

ସିଗ୍ରେଟ୍‌ର ଜଳିଯିବା ଓ ମୋର ସମୟ ଜାଣି ନ ପାରିବା ଏକାପ୍ରକାର ଅସହାୟତା, ଯଦିଓ ଗୋଟିଏ ସମୟରେ ହିଁ ଘଟୁଥିଲେ, ଏକାଠି ଗୋଟିଏ ସ୍ଥାନରେ।

ତଥାପି ସିଗ୍ରେଟ୍ ଅପେକ୍ଷା ମୋର ନିଜ ପ୍ରତି ଅଧିକ ସମ୍ବେଦନା ଥିଲା।

ମୁଁ କିଛି ପଚାରିବା ଆଗରୁ ଲୋକଟା ମତେ ମୁଣ୍ଡଟେକି ଚାହିଁଲା।

ତା’ ଡାହାଣ ଆଖିରେ ଲାଖିରହିଥିବା ଲେନ୍‌ସ ଭିତରୁ, ତା’ ଡୋଳାଟା ଭୀଷଣ ବଡ଼ ଓ ଭୟଙ୍କର ଦିଶିଲା।

ଯେତେବେଳେ ମୁଁ ସନ୍ତର୍ପଣରେ ଯାଇ ମୋ ପ୍ରେମିକାର କବାଟ ଠକ୍ ଠକ୍ କରୁଥିଲି, ସେ କବାଟରେ ଲାଗିଥିବା ଲେନ୍‌ସ୍ ବାଟେ ଏମିତି ବଡ଼ ବଡ଼ ଡୋଳାରେ ମତେ ଚାହୁଁଥିଲା। ଅବିକଳ କୁମ୍ଭୀରର ଡୋଳା ପରି। ବୋଧହୁଏ ଭୟରେ ମୁଁ ସେ

ଘଣ୍ଟା ଦୋକାନୀକୁ ସମୟ ପଚାରି ପାରିଲିନି। ସେ ମତେ ଆଉ ଚାହିଁଲାନି। ତଳକୁ ମୁହଁ ପୋତି ସେ ଶଙ୍ଖ ପ୍ଲେଟ୍‌ରୁ ଗୋଟେ କ୍ରାଙ୍କ୍‌କୁ ଚିମୁଟାରେ ଟେକି ଧରିଲା।

ରହସ୍ୟମୟ ସ୍ୱରରେ କହିଲା, "ଆଜ୍ଞା ସମୟ ଖୋଜୁଛ! ପୁଣି ଘଣ୍ଟା ଓ ଦୋକାନରେ...। କିଛି ଜାଣିପାରିବନି। ଏଠି ଗୁଡ଼ାଏ ଘଣ୍ଟା ବନ୍ଦ ପଡ଼ିଛନ୍ତି। ଆଉ ଯେଉଁସବୁ ଘଣ୍ଟା ଦେଖୁଛନ୍ତି, କିଏ ଫାଷ୍ଟ୍ ଚାଲୁଛି ତ କିଏ ଲେଟ୍। କିଏ ଧାଉଁଚି ତ କିଏ କୁନ୍ଥଉଚି। ସବୁ ଶଳେ ମରାମତି ପାଇଁ ଆସିଛନ୍ତି।

ମୁଁ ଆଜ୍ଞା ନୂଆ ଘଡ଼ି ବିକେନା। ଏ ଛୋଟ ସହରରେ ଲୋକମାନଙ୍କର ହାତଘଡ଼ି ଭାରି ପୁରୁଣା ଆଉ ଏଠି ସମୟ ବି ସେମିତି ପୁରୁଣା।

ଏତିକି ମୁଁ କରିପାରିବି, ତମର ଯେତିକିଟା ଦରକାର, ମୁଁ ସେତିକିଟା ବଜେଇ ଦେଇ ପାରିବି। ହାଃ, ହାଃ...

ପଇଁତିରିଶ ବର୍ଷ ହବ ଘଣ୍ଟା ମରାମତି କରି ମୁଁ ଏତିକି ଜାଣେ; ଦାମୀ ହଉ କି ଶସ୍ତା, ଏ ଘଣ୍ଟା ସବୁର ସମୟ ବାର ଘଣ୍ଟା ମଧ୍ୟରେ ଆବଦ୍ଧ। ତା' ବାହାରକୁ ଯାଇପାରିବନି। ଖାଲି ଲୋକଗୁଡ଼ା ତୁଚ୍ଛାଟାରେ ଏ ସମୟ ଏ ପଛରେ ଧାଇଁଛନ୍ତି।

ତଥାପି ଯେତେଟା ଦର୍‌କାର, ଚାବି ମୋଡ଼ନ୍ତୁ, ସେତେଟା ବାଜିଯିବ ଏ ଘଣ୍ଟାରେ। କିନ୍ତୁ ଏ ଘଣ୍ଟାସବୁ ସମୟକୁ ନିୟନ୍ତ୍ରଣ କରନ୍ତି ନାହିଁ। ଏସବୁ କେବଳ ସମୟ ଜାଣିବା ପାଇଁ, ଯାକୁ ନିୟନ୍ତ୍ରଣ କରିବା ପାଇଁ ନୁହେଁ। ଲୋକେ ଭାବନ୍ତି ଘଡ଼ି ପିନ୍ଧିଲେ, ସେମାନେ ସମୟକୁ ଆକଟ କରିପାରିବେ। ଯା'ର ଅର୍ଥ ନୁହଁ ଯେ ଆପଣ ଘଡ଼ି ନ ପିନ୍ଧିଲେ ସମୟର ନିୟନ୍ତ୍ରଣ ବାହାରକୁ ଚାଲିଯିବେ... ହାଃ ... ହାଃ!"

ମୁଁ ଟିକେ ନମନୀୟ ହୋଇ କହିଲି, "ଠିକ୍ କହିଲେ ଆଜ୍ଞା...''

ସେ ଉତ୍ସାହିତ ହୋଇ କହିଲା, "ସେ ଚର୍ଚ୍ଚ୍‌ର ଘଣ୍ଟାଟା କ'ଣ ବନ୍ଦ ଅଛି। ଫାଦର ଡକେଇ ପଠେଇଥିଲେ। ଭାବୁଚି କାଲି ମରାମତି ପାଇଁ ଯିବି। ଆଚ୍ଛା ଘଣ୍ଟା ବନ୍ଦ ରହିଲେ କ'ଣ ଈଶ୍ୱର ବୁଢ଼ା ହେବେନି...! ହାଃ ହାଃ ...'', ସେ ନିଜକୁ ଈଶ୍ୱର ଭାବି ହସିଲା କି କ'ଣ!

୧୧

ଏ ଘଣ୍ଟା ଦୋକାନୀର କଥାବାର୍ତ୍ତାରେ ମୋ ଶେଷ ସିଗ୍ରେଟ୍‌ଟି ଆପାତତଃ ଜଳି ସାରିଥିଲା। ଶେଷ ସୋଟାକ ନେଇ ମୁଁ ଏହାକୁ ଫିଙ୍ଗିଦେଲି।

କିଛି ଦୂରରେ ଏହା ଏକ ବିରାମ ଚିହ୍ନ ହୋଇ ପଡ଼ିରହିଲା। ଆଉ ସେ ଘଣ୍ଟା ଦୋକାନୀ ବି ଗୋଟେ ବେଖାତିର ନଜର ଫେରେଇ ନେଇ ଘଣ୍ଟା ସଜାଡ଼ିବାରେ ବ୍ୟସ୍ତ ରହିଲା।

ଟେବୁଲ୍ ଲ୍ୟାମ୍ପ୍‌କୁ ଆଲୁଅରେ ତା'ର ଛାଇ, ପଛପାଖ କାନ୍ଥ ଓ କ୍ୟାବିନ୍‌ର ଛାତ ଉପରେ ଏକ ଦାନବ ପରି ଛିଡ଼ା ହେଇଥିଲା ଯେମିତି।

ତା' ବକର୍ ବକର୍ ସରିଲା ପରେ, ଘଣ୍ଟାତକ ତାଙ୍କ ମିଳିତ ଟିକ୍ ଟିକ୍ ଆୱାଜ୍‌ରେ ପୁଣି ସେ ନିରବତାକୁ ଆଚ୍ଛନ୍ନ

କରି ରଖିଲେ। ଯେମିତି ଘଣ୍ଟାମାନଙ୍କର ଏ ମଧୁର ସ୍ୱର, ନିରବତା ପଛର ମ୍ୟୁଜିକ୍ ବା ବ୍ୟାକ୍‌ଗ୍ରାଉଣ୍ଡ୍ ମ୍ୟୁଜିକ୍।

ମୋର ବ୍ୟସ୍ତତା ଯୋଗୁ କି କ'ଣ ଅନୁଭବ ହେଲା, ଘଣ୍ଟା ସବୁର ଟିକ୍ ଟିକ୍ ଟିକେ ପ୍ରଖର ଶୁଭିଲା। ସେମାନେ ଟିକେ ଜୋର୍‌ରେ ଚାଲିବା ଆରମ୍ଭ କଲେ।

ହେଲେ ଏ ଟିକ୍ ଟିକ୍ ସଦାବେଳେ କ'ଣ ମଧୁର ଲାଗେ!

ରାତିଅଧ ଛାଇ ନିଦରେ ଏ ଟିକ୍ ଟିକ୍ ଶୁଭେ, ଯେମିତି ଗୋଟାଏ ମୂଷା ଲୁଚିଛପି କାଟି ଚାଲିଛି ମୋର ଆୟୁଷ। ସେ ମୂଷା କେଉଁଠି ଛପିଥାଏ କେବେ ଦିଶେନା।

ଖାଲି ମଝିରାତିରେ ଟିକେ ଭୟଭୀତ କରେଇ ଦିଏ ସେ ସ୍ୱର। ସେ ମୂଷାର କିଟ୍ କିଟ୍ କିଟ୍ କିଟ୍ .. ସହ ତାଳଦେଇ ବିତିଯାଏ ସମୟ।

ଏମିତି ଭୟଭୀତ ହୋଇ ନିଜ ଭିତରକୁ ଫେରିଆସିଲେ ଲାଗେ, ଆରେ ସେ ଘଣ୍ଟାର ଟିକ୍ ଟିକ୍ ଏବେ ଫେରିଆସିଲା ବୋଧେ ମୋ ଛାତି ଭିତରକୁ ହୃତ୍‌ପିଣ୍ଡର ଦିକ୍ ଦିକ୍ ହୋଇ।

ପୁଣି ସେଇ ତାଳ, ସେଇ ଛନ୍ଦ, ସେଇ ରିଦମ୍‌ରେ ବିତିଯାଉଛି ସମୟ, କାନ୍ଥରେ ବି ଆଉ ମୋ ଭିତରେ ବି।

ମନକୁ ବୁଝେଇବା ପାଇଁ, ଟିକେ ସହଜ ହୋଇ ବିଛଣାରେ ଉଠି ବସ ଓ ଢୋକେ ପାଣି ପିଇ ନିଜକୁ ବୋଧ କର; ହେଃ ... ଆଜି କାହିଁ ନିଦ ହଉନି, ସତରେ କ'ଣ ସମୟ ଖାଇଯାଉଛି ମୋର ଆୟୁଷ! ବାଜେ କଥା ...।

ଠିକ୍ ସେତିକିବେଳେ ସେ କାନ୍ଥରୁ, ଘଣ୍ଟା ପଛରୁ କି କ୍ୟାଲେଣ୍ଡାର୍ ପଛରୁ ଶୁଭିଯିବ ଝିଟିପିଟିର ସତ୍ ସତ୍ ସତ୍ ସତ୍ ...।

ଏ ବି ପୁଣି ଅବିକଳ ସେଇ ଘଣ୍ଟାର ଟିକ୍ ଟିକ୍। ସେଇ ଏକାପ୍ରକାର ବିରକ୍ତି ଦେଲା, ଏଇ ଘଣ୍ଟା ଦୋକାନ ଆଗରେ ଠିଆହବା। ଆଉ ସେ ଘଣ୍ଟା ଦୋକାନୀ।

କିନ୍ତୁ ସେ ହିଁ ବୋଧେ ଏକମାତ୍ର ଲୋକ ଯାହାର କହିବା କଥା, ଈଶ୍ୱର ବି ବୁଢ଼ା ହେଇଯାଆନ୍ତି! ଆଶ୍ଚର୍ଯ୍ୟ!

ଯଦି ଈଶ୍ୱର ଅଛନ୍ତି ତ, ସେ କେଉଁଠି ନା କେଉଁଠି ଅବସ୍ଥାନ କରୁଛନ୍ତି। ଦେହରେ ହେଉ ଅବା ବାହାରେ କେଉଁଠି, ବୈକୁଣ୍ଠ, ମନ୍ଦିର, ଚର୍ଚ୍ଚ, ମସ୍‌ଜିଦ୍ ଅବା ବାର୍ କି ବେଶ୍ୟାଳୟରେ।

ଯଦି ସେ ସବୁଠି ବିଦ୍ୟମାନ ବା ତାଙ୍କର ଅବସ୍ଥିତି ଅଛି, ସମୟର ପଞ୍ଝାରୁ ସେ କେବେ ବି ମୁକ୍ତ ନୁହନ୍ତି। ଯେହେତୁ ସ୍ଥିତି ଏବଂ ସମୟର ଅତ୍ୟଧିକ ଘନିଷ୍ଠତା ଅଛି।

ଈଶ୍ୱରଙ୍କ ଆୟୁଷ ଯାହା ବି ହେଉନା କାହିଁକି, ଈଶ୍ୱରଙ୍କ ବୟସ ନିଶ୍ଚେ

ବଢୁଥିବ! ହୁଏତ ଆମର ଯେଉଁ ଟାଇମ୍ ସ୍କେଲ୍ ଅଛି, ସେଇ ଅନୁସାରେ ହେଇ ନ ଥାଇପାରେ!

ଏଠି ବିରକ୍ତି, ଭୟ, ବ୍ୟସ୍ତତା, ଅସହାୟତାର ମିଶାମିଶି ପ୍ରଭାବରେ ଏହି ପ୍ରଶ୍ନଟି ମୁଣ୍ଡକୁ ଢୁକିଲା।

ଯେ ଈଶ୍ୱର ବଡ଼, ମାନେ ବୟସରେ ବଡ଼ ନା ସମୟରେ ବଡ଼!

ଯେତେବେଳେ ସମୟର ଆରମ୍ଭ ହେଲା, ସମୟ=0 (t=0), ଆଉ ଏ ସମୟକୁ ଯଦି ଈଶ୍ୱର ସୃଷ୍ଟି କରିଥିବେ, ତେବେ ଈଶ୍ୱର ତା' ଆଗରୁ ଥିବେ ଈଶ୍ୱର ସମୟଠୁ ବୟସ୍କ ହେଇଥିବେ।

ଯଦି ସମୟର ଆରମ୍ଭ ଏବଂ ଈଶ୍ୱରଙ୍କ ଆବିର୍ଭାବ, ଠିକ୍ ଏକା ସମୟରେ ହୋଇଥିବ, ତା' ହେଲେ ଈଶ୍ୱର ଓ ସମୟ, ଦିହିଁଙ୍କ ବୟସ ସମାନ ଥିବ। ଆଉ ଈଶ୍ୱର କ'ଣ ଜାଣିଥିବେ ସମୟର ଭବିଷ୍ୟତ!

ଏ ଆବୁରୁଜାବୁରୁ ନିରର୍ଥକ ପ୍ରଶ୍ନ ମୁଁ କାହାକୁ ପଚାରିପାରିବି; କେହି ନ ଥିଲେ ଏ ସମୁଦ୍ରକୂଳ ଶୂନ୍‌ଶାନ୍ ଜାଗାରେ, ପାଣିଚିଆ ଅନ୍ଧାର, ବହଳ ମେଘ ଓ ବାଲିବିଞ୍ଚା ରାସ୍ତା ବ୍ୟତୀତ।

ତେଣୁ ଛାଁକୁ ଛାଁ ମୁଁ ଏ ପ୍ରଶ୍ନରୁ ମୁକୁଳି ଆସିଲି।

ଏହାର ଭିନ୍ନ ଏକ କାରଣ ହେଲା, ମୁଁ ଯେହେତୁ ବିଜ୍ଞାନର ଛାତ୍ର ନ ଥିଲି, ଏ ପ୍ରଶ୍ନ ପଚାରିବାରେ ମୋର ଅଧିକାର ନାହିଁ, ମୋ ପ୍ରେମିକାର କଥା ଅନୁସାରେ।

ଯେତେବେଳେ କିଛି ଅଡୁଆ ପ୍ରଶ୍ନ ମୋ ମୁଣ୍ଡରେ କିଛି ଗୋଳମାଳିଆ ପରିବେଶ ସୃଷ୍ଟି କରନ୍ତି ଅବା ହୁକ୍ ଭଳି ମୋ ମୁଣ୍ଡକୁ ଭିଡ଼ି ଧରନ୍ତି, ମୁଁ ତା' କଥାର ବାହାନାକୁ ଅସ୍ତ୍ର କରି ସେ ପ୍ରଶ୍ନରୁ ଖସିଆସେ।

କିନ୍ତୁ ମୋ ଜାଣିବାରେ ଏ ବିଶ୍ୱର ସମ୍ପ୍ରସାରଣ ଚାଲିଛି ପ୍ରତି ମୁହୂର୍ତ୍ତରେ ଓ ବିତିଯାଉଛି ଏ ସମୟ।

ମୋର ସମୟ ଜାଣିବାର ବ୍ୟଗ୍ରତା ଆଉ ନାହିଁ, ଏତେ ଲୋକଙ୍କୁ ଭେଟିବା ପରେ।

ତେଣୁ ମୁଁ ଆଉ ପଛକୁ ନ ଚାହିଁ ଏଇ ସମୁଦ୍ରକୂଳ ରାସ୍ତାରେ ଫେରିବାକୁ ଲାଗିଲି।

ମୋର ଆଉ ଖଣ୍ଡେ ସିଗ୍ରେଟ୍ ଟାଣିବା ନିହାତି ଦରକାର ଥିଲା। ଏମିତି ନୁହଁ ଯେ ଏସବୁ ଅଡୁଆ ପ୍ରଶ୍ନମାନଙ୍କର ଗୋଲକଧନ୍ଦାରୁ ମୁକୁଳିବା ପାଇଁ!

ପ୍ରଶ୍ନମାନେ ତ ଚିରାଚରିତ, ଆଉ ମୋର ଅଜ୍ଞତା ବି ବେଶୀ କିଛି ଅଲଗା ନୁହେଁ। ଏମାନେ ବି ଈଶ୍ୱରଙ୍କ ପରି ଆଦିମ, ସମୟ ପରି ଆଦିମ।

ଖଣ୍ଡେ ସିଗ୍ରେଟ୍ ମତେ ମୋ ଅଜ୍ଞତା ଓ ସମୟ ଜାଣି ନ ପାରିବାର ଅସହାୟତାରୁ ମୁକ୍ତି ଦବ, ତା' ବି ନୁହେଁ।

ତା'ପରେ ଏଇ ସମୟ ପଛରେ ପଡ଼ି ପଡ଼ି, ଏତେଗୁଡ଼େ ବାଟ ଚାଲିବାର କ୍ଲାନ୍ତିରୁ ମୁକ୍ତି ପାଇଁ କ୍ଷଣିକ ଉତ୍ତେଜନା ଦେଇପାରେ ଏ ଟିକକ ଧୂଆଁ।

ପ୍ରକୃତରେ ଯାହାଠୁ ମୁକୁଳିବା ପାଇଁ ମୁଁ ଚାହୁଥିଲି, ତାହା ହେଉଛି ସେ ଘଣ୍ଟା ଦୋକାନୀର ହସ। ହସ ନୁହେଁ ତ ଅଟ୍ଟହାସ ଓ ଈଶ୍ୱରଙ୍କ ପ୍ରତି ତା'ର ବିଦ୍ରୂପ।

ଆଉ ହଁ ତା' ସହିତ ମୁଁ ଚାହୁଥିଲି ମୋ କାନପାଖେ ଲାଖିରହିଥିବା ସେ ଆଲାର୍ମର ବିକଳ ଚିତ୍କାରରୁ ନିସ୍ତାର।

ଏ ଅସ୍ଥିରତା, ଏନ୍‌ଟ୍ରୋପି, ଡିସ୍‌ଅଡର୍‌ଲିନେସ୍ ସବୁକିଛି ହୁଏତ ବଢ଼ିଯାଇଥିଲା, ଏ ସମୟର ତଲାସ୍‌ରେ।

ଏତେଗୁଡ଼େ ବାଟ ଦିଶାହୀନ ହୋଇ ବୁଲିଲା ପରେ, ମୁଁ ଫେରିଆସୁଥିଲି ପୁଣି ସେଇ ଛୋଟ ସହର ଭିତରକୁ। ଯାହାର ବାହାରପଟ ସମୁଦ୍ର, ବସ୍ତି ଓ ବାଲିଛିଞ୍ଚା ରାସ୍ତାରେ ମୁଁ ପଇଣ୍ଡରା ମାରିସାରିଲିଣି ଗୁଡ଼ାଏ ସମୟ ହେବ।

ଏତେଗୁଡ଼େ କ୍ଲାନ୍ତି, ଅସହାୟତା ଓ ଖାଲି ଗୁଡ଼ାଏ ପ୍ରଶ୍ନ କରିବାର ଶସ୍ତା ପ୍ରବୃତ୍ତି ଯୋଗୁ, ମୁଁ ବି ଗୋଟେ ପ୍ରଶ୍ନ ଚିହ୍ନ ପରି ହିଁ ଦିଶୁଥିବି !

୧୨

ମୋର ଏମିତି ଦିଶାହୀନ ଚାଲି, ମତେ ପୁଣି ସେଇ ଗୋଲେଇ ଛକ ପାଖାପାଖି ଫେରେଇ ଆଣିଲା।

ସମୟ ସିନା ଫେରେନା, ହେଲେ ଆମେ ଫେରୁ।

ଘଟଣାମାନେ ଫେରନ୍ତି ସେମାନଙ୍କର ପୁନରାବୃତ୍ତିକୁ ନେଇ।

ସେଇ ଏକା ପରି ଆକାଶ, ରାସ୍ତା, ଲ୍ୟାମ୍ପପୋଷ୍ଟ। ସମୟ ସାଙ୍ଗେ ବେଶୀ କିଛି ବଦଳୁ ନ ଥିବା ଲୋକମାନଙ୍କର ଏକାପରି ମୁହଁ, ଏକାପରି ଭାଗ୍ୟ।

ଏଇ ମେଘୁଆ ଅନ୍ଧାରରେ ପୁଣିଥରେ ଦୂରରୁ ଦିଶିଲା ସେଇ ଛୋଟ କ୍ୟାବିନ୍, ଫୁଲ ଦୋକାନ ଓ ତା'ର ବିନ୍ଦୁଏ ଆଲୁଅ।

ଲୋକଟି ଯା' ଭିତରେ ବହୁତ ଗୁଡ଼େ ଗଜରା ଗୁନ୍ଥି ସାରିଥିବ ନିଶ୍ଚେ। ତା' କ୍ୟାବିନ୍ ତଳେ ଥିବା ଫାଙ୍କା ଝୁଡ଼ିରେ ଆଉ ଫୁଲ ନ ଥିବ। ଅଳ୍ପ କିଛି ପତ୍ର ଯାହା ପଡ଼ିଥିବ।

ମତେ ନିଜକୁ ବି ଏଠି ଅଡୁଆ ଲାଗିପାରେ, କିନ୍ତୁ ସତ କହିବାକୁ ଗଲେ ଆସନ୍ତାକାଲିର ଭବିଷ୍ୟତ ମୁଁ ଜାଣେ! ଯାହା ମତେ ଏତକ ଦୂରତାରୁ ସ୍ପଷ୍ଟ ଦିଶୁଛି।

ମାନେ ଭବିଷ୍ୟତକୁ ନେଇ ପୁଳାଏ ସମ୍ଭାବନା ମୁଁ କହିପାରିବି। ହୁଏତ ଏମାନଙ୍କୁ ସମ୍ଭାବନା ନ କହି ନିରାଶାବାଦୀ ମାନେ ଆଶଙ୍କା ବି କହିପାରନ୍ତି। ଆଉ ଏସବୁ ସମ୍ଭାବନାମାନଙ୍କ ମଧ୍ୟରୁ ନିହାତି ଗୋଟିଏ ତ ଠିକ୍ ହେବ!

ନିଜକୁ ଜଣେ ବଡ଼ ଜ୍ୟୋତିଷ ନ ଭାବି ଯଦି ମୁଁ ଭବିଷ୍ୟବାଣୀ କରେ, ତେବେ କୁହାଯାଇ ପାରିବ ଯେ, ଆସନ୍ତାକାଲି ସକାଳ ହେବ।

ଏ ଛୋଟ ସହରରେ ଉତ୍ତାପ ଓ ସମୟକୁ ଧରି ସକାଳ ହେବ। ଯାହାର ଲୁଣି ପବନରେ ଭର୍ତ୍ତି ଥିବ ଆର୍ଦ୍ରତା। ପୁଣି ଗୋଟେ ଦିନର ଆରମ୍ଭ, ଆଉଗୋଟେ ଦିନ।

ଏ ରାସ୍ତାସବୁ ଟିକେ ଗହଳି ରହିବେ; ରିକ୍ସା, ସାଇକେଲ୍, ପାଦଚଲା ଲୋକ ଓ ଅଳ୍ପକିଛି ଗାଡ଼ିମଟରମାନଙ୍କୁ ନେଇ।

ନିଦରୁ ଉଠିବ ଏ ଛୋଟ ସହର। ଅଳସ ଭାଙ୍ଗିବ। ଯଦିଓ ସହର ସାଙ୍ଗେ ସବୁ ଲୋକ ଶୋଇପଡ଼ନ୍ତି ନାହିଁ।

ସେ ଫୁଲ ଦୋକାନ ସାମ୍ନାରେ ଗାଡ଼ିସବୁ ଗରାଖଙ୍କୁ ଅପେକ୍ଷା କରିକରି, ଧୀରେଧୀରେ ଆଗକୁ ଗଡ଼ିବେ। ବସ୍‌ର ବିରକ୍ତିକର ହର୍ଣ୍ଣ ଓ ଘଡ଼ଘଡ଼ ଶବ୍ଦ ସକାଳଟିକୁ ଆଉଟିକେ ବ୍ୟସ୍ତ କରି ପକେଇବ।

ବସ୍ ବାହାରୁ ପୋଡ଼ା ଡିଜେଲ୍‌ର ଧୂଆଁ ଓ ବସ୍ ଭିତରେ ସେ ଗୋଛାଏ ଧୂପକାଠିର ଧୂଆଁ ଏକାପରି ଉତ୍କଟ ଲାଗିବ। ସେ କ୍ଲିନର୍ ଓଦା ଗାମୁଛା କଛା ମାରି, ଫୁଲମାଳ ଓ ଧୂପ ଦେଇ ପ୍ରାର୍ଥନା କରିବ ଭଲ ବେପାର ପାଇଁ, ବାଟରେ ଚକ ଲିକ୍ ନ ହେବା ପାଇଁ ଓ ସଞ୍ଜ ଆଗରୁ ସହିସଲାମତ୍ ଏ ଛୋଟ ସହରକୁ ଫେରିଆସିବା ପାଇଁ।

ବେଶ୍ୟାର ଦେହ ପରି ତା'ର ଗଭା ବି ବାସି ହୋଇଯିବ। ସୂର୍ଯ୍ୟୋଦୟର ଆଲୁଅ ତାରପୋଲିନ୍ ଘେରା ବସ୍ତିର ଝୁମ୍ପୁଡ଼ିରେ ପଶି, ତା' ଗରାଖମାନଙ୍କୁ ଅବା ଈଶ୍ୱରମାନଙ୍କର ଚେହେରା ସବୁକୁ ସିଲହଟ୍‌କୁ ନେଇଯିବ।

ଖାଲି ଯାହା ଥିବ ବେଶ୍ୟାର ଦେହ ଓ ଝର୍କା ନ ଥିବା ଝୁମ୍ପୁଡ଼ି। ତା' ତେଲିଆ ତକିଆ ତଳୁ ଟଙ୍କା କାଢ଼ି ସେ ଖଣ୍ଡିଆ ଟ୍ରଙ୍କ୍‌ରେ ରଖିବ ଓ ଟଙ୍କା ଗଣୁ ଗଣୁ ନିଜ ଦେହର ପରାସକୁ ଭୁଲିବାକୁ ଚେଷ୍ଟା କରିବ।

ବଜାରକୁ ଗଲାବେଳେ, ବ୍ଲାଉଜ୍ ସାମ୍ନାରେ ଗୁଞ୍ଜି ରଖୁଥିବା ଟଙ୍କା, ବାଧହୋଇ ସେ ତକିଆ ତଳେ ହିଁ ଗୁଞ୍ଜିଦିଏ। ରାତିରେ ତା' ଫୁଙ୍ଗୁଳା ଦେହରେ ନିରାପଦ ସ୍ଥାନ ହିଁ କିଛି ନ ଥାଏ।

ମୁଁ ପହଞ୍ଚି ସାରିଥିବା ଏ ଗୋଲେଇ ଛକର ଆଗକୁ ଥିବା ଡାହାଣ ହାତି ସରୁ ନାଲି ରାସ୍ତାଟି ଯାଇ ପଡ଼ିଥିଲା ସେଇ ବସ୍ତି ଭିତରକୁ। ଯେଉଁଠି ସେ ଦାରୀ ସହ ମୋର ଭେଟ। ତା'ର ବି ସମୟ ଫମୟ କିଛି ଦରକାର ନ ଥିଲା ପ୍ରକୃତରେ।

ମୁଁ ତା'ଠୁ ମୁକୁଳିଯିବା ପରେ ସେ ଯଦି ଗରାଖ ପାଇଥିବ, ତେବେ ତା' ଧନ୍ଦାରେ ବ୍ୟସ୍ତ ଥିବ, ନ ହେଲେ ଜଣକୁ ସନ୍ତୁଷ୍ଟ କରି ଆଉ କାହାକୁ ଅପେକ୍ଷା କରିଥିବ ଏବେ ନିଦ ମଳମଳ ଆଖିରେ। ଅଧାଅଧି କଳା ପଡ଼ି ଆସୁଥିବ ଲଣ୍ଠଣର କାଚ ଓ ତା'ର ଆଖିତଳ।

ପ୍ରଥମଥର ଯେବେ ଝୁମ୍ପୁଡ଼ିରେ ତା' ଦେହରେ ମାତିଥିଲି, ସେତେବେଳର ତା' ଗଜରାର ବାସ୍ନା ଏଯାଏଁ ବି ମୋ ନାକରେ ଲାଖିରହିଛି।

ବିତିଯାଇଥିବା ସମୟ କିନ୍ତୁ ସେ ବାସ୍ନାକୁ ନିଷ୍ପ୍ରଭ କରି ପାରିନାହିଁ। ଯଦିଓ ସେ ଫୁଲ ଦୋକାନର କୁଢ଼ କୁଢ଼ ଫୁଲର ମହକ ଆଉ ମୋର ଅନୁଭବରେ ନାହିଁ।

ଭାବୁଚି ସେ ଫୁଲ ଦୋକାନରୁ ଗୋଟେ ଫୁଲତୋଡ଼ା ନେଇ ସେ ବେଶ୍ୟା ପାଖକୁ ଯିବି। ଚାଲୁ ଚାଲୁ ତା' ନାଁ ମନେପକେଇବାକୁ ଚେଷ୍ଟା କରିବି।

ହଁ ଏବେ ମନେପଡ଼ିଲା, ସେଦିନ ତା' ଝୁମ୍ପୁଡ଼ିର ସେ ଘୁଷୁରିଆ ପଟିରେ ଘୋରିହୋଇ ମୋର ଡାହାଣ ଆଣ୍ଠୁରୁ ମଳିଚମ ଉଠିଯାଇଥିଲା। ଯାହା ପ୍ରାୟ ବେଶ୍ କିଛିଦିନ ସତେଜ ବି ଥିଲା।

କିନ୍ତୁ ଏମିତି କିଛି ସତେଜ ଫୁଲରେ ତିଆରି ତୋଡ଼ା, ଏମିତି ଏକ ଛୋଟ ସହରରେ କେହି କ'ଣ ଗୋଟେ ବେଶ୍ୟାକୁ ଉପହାର ଦେଉଥିବେ!

ତା' ଝୁମ୍ପୁଡ଼ିର ସେ ପାଶବିକ ଅନ୍ଧାରରେ ଯେକୌଣସି ଫୁଲର ମହକକୁ ଫିକା କରି ଦେଉଥିବ ତା' ଗଭାର ଉତ୍କଟ ତେଲ ଗନ୍ଧ।

ଆସନ୍ତାକାଲି ସକାଳେ ସମୁଦ୍ରକୂଳର ସେ ଜଗୁଆଳି ବୁଢ଼ା, ଦେହରୁ ବାଲି ଝାଡ଼ି ଉଠିବ ତା' ଚାଞ୍ଚରା ଘେରା ଟୁଙ୍ଗିରୁ। ତଥାପି ତା' ଦେହରେ ଠା' ଠା' ଲାଗିଥିବ ବର୍ଷାରାତିର ଓଦା ବାଲି।

ଏତକ ତ ବେଳାଭୂଇଁର ଚିହ୍ନ।

ସମୁଦ୍ର ଶାନ୍ତ ପଡ଼ିଯାଇଥିବ। ରାତିର ଉନ୍ମାଦ ଲହଡ଼ି କ୍ଲାନ୍ତ ହୋଇ ଥମିଆସୁଥିବେ ଓ ଖୁବ୍ ପଛକୁ ଘୁଞ୍ଚିଯାଉଥିବେ।

ଭବିଷ୍ୟତ ବି ତ ଏମିତି ଡାକି ଡାକି ଘୁଞ୍ଚିଯାଏ।

ସମୟ ତୀର ହୋଇ ଆମକୁ ତା' ପଛରେ ଦୌଡ଼ାଏ।

ଏହା ହିଁ ଭବିଷ୍ୟତର ନିଶ୍ଚିତତା।

ଧୀବରମାନେ ସିନ୍ଦୂରା ଆଲୁଅରେ, ଡଙ୍ଗାକୁ ଜାଲ ବୁହାଇବେ। ଡଙ୍ଗା ସବୁକୁ ମିଳିମିଶି ଠେଲି ଭସେଇଦେବେ ସମୁଦ୍ରକୁ। ତା'ପରେ ଡିଆଁଟେ ମାରି ଉଠିଯିବେ ମଙ୍ଗ ଧରିବାକୁ। ଆଗ ପଛ ହେଇ ଡଙ୍ଗାସବୁ ଗୋଟିଏ ଦିଗରେ ହିଁ ଯିବେ, ଯେଉଁ ଦିଗରେ ସମୟର ତୀର ଧାଉଁଥାଏ, ଭବିଷ୍ୟତର ଦିଗରେ।

ବାଲିକଙ୍କଡ଼ା ସବୁ ଅପର୍ଯ୍ୟାପ୍ତ ଅନ୍ଧାରରୁ ବାହାରି ବେଳାଭୂଇଁରେ ସର୍ ସର୍ ଧାଇଁବେ। ନିଜ ନିଜର କୁନି କୁନି ଛାଇଟି ମାନ ଧରି ପୁଣି ନିଶ୍ଚିହ୍ନ ହୋଇଯିବେ ଆଖିକୁ ଦିଶୁ ନ ଥିବା ଗାତରେ।

ଗିର୍ଜାଘର କଡ଼ରେ ସେ ଭିକାରି ନିଜର କତରା ସଜାଡ଼ିବ। ହାତଗୋଡ଼ରେ କନା ଗୁଡ଼େଇବ। ଏଇଟା ହିଁ ତା' ଭବିଷ୍ୟତର କଷ୍ଟ୍ୟୁମ୍। ଫର୍ଚ୍ଚା ଆକାଶକୁ ଚାହିଁ ସେ କ୍ରସ୍‌କୁ ଜୁହାର ହେବ। ଗିର୍ଜା ଶୀର୍ଷର ଘଣ୍ଟାକୁ ତା'ର ଟିକିଏ ବି ନିଘା ନ ଥିବ। ସମୟ ତା' ଦରକାରରେ ଆସେନା। ସକାଳ ହେବା ତା' ପାଇଁ ଯଥେଷ୍ଟ।

ତା' ପାଇଁ ଈଶ୍ୱର କହିଲେ ଗୋଟାଏ ବିଶ୍ୱାସ ମାତ୍ର ! କୌଣସି ଭିକାରିକୁ ମନ୍ଦିର ଅବା ଅନ୍ୟ କୌଣସି ପୂଜାଗୃହ ଭିତରେ ପ୍ରବେଶ କରିବାର ଦୃଶ୍ୟ, ଆଖପାଖ ବଡ଼ ସହରମାନଙ୍କରେ ବି ଦେଖିବାକୁ ମିଳେନା।

ତା'ର କଳାଧଳା ଦାଢ଼ି ବଲବଲ ମୁହଁ ଓ ପଞ୍ଜରାରେ, ସେ ଅବିକଳ ଯୀଶୁଙ୍କ ପରି ଦିଶିବ ଓ ଉଠି ଠିଆହବ। ପୁଣି ଗୁଣୁଗୁଣେଇବ ତା'ର ପ୍ରାର୍ଥନା କଲାପରି ବିପର୍ଯ୍ୟସ୍ତ ସ୍ୱର। ଏମିତି ଦୁଇ ତିନିଟି ପ୍ରାର୍ଥନା ତା' ଲାଗି ଯଥେଷ୍ଟ, ବାକିଥିବା ଭବିଷ୍ୟତ ପାଇଁ। ହେଲେ ତା'ର ନିଶାସକ୍ତ ଅବସ୍ଥାର ଗୀତ ହିଁ ତା' ବର୍ତ୍ତମାନର ଉଲ୍ଲାସ ଓ ଉଚ୍ଛ୍ୱାସ।

୧୩

ଏବେ ମତେ ଆଉ ବେଶୀ କିଛି ଭବିଷ୍ୟବାଣୀ ନ କରି ଫେରିବାକୁ ହେବ।

ମୁଁ ଚାହେନାହିଁ ଦିନକମାତ୍ର ସନ୍ଧ୍ୟାର ଅସହାୟତା ମତେ ଜ୍ୟୋତିଷ କରିଦେଉ, ଆଉ ମୁଁ ଆସନ୍ତାକାଲିର ରାଶିଫଳ ଲେଖେ ଏହି ଗାଢ଼ ଅନ୍ଧାର ରାସ୍ତାରେ। କିନ୍ତୁ ଏଇ ପଛରେ ଯେଉଁ ଛାଡ଼ି ଆସିଲି, ସେ ଘଣ୍ଟା ଦୋକାନୀର ଭୟଙ୍କର ଚାହାଣି, ଲାଗିଲା ଏ ରାତି ଅନେକଟା ତା' ଡୋଳାପରି। ଲେନ୍‌ସ୍ ଭିତରୁ ଦିଶୁଥିବା ବୀଭତ୍ସ ଅଥଚ ମୋ ଅପେକ୍ଷାରେ ବିତିଯାଉଥିବା ସମୟକୁ ଧରିରଖି ନ ପାରିବାର ଗ୍ଲାନିରେ ଚକ୍‌ଚକ୍ ଦିଶୁଥିବା ମୋ ପ୍ରେମିକାର ଡୋଳାପରି।

କିନ୍ତୁ ଯାହା ସବୁଠୁ ବିରକ୍ତିକର ଥିଲା, ତାହା ଥିଲା ସେ ଘଣ୍ଟା ଦୋକାନୀର ଔଦ୍ଧତ୍ୟ।

ଆସନ୍ତାକାଲି ସକାଳେ ବି ସେ ଘଣ୍ଟା ଦୋକାନୀ ଆସିବ। ଈଶ୍ୱରଙ୍କଠୁ ବି ନିଜକୁ ଅଧିକ କରିତ୍‌କର୍ମା ଭାବୁଥିବ ସେ ଘଣ୍ଟା ଦୋକାନୀ।

ଚର୍ଚ୍ଚର ତିଖରେ ଏକ ଦଉଡ଼ିରେ ଝୁଲିରହି ନିଜର ହାତଘଡ଼ି ସାଙ୍ଗେ ଗିର୍ଜାର ବଡ଼ ଘଣ୍ଟାକୁ ଆଡ୍‌ଜଷ୍ଟ୍ କରିବ। ନିର୍ଜୀବ କଣ୍ଟାମାନଙ୍କୁ ବୁଲେଇ ସେଇ ରୋମାନ୍ ଲେଟର୍ ସାଙ୍ଗେ ମିଳେଇବ।

ସମୟର ମରାମତି କରୁଛି ବୋଲି ତା'ର ବି ଏକ ଅଦ୍ଭୁତ ଅହଂକାର। ଯେଉଁ ସହରର ସମୟକୁ ଏ ଚର୍ଚ୍ଚର ଘଣ୍ଟା ନିୟନ୍ତ୍ରଣ କରେ, ସେ ଘଣ୍ଟାକୁ ଏବେ ସିଏ ତା' ହାତଘଡ଼ି ଅନୁସାରେ ବୋଲ ମନଉଚି।

ହୁଏତ ସେ ପିଲାର୍‌ରେ ପେଣ୍ଡୁଲମ୍ ପରି ଝୁଲି କହିବ, ''ଫାଦର! ଏବେ ବାଜିଛି ସକାଳ ସାଢ଼େ ଛଅଟା। ଜୁଲାଇ ସତର ତାରିଖ। ସେମିତି କିଛି ହେଇ ନ ଥିଲା ଫାଦର୍। ୟା' ମେସିନ୍ ପୂରା ପର୍‌ଫେକ୍ଟ୍? ଖାଲି କ୍ରାଙ୍କ୍ ଟିକେ ଜାମ୍ ଥିଲା। ଅଏଲିଂ କରିଦେଇଚି।''

ସକାଳର ପ୍ରାର୍ଥନା ପାଇଁ ଫାଦର୍ ନିଜର ଶୁଭ୍ର ଗାଉନ୍ ସଜାଡ଼ି ସଜବାଜ ହେଉଥିବେ। ଚର୍ଚ୍ଚର ପରିସର ପୂରା ସଫାସୁତୁରା ଥିବ।

ରାତିରେ ଝରିପଡ଼ିଥିବା ଧଳା ଆଉ ଗୋଲାପୀ ରଙ୍ଗର ମିଶାମିଶି ସବୁଜ ଡେମ୍ଫଲଗା ମଧୁମାଳତୀ ଫୁଲ ସବୁ ପହଁରା ହୋଇ ଫାଟକର ଗୋଟେ କୋଣରେ ବାଲିମିଶା ଜମାହେଇଥିବେ।

ଗତକାଲି ମାନେ ଏକାଠି ହୋଇ ଏମିତି ଜମାହୋଇ ରୁହନ୍ତି, ଫିକା ହେଇ ଆସୁଥିବା ବିଭିନ୍ନ ରଙ୍ଗ ଧରି। ସମୟ ଘଟଣା ସବୁ ମିଶିମାଶି, ଫେଣ୍ଟାଫେଣ୍ଟି ହୋଇଯାଆନ୍ତି। ହେଲେ ସେତେବେଳେ ମୋ ପ୍ରେମିକାର କହିବାର ଥିଲା ଯେ, "ସ୍ପେସ୍ ଆଉ ଟାଇମ୍ ମଧ୍ୟରେ ଯଦିଓ ସମ୍ପର୍କ ଖୁବ୍ ନିବିଡ଼, ସେମାନେ ଏକାଠି ହେଲାପରି ଦିଶିଲେ ବି ସବୁବେଳେ ଦୁଇଟି ଅଲଗା ଅଲଗା କ୍ୱାଣ୍ଟିଟି। ନିଷ୍ଠୁର ଭାବେ କହିଲେ ଯେମିତି ତମେ ଆଉ ମୁଁ।''

ଯଦିଓ ଆସନ୍ତାକାଲି ପାଇଁ ଏହା ସମ୍ପୂର୍ଣ୍ଣ ଅପ୍ରାସଙ୍ଗିକ। କହିବା ବାହୁଲ୍ୟ ବୟସ୍କ ସମୟ ସାଥିରେ, କିଛି କିଛି ଘଟଣା ନିଜର ପ୍ରାସଙ୍ଗିକତା ହରାନ୍ତି।

ହଁ, ଫାଦର୍ ବି ସେ ଘଣ୍ଟା ଦୋକାନୀକୁ କହିବେ, "ଗଡ୍ ବ୍ଲେସ୍ ୟୁ, ମାଇଁ ସନ୍...।"

ହେଲେ ଫାଦରଙ୍କ ଏ ନମ୍ରତା ଚର୍ଚ୍ଚ ତିଖରେ ପହଞ୍ଚିବ ନାହିଁ। କିଛି ସମୟ ଝୁଲିରହି ସେ ଘଣ୍ଟା ଦୋକାନୀ ଏ ଛୋଟ ସହର ଉପରେ ବି ଗୋଟାଏ ବେଖାତିର ନଜର ଫିଙ୍ଗି ସେଠୁ ଓହ୍ଲେଇ ଆସିବ।

ଯାହା କହୁଚି ଏୟା ହିଁ ହୁଏତ ଘଟିବ। ହଁ, ଏୟା ହିଁ ନିଶ୍ଚେ ଘଟିବ ?

ଏମିତି ବି ହୋଇପାରେ, ଆସନ୍ତାକାଲି ସକାଳେ ଷ୍ଟ୍ରିଟ୍ ଲାଇଟ୍ ସବୁ ଜଳୁଥାଇ ପାରନ୍ତି।

ଏମ୍ତି ତ ଅନେକଥର ହୋଇଚି। ଲାଇଟ୍ ସବୁ ସାରାଦିନ ଜଳନ୍ତି। ଅବଶ୍ୟ ଭବିଷ୍ୟତ କେବେ ପରିସଂଖ୍ୟାନ ଅବା ଷ୍ଟାଟିଷ୍ଟିକ୍ସରେ ବିଶ୍ୱାସ ରଖେନାହିଁ।

କିନ୍ତୁ ଭବିଷ୍ୟତରେ ଅତୀତର ପୁନରାବୃତ୍ତି ଘଟେ। ମାନେ ଅତୀତର ଘଟଣାମାନଙ୍କର କେବଳ। ସମୟର ନୁହେଁ। ଲାଗେ ସେଇ ପୁରୁଣା ଦିନଗୁଡ଼ିକ ଖାଲି ନୂଆ ରଙ୍ଗିନ କ୍ୟାଲେଣ୍ଡାର୍‌ର ମଲାଟ ମଢ଼େଇ, ନୂଆ ତାରିଖ ଧରି ଉଡ଼ିଆସୁଛନ୍ତି।

ଆସନ୍ତାକାଲି ସକାଳେ, ସବୁଦିନ ପରି ପାଖ ସହରରୁ ବସ୍ ଆସିବ। ସେଇ ପୁରୁଣା ବସ୍ ଯାହାର ବି କିଛି ଗୋଟେ ନାଁ ଅଛି।

ଅନେକ ଅଫିସ୍ କର୍ମଚାରୀ ବୁହାହେଇ ଆସନ୍ତି ଏଇ ଛୋଟ ସହରକୁ। ସେଇ ବସ୍‌ଟି ବି ଧରିଆସେ ଏକାବେଳକେ ଦୁଇ ଚାରିଦିନ ତଳର ଖବରକାଗଜ। ତଥାପି ଏଇ ବାସି ଖବର ପଢ଼ିବାରେ, ଲୋକମାନଙ୍କର କିଛି କମ୍ ଆଗ୍ରହ ନ ଥାଏ।

ବିତିଯାଇଥିବା ଘଟଣାମାନଙ୍କୁ ଆଢ଼େଇ ଦେଖିବାକୁ କେହି କେହି ବର୍ତ୍ତମାନର ଭାଗ୍ୟ ବୋଲି ଭାବନ୍ତି।

ମୋର ଭବିଷ୍ୟତବାଣୀ ଉପରେ ଅତ୍ୟଧିକ ଆସ୍ଥାବାନ୍ ହୋଇ ମୁଁ କହିପାରେ ଯେ ଏହି ଖବରକାଗଜ କେବେ ବି ଆଗାମୀ ଦିନର ଖବର ଧରି ଆସିବ ନାହିଁ।

ଖବରକାଗଜରେ ଦୈନିକ ରାଶିଫଳ ଅବା ସାପ୍ତାହିକ ରାଶିଫଳକୁ କେହି ଖବର ମାନ୍ୟତା ଦିଅନ୍ତି ନାହିଁ।

ହଁ, ମୌସୁମୀର ଆଗମନ, ଦେଶର ଅର୍ଥନୀତି ବା ସରକାରଙ୍କ ଭବିଷ୍ୟତ ଯୋଜନା ସମ୍ପର୍କିତ କିଛି ସମ୍ଭାବନାକୁ ବାଦ୍ ଦିଆଯାଇପାରେ।

ସକାଳର ଖରା ଛାଇରେ, ଏ ଛୋଟ ସହରର ଏକମାତ୍ର ପୋଷ୍ଟ୍‌ମ୍ୟାନ୍ ମାଟିଆ ବ୍ୟାଗ୍ ଝୁଲେଇ ସାଇକେଲ୍ ପେଲିପେଲି ବୁଲିବ ଏ ଗଳି ସେ ଗଳି।

ଏ ସହର ପାଇଁ ସେ ଗୋଟେ ଚରିତ୍ର ଆଉ ଗୋଟେ ଘଟଣା ମଧ୍ୟ। ମଣିଷଟେ କ'ଣ ଘଟଣା ହୋଇ ପାରିବନି !

ତାକୁ ମାଲୁମ୍ ଥାଏ ସବୁତକ ଠିକଣା ଯେଉଁଠିକୁ ଚିଠି ଆସେ। କେବେ ମନିଅର୍ଡର, ନୂଆବର୍ଷରେ ଶୁଭେଚ୍ଛା ପତ୍ର, ବାହାଘରର ନିମନ୍ତ୍ରଣ, ଅବା ଟେଲିଗ୍ରାମ୍ କାହାର ମୃତ୍ୟୁ ଅଥବା ସିରିଅସ୍ ଥିବାର।

ଏ ପୋଷ୍ଟ୍‌ମ୍ୟାନ୍ ଚାଚା କେବେ ଘଣ୍ଟା ବାନ୍ଧେ ନାହିଁ। ହେଲେ ତା' ଘଣ୍ଟା ନ

ପିନ୍ଧିବାକୁ ନେଇ ଗୋଟିଏ କାହାଣୀକୁ ସମସ୍ତଙ୍କୁ କୁହେ, "ଆଜ୍ଞା ମୋର ଗୋଟେ ଅଟୋମ୍ୟାଟିକ୍ ଘଡ଼ି ଥିଲା, ସିକୋ। ଯାହା କେବେ ବନ୍ଦ ହୁଏନା। ସଦାବେଳେ ପରଫେକ୍ଟ ସମୟ ସେଥିରେ। ସେତେବେଳେ ଆମ ପୋଷ୍ଟମାଷ୍ଟର୍ ବି ଚାବିଦିଆ ଘଡ଼ି ପିନ୍ଧୁଥିଲେ। ସବୁଦିନେ ସକାଳୁ ଉଠି ଚର୍ ଚର୍.. ଚାବି ମୋଡ଼ିବେ। ଘଣ୍ଟା ଠିକ୍ ଚାଲିବ। ନ ହେଲେ ସମୟ ଧଇଁ ପେଲିବ। ଧୀରେ ଚାଲିବ। ଲେଟ୍ ହେଇଯିବ। ମୁଁ ତ ଆଜ୍ଞା ଚଣ୍ଡାଳ କ'ଣ କହିବି। ଦିନେ ଜୁଆ ଖେଳୁ ଖେଳୁ ମୋ ଘଡ଼ିଟାକୁ ବାଜି ନଗେଇଦେଲି। ଭାବିଲି ଜିତିବି। ହେଲେ ଆଗକୁ କିଏ ଦେଖିଛି ! ଆଜ୍ଞା ହାରିଗଲି। ଘଡ଼ିଟା ଗଲା। ଲାଗିଲା ମୁଁ ମୋର ସବୁକିଛି ହରେଇଦେଲି। ଏ ଘଣ୍ଟା ପାଇଁ ମୋର ପ୍ରମୋସନ୍ କରେଇ ଦଉ ନ ଥେଲେ। ନ ହେଲା ନାଇଁ ପ୍ରମୋସନ୍। ମୋର ସନ୍ତାପ ନ ଥେଲା। ହେଲେ ଘଡ଼ିଟା ଯୋଉ ଚାଲିଗଲା ....। ସେଇଦିନଠୁ ବିନା ଘଡ଼ିରେ ଚାଲିଛି। ମୋ ଛାତିତଳେ ଯୋଉ ଦୁକ୍‌ଦୁକି, ସେ ତ ଘଡ଼ିପରି ଟିକ୍ ଟିକ୍ ଚାଲିଛି ଅବିକଳ। ତା'ରି ସାଙ୍ଗେ ମୁଁ ବି ଚାଲିଛି। ଆଉ ଏ ସମୟ ସାକ୍ଷୀ ଅଛି ...।''

ସେ ପୋଷ୍ଟମ୍ୟାନ୍ ସମୟକୁ କେବଳ ସାକ୍ଷୀଟିଏ ବୋଲି ଭାବେ। ପ୍ରତ୍ୟେକ ଘଟଣା, ଦୁର୍ଘଟଣାର ସାକ୍ଷୀ। ସମୟ କାହାର ବିଧାତା ନୁହେଁ କି ସବୁକିଛି ସମୟର ଖେଳ ନୁହେଁ।

ତେଣୁ ଏମିତି ଗୋଟାଏ ଜୁଆରେ ହରେଇଥିବା ଘଡ଼ି ଓ ସମୟର ସାକ୍ଷ୍ୟ କାହାଣୀ ସେ କାଲି ପୁଣି ଶୁଣେଇବ।

ଛାଡ଼, ଏବେ ମତେ ଫେରିବାକୁ ହେବ। ଏ ଶସ୍ତା ଜ୍ୟୋତିଷବିଦ୍ୟା ସବୁକୁ ଗୋଟେ ବୋତଲରେ ଭରି ସମୁଦ୍ରକୁ ଫିଙ୍ଗିଦେବି।

''ଭବିଷ୍ୟତ କାହିଁକି ଆମର ମନେରହେନା !", ଏମିତି ଗୋଟାଏ କ୍ଳାନ୍ତିକର ପ୍ରଶ୍ନର ଉତ୍ତର ଏଇ ଛୋଟ ସହରର ଗଳିକନ୍ଦିରେ ସମୟ ଜାଣି ନ ପାରିବାର ଅସହାୟତାରେ ଖୋଜିବୁଲିବା ଅପେକ୍ଷା, ଏ ଛୋଟ ସହର, ଯେଉଁଠି ସମୟ କାହାର ଦରକାରରେ ଆସେନାହିଁ, ସେଇ ସହର ଓ ତା'ର ଅସାର ସମୟକୁ ବରଂ ପଛକରି ଶୋଇ ରହିବି।

ଯେଉଁ କନ୍‌ଭେୟର୍ ବେଲ୍‌ଟକୁ ପାଥେୟ କରି ସମୟ ଚାଲେ, ତାହା କେବଳ ଗୋଟାଏ କେଓସ୍ ବା ଅସ୍ଥିରତା ଅବା ବିଶୃଙ୍ଖଳା। ତଥାପି ସମୟ ଚାଲିଛି। ହୁଏତ ଭବିଷ୍ୟତ ଦିଗରେ। ଚାଲୁ...। ବେଲ୍‌ଟ୍‌ର କମ୍ପନରେ ଲଦି ନଉଚି ଘଟଣା, ସମ୍ପର୍କ, ସ୍ମୃତି ଓ ଅନିର୍ଦ୍ଦିଷ୍ଟତା।

ଏ ଅସଂଖ୍ୟ ଅନିର୍ଦ୍ଦିଷ୍ଟତା ଅବା ସମ୍ଭାବନା ସତ୍ତ୍ୱେ, କେବଳ ଗୋଟାଏ ମାତ୍ର

ନିର୍ଦ୍ଦିଷ୍ଟତାକୁ ଭବିଷ୍ୟତ ବୋଲି କୁହାଯାଏ, ଅବା ଯେଉଁ ଭବିଷ୍ୟତ କେବଳ ଗୋଟିଏ ମାତ୍ର ସମ୍ଭାବନାକୁ ଆଦରି ନିଏ, ସେ ଭବିଷ୍ୟତକୁ ଜାଣିବା କି ମନେରଖିବା ବି ଏକାପରି ଅନିର୍ଦ୍ଦିଷ୍ଟ।

ଯେଉଁ ସହରର ଲୋକଯାକ, ସମୟକୁ ଏତେ ବେଖାତିର କରି ବଞ୍ଚନ୍ତି, ସମୟ ପ୍ରତି ସମ୍ପୂର୍ଣ୍ଣ ଅବିଶ୍ୱସ୍ତ ହୋଇ ବଞ୍ଚନ୍ତି, ସେଇ ସମୟକୁ ନିରର୍ଥକ ଭାବି ଶୋଇ ରହିବି ବରଂ। ମୋ ଟେବୁଲ୍ ଘଣ୍ଟାରେ ଆଲାର୍ମ୍ ଦେଇ ତା'ର କର୍କଶ ସ୍ୱରକୁ ଅପେକ୍ଷା କରି ଶୋଇରହିବି।

ଆସନ୍ତାକାଲି ମତେ ଅଫିସ୍ ଯିବାକୁ ପଡ଼ିବ। ଆଉ ସେଇ ଏକାପ୍ରକାର ଚରିତ୍ର, ସେଇ ଚିରାଚରିତ ସମୟ, ପ୍ରାୟତଃ ସେଇ ଘଷରା ଘଟଣାମାନଙ୍କୁ ଭେଟିବାକୁ ହେବ। ଖାଲି ଗୋଟେ ନୂଆ କ୍ୟାଲେଣ୍ଡାର୍ ପୃଷ୍ଠାର କାନ୍‌ଭାସ୍‌ରେ।

ଚର୍ଚ୍ଚ୍‌ର ସେ ଘଣ୍ଟାର ମସିଆ ଡାଏଲ୍ ରଙ୍ଗର ସକାଳରେ, ଚିରାଚରିତ ଆସନ୍ତାକାଲିର ଭବିଷ୍ୟତରେ ନିଜକୁ ସାମିଲ୍ କରିବାକୁ ହେବ।

■■

BLACK EAGLE BOOKS

www.blackeaglebooks.org
info@blackeaglebooks.org

Black Eagle Books, an independent publisher, was founded as a nonprofit organization in April, 2019. It is our mission to connect and engage the Indian diaspora and the world at large with the best of works of world literature published on a collaborative platform, with special emphasis on foregrounding Contemporary Classics and New Writing.

www.ingramcontent.com/pod-product-compliance
Lightning Source LLC
Chambersburg PA
CBHW050152110726
47898CB00008B/2771
* 9 7 8 1 6 4 5 6 0 1 4 4 9 *